U0080774

禍亂創世紀 第二部 02
Rebellion of Start-online II
蜜桃多多的
擒愛計畫

037 靈之地

亡靈城繁華依舊，來來往往的亡靈法師們優雅如貴族學者。他們不僅彬彬有禮，而且還因為生命漫長自然的透著一股閒適慵懶、不焦不躁的氣質；就連滿大街不時看到的骨頭架子，都比其他墳地裡躺著的那些看起來高骨一等些。

但唯一讓雲千千感覺不爽的就是滿大街亡靈都愛打量自己，而且是用看標本的那種垂涎目光。

在這裡走著讓人太沒有安全感了，時不時就會跑出來一兩個跟自己搭訕的。當然，他們不是為了追求美女，最大可能是想拐一、兩個實驗素材回自己的工作室。

沒有活人、死人練手，亡靈技巧究竟該如何進步？……亡靈之城的學者們早就這一問題感慨發表過論文，可惜事態一直沒能得到緩解。亡靈之城不允許對外開放，更不允許收容外種族冒險者。因為實驗素材

的匱乏，亡靈技能的發展一度陷入遲滯狀態中，到目前為止，已經到了一屍難求的尷尬境地。

不像上次進來時那樣有人帶路的雲千千和九夜，現在在眾亡靈的眼中就像一塊上好的肥嫩多汁的牛排，人人都紅著眼睛想撲上來咬上一口。

在前世，亡靈之地之所以神秘不是沒理由的。一般玩家沒任務聯繫，擅自進入的話，都會被群起而襲擊之，就是因為這裡的居民嚴重缺乏實驗材料的緣故。而最無恥的一點在於，他們雖然凶狠，但是依舊算NPC，只要玩家敢還手，隨便殺掉一個都有很高罪惡值。

殺了，要惹一身騷；不殺，當場就得死。這怎麼算都賠本的買賣當然沒人願意做。於是久而久之，玩家們就選擇性忽視了這片地盤。除非萬不得已，不然不小心走進了邊界也得趕快退出去。一看到外面那群有特色的墳墓、亂葬崗，所有玩家立即二話不說掉頭就走，屁都不多放一個，更別說深入一探亡靈之地的究竟了……

亡靈君主據說正在處理政務，暫時沒空見雲千千；當然，後者認為對方這應該是故意晾著她，使其心理上產生焦躁情緒，好為他在後面任務中的討價還價爭取到一定優勢。

雲千千很無所謂，既然亡靈君主沒空，她正好拉上九夜去幹點別的事情。比如說挖墳……

遊戲裡，人死如浮雲，不管玩家還是NPC都是白光一閃就沒有了，所以墳墓這種東西根本用不著。如果它存在，那麼其唯一的意義就在於顯示該墳墓的特殊性，比如說死掉的某NPC身上是不是有什麼古怪，再或者其中是不是埋藏著什麼具有特殊意義的陪葬品……

全創世紀中，墳墓最多的地方自然是亡靈之城。在雲千千眼裡，這就等於是一座座的寶藏。以前她是不敢隨意進入亡靈城，現在進了還不趕緊趁機撈一把，那豈不是等於入寶山空手而歸？

於是雲千千扛了鐵鍬，拉上九夜，再跟城裡一個很和藹慈祥的骷髏買了一張亡靈城地圖，標記好各著名墳墓的位置，就這麼順次的一個個挖了過去，開始了自己轟轟烈烈的挖人祖墳活動。

再於是，亡靈君主剛把人晾了沒半天就收到了手下人十萬火急的回報，吐血二兩後，不得不急吼吼的趕緊安排人召見，免得自己的亡靈之城被挖成一片瘡痍。

愛護環境，人人有責。可以在人家老窩這麼違法拆遷的嗎？

「聽說妳已經得到解綁令了？」亡靈君主斜睨一眼座下肩扛鐵鍬站著的雲千千，脆弱的老心肝忍不住一陣陣的抽搐。別提他有多不喜歡這女孩了，從第一次見面到現在，對方做的事情就沒一件讓自己舒心的。

「是得到了。」雲千千一副事業女強人的派頭，十分豪邁的一揮手：「說說你願意出什麼條件買回自己女兒吧？趕緊忙完這事，我還有重要事情要辦。」

重要事情？是接著去挖墳吧？亡靈君主嘴角又抽搐了一下：「……如果你們肯放回我女兒的話，作為獎勵和感謝，我願意給二位亡靈之城正式居民的身分，並附送豪華居住刑求塔一座，亡靈族友好度50……」

「都是虛的啊……」雲千千甚感失望：「別說得好像多慷慨似的，天上、海裡的各大城市我都有正式綠卡，不缺你這麼一個墳堆，還有別的沒有？」

「沒有。」亡靈君主斬釘截鐵的說，拍了拍胸脯：「或者妳想要我這副老骨頭也行，骨架合成進身體後，各種亡靈技能提升三階。便宜賣妳，25金一斤。」

「……呸！」屁，她又不是亡靈族的，要副骨頭來幹嘛？珍藏展覽？

她和九夜商量了下，後者倒是不介意任務酬勞是什麼。反正瑟琳娜經常被他遺忘，基本上沒什麼拿出來用的時候，交不交出去的區別實在不大。

於是解綁魂匣，交換了兩張亡靈之城的綠卡回來，順便收穫房產證一份……

雲千千轉頭，順口道：「我們族的說你那骨頭架子必須得淬鍊一道，不然很難恢復，正好雷心在我這裡，你看什麼時候動手？」

亡靈君主似笑非笑，說道：「修羅族想和我族停戰交好？你們族長也同意了？」

「我們族長胸懷廣大，向來不屑計較這些瑣事，我們自然沒勞煩他老人家。」意思就是根本沒告訴他。

「都給了兩個修羅族人正式居民權了，現在再繼續打下去，我還怕妳利用身分來臥底玩無間道……」亡靈君主手指叩叩背椅扶手，無可無不可的點頭：「行啊，只要妳助我恢復，亡靈一族從此就是修羅一族的朋友。」

「朋不朋友的無所謂，關鍵是我們的獎勵……」

「來人啊，送客人們下去休息。」亡靈君主裝沒聽到，起身送客。

「……」香蕉的鐵公雞！

亡靈君主派的人送雲千千和九夜二人下去休息之後，仍然沒有離開。因為已經得到過君主的事先叮囑，所以這些人以導遊身分陪同在二人的身旁，名為介紹亡靈一族的城內景點，實為監視控制，不讓這兩人再有出去挖墳的機會。

行動大受限制的雲千千落寞苦等了一天，終於等到導遊上班時間結束，回家去了。亡靈君主一天的公務也忙完了，再次召見雲千千開始淬鍊骨頭。

「父親在裡面等妳。」瑟琳娜現在又是公主身分，高傲的昂著頭，身著華服帶著侍女等在門外。

雲千千笑嘻嘻的上前調戲道：「一個人的日子寂寞嗎？要不要我把凱魯爾叫出來陪陪妳？」

瑟琳娜眼一瞇，射出寒光來，全身上下殺氣亂飆：「妳別逼我忤逆父王的決定。」

「什麼忤逆？難道妳真打算和凱魯爾一起私奔逃出……靠！妳踏馬的威脅我!?」雲千千氣，她總算聽明白對方的意思了。亡靈君主的決定是和修羅族修好，而這小妞的意思是別惹她生氣，不然她做出什麼破壞兩族友好外交的事情就不大好了……

死女人！雲千千咬牙，刷出狗笛一吹，凱魯爾半分鐘內閃現。然後在瑟琳娜翻臉發火前，雲千千笑咪咪的刷出綠卡在對方面前一晃而過：「身為亡靈之城正式居民，我召自己隨從出來炫耀一下總可以吧？比起妳身後帶的那十個、八個，我才帶一個人已經很低調了。」

「……」

心滿意足的丟下臉紅無措的凱魯爾和咬牙切齒的瑟琳娜一起等在門外，雲千千帶著九夜進去幫亡靈君主大爺燒骨頭去了。這雖然算是技術工作，但系統也不可能真的要求玩家掌握燒骨灰的步驟，所以走的也不過是一個過場而已。

雲千千放出雷心進入淬鍊狀態，餘下的就是等倒數計時完成。亡靈君主很上道，知道要讓操作人保持愉悅的工作心情，還特意叫了一千舞女進來表演。雲千千對骨頭架子展現的現代舞表示不滿，希望大廳裡的一排骷髏們可以表演雜技，跳火圈、頂盤子、高空走鋼索……

各種苦悶折騰後，倒數計時的數字總算歸零，一千骨頭架子逃命般，呼啦一聲衝出大廳，有個跑得急了的還不小心落下一根大腿骨。

「謝謝妳的幫助。」亡靈君主將淬鍊好的骨架放回自己體內，滿意的感受了一下自己全身恢復的力量

後點頭，衷心道：「如果可以的話，我希望大家以後盡量還是少見面好了。」

「我對你們這裡也沒太大興趣，放心好了。」雲千千滿不在乎的揮揮手，收到系統提示傳來的修羅、亡靈兩族已不再敵對的消息，頗感自己已是功德圓滿，滿意的向亡靈君主告別：「再住一天我就走，你們也不用煩心……順便說下，再派導遊來的話，我就翻臉。」

「只要妳不挖墳不殺人不放火，我保證不派人干擾你們在亡靈領地中的一切活動。」亡靈君主點頭。

「我保證不挖墳。」雲千千十分真誠的發誓，然後告別亡靈君主，告別瑟琳娜。

出了城池，一刷地圖，雲千千把鐵鍬遞給九夜：「九哥，我指你挖。」

她可只保證了自己不挖，九夜挖的不關她事吧？

038 少女桃子的苦惱

挖掘進度談不上好也談不上壞。收穫是有的，可是沒雲千千想像中那樣找到什麼神兵利劍、不世奇寶，頂多是一些稀有的材料和裝飾品罷了。

裝飾品可以留著加工，至於材料就有些雞肋了。沒錯，它稀有，但問題就在於太稀有了，根本不是現在玩家能用得上的品階。

於是當銘心刻骨傳訊息來召喚雲千千時，捧著一堆雞肋並已經對挖墳事業頗感失望的雲千千，根本不怎麼惋惜的就收鐵鍬回了大陸。

亡靈之城的土著居民與亡靈君主對雲千千的離開表示了歡欣鼓舞，順便召開盛大歡送儀式。

「我好歹也是為兩族和平建交做出了重大貢獻的人啊，不說歷史留名，總該給點基本獎勵吧！」雲千

千一回來，就抓著銘心刻骨抱怨自己遭受的不公待遇：「如果族長那傢伙那邊不能申請也就算了，畢竟這事情本來就是瞞著他去辦的，但亡靈君主也沒點表示就太過分了。我這是為誰辛苦為誰忙呢……」

「妳原來不是說純屬善心？」銘心刻骨對雲千千的行程大概也有些了解。

雲千千呸了一聲：「善心人也要吃飯的，大哥。」

「呵呵……」銘心刻骨傻笑，不知道怎麼接下去了。

九夜從進了房間就拎著酒坐窗邊去了。一般雲千千和別人說話的時候，他都不愛摻和，主要也是摻和不起。他總覺得和雲千千講話的時候容易跑題，無論最開始的話題有多麼正經嚴肅，最後總能飄盪成天邊的浮雲……當然，這絕對不是旁人的立場不夠堅定，主要關鍵還是因為雲千千跑題的立場太堅定……

銘心刻骨看雲千千一副愁苦模樣，連忙轉移話題：「對了，妳說的那些幫我找女朋友的想法，我回去琢磨了一下，還是覺得不用了。」

「為什麼？」

「主要是最近……小離和青鋒又出了點事，兩人一起離開公會了，他們在外面好像混得很不順的樣子……所以我就覺得沒必要再做這些了。」銘心刻骨說到這裡有點難過，畢竟水靈靈一個老婆也不是說放手就能放手的。深深嘆息了一口氣，銘心刻骨幽幽開口：「知道她過得不好，我也就安心了。」

「……看不出來你還是個壞東西。」雲千千讚賞的拍了拍銘心刻骨的肩膀：「既然你那麼說，就算了吧。」

銘心刻骨又嘆息一聲，興致不高的擺擺手：「不說這些了，喝酒喝酒！」

雲千千笑笑的端起酒杯一飲而盡，接著愣了下，抓抓頭髮……她怎麼覺得這群人和自己的相處方式越來越像兄弟了？

吃完後飯，順口又安慰了銘心刻骨幾句，雲千千拉上九夜告辭閃人。

走在路上，越想越覺得想不通，雲千千忍不住抓住九夜問道：「你覺得我是女人嗎？」

「廢話。」九夜看白痴般看雲千千。

「真的？」雲千千一樂，眼神無比期待，歡樂的問九夜：「那你覺得我是個什麼樣的女人？」賢良淑德？溫婉大方？氣質高貴？楚楚可人？……

九夜認真斟酌一下用詞，很精闢的歸納：「很有男子氣概的女人。」

「……」雲千千滿頭黑線。

九夜莫名其妙的看好像很不爽的雲千千一眼：「思春了？」

雲千千鄙視的凌空搧兩耳光出去，轉頭嘆口氣：「怎麼說我好歹也是個女人吧。」

「沒人說妳不是啊。」

「……『是』和『像』之間有很大區別的。」

「妳情願像也不願意是？」九夜有點想不通。

雲千千忍不住扭頭。這人智商太低了，實在沒辦法跟他說話。

情感方面有問題，當然得找天堂行走這騙子。和九夜隨便逛了一段路，雲千千便匆匆忙忙傳了訊息出去：「騙子，在哪？」

天堂行走很不爽的秒回訊息：「保密。」他說完就切通訊。

雲千千忿然，再轉傳訊燃燒尾狐，要求卜算天堂行走位置，不到三分鐘後收到答覆，於是展翅飛走，

直撲某約會勝地。

天堂行走新把上一個女孩，正在花前日下的培養感情，兩人你儂我儂的正漸入佳境時，突然耳邊傳來一聲斷喝：「雷兇！」

天堂行走一愣，下個瞬間就發現自己懷中女孩一臉驚訝的化作白光，白日飛升而去。

一招將礙事女孩滅之，雲千千收起翅膀，跳下來抓住天堂行走，說道：「我有點事情想不通，你幫我想想。」

「……」天堂行走額上青筋很活潑的跳動兩下，心中無比糾結。自己的新小情人在自己懷裡被殺了，那個殺人凶手還一副毫不在意的樣子，這帳到底是算還是不算？

冷靜下來想了想，天堂行走無奈發現對方臉皮之厚似乎不是自己可以撼動的，也只有鬱悶嘆氣道：「到底什麼事？趕緊說完趕緊滾，我還得回去安慰人家呢。」

雲千千才不管那麼多，逕自把自己覺得眾人視她如兄弟的感受說了一遍，還加上了九夜的評價，最後期待的看天堂行走，等待他解答：「你說這到底怎麼回事啊？為什麼我覺得那麼奇怪呢。」

天堂行走摸摸下巴，想了會說道：「九哥說得沒錯，妳這應該是思春了。」

「……雷……」雲千千面無表情的再舉法杖。

天堂行走連忙把雲千千後面的話打斷：「雀逗麻爹！聽我先說完！」

「……你說！」雲千千咬牙切齒。

天堂行走擦了把冷汗，暗吁口氣出來：「我想妳應該是喜歡上誰了吧。然後女性自覺萌發，本來以前和他相處挺自然的方式就覺得不習慣了……女人的情緒有時候就是這麼奇怪，不管妳性格再怎麼大器，畢竟還是有敏感的一面。這種事就跟妳們女孩每月一次大姨媽一樣，想控制都控制不了的，時不時的就會發作一下，只是有人發作多，有人發作少……這屬於本能。」

雲千千踉蹌兩步，倍受打擊的看著天堂行走。「你的意思是，我其實骨子裡也跟那些小騷女人一樣？」

「……準確說，妳應該是屬於悶騷的那種。」

悶騷、悶騷、悶騷……

雲千千各種震驚、各種糾結、各種天旋地轉、口不能言，良久後，她終於忍不住脫口而出：「你沒事吧你？」此時她看天堂行走的目光已如同看一個白痴或者說精神病患者。

如果天堂行走說的這判斷當真的話，那麼自己是在銘心刻骨面前開始覺得不自在，難不成這意思是自己喜歡銘心刻骨？……這推理太可怕了，簡直堪比三〇一三世界末日大預言。

玩人也不是這麼玩的，真當她智商低下？雲千千怒、大怒，抬起法杖就想來個殺人滅口。

天堂行走連忙再次叫停：「這只是推論之一！」

「那之二呢？」雲千千磨牙。

「之二，也許就是妳受大環境影響。」天堂行走道：「就比如說當周圍的人都戀愛了，或者說見著身邊誰和誰勾搭上了，其他還單身的人自然而然就會有跟隨大主流的心思……人畢竟是群居動物，再有個性、再特立獨行也會忍不住踏進主流模式裡。這就跟到了年紀，看見周圍人結婚生孩子後的單身漢也會想結婚一樣，屬於環境的潛移默化。」

雲千千把之一、之二都在腦子裡思考了一遍，發現天堂行走的中心思想好像還是暗指自己在思春。不

管是主觀個人因素，還是客觀環境因素，結論推理都是她想戀愛了？

不過想一想，這推論也不是毫無道理的，凱魯爾和瑟琳娜，魚人小公主的三角戀，還有銘心刻骨和離騷人、毒小蠍和君子……這麼算一算的話，她身邊最近勾搭上的人和 NPC 還真的是不少，要說被潛移默化也不是沒可能。

想通關鍵後，雲千千差點被嚇出一身冷汗，收起法杖，連忙虛心求教：「大師求指點。」

天堂行走自從入行當騙子以來，最有成就感的時候就是現在了。能把一代陰人糊弄了，自己得有多高明啊！自鳴得意了一會，天堂行走神棍般的搖頭晃腦說道：「其實我個人認為妳不必很糾結於自己思，咳，的問題，跟隨大主流也沒什麼不好；再說談戀愛也不一定非要膩在一起……照妳以前說過的理論，找個和自己合得來，又能在一定程度上幫助到自己的男人一起合夥禍害別人，這也是一種生活……」

所以您放心大膽的去吧！追哥哥去吧！身為朋友，我一定會叫齊百人記者團隨時偷窺並跟蹤報導您的一舉一動，寫部長篇巨著，取名為《桃豔史》或《金瓶桃》什麼的……

這種事情是想有就能隨便有的嗎？雲千千擦把汗，再擦把汗，腦子裡飛快過濾自己身邊目前最合適的人選……有能力跟自己比肩的，對自己胡鬧很支持或者說最起碼不反對的，脾氣好的……過濾來過濾去，最後只剩「九夜」兩字在腦海中不斷盤旋。

「怎麼樣，鎖定目標沒有？」天堂行走很有八卦精神的問道。

「我覺得……」雲千千被自己的推理結果嚇得兩眼發直，狂擦汗，猶猶豫豫的開口：「還是再考慮一下吧……」

香蕉的！老天不用這麼整自己吧!?

039 群雄起

天堂行走歡送精神恍惚、狀態不佳的雲千千離開後，小手帕一丟，連被刷回復活點那位嬌滴滴的小美人都沒心情搭理了，趕緊興奮的群傳訊息通知了自己所有好友，關於一枝紅桃出牆來的美麗傳說。

那個陰人思春了啊……這真的是一個美妙的世界。

群好友對此情報皆報以了熱情的觀望態度。

彼岸毒草曰：震驚中。

君子曰：震撼中。

燃燒尾狐曰：各種電閃雷鳴各種眩暈中。

零零妖等人曰：……

九夜曰：？

桃子曰：草泥馬，你給老娘等著……

收消息收得正開心，卻猛然發現自己忘記排除好友名單中的蜜桃多多，以致不小心讓正主聽到自己在說壞話的天堂行走連忙切斷通訊，關閉好友，還不放心的把某水果拉進黑名單，之後迅速撤離現場，抹一把淚，既欣慰且感慨的開始亡命天涯……得此八卦，吾願足矣，平生再無憾事，當可含笑九泉……

呸！還是先逃命！

雲千千的思緒還沒整理通透，九夜已經又被無常召了回去，據說是前幾天休假中累積下來的工作需要清理了，最近要大幹一場。男主角忙事業去了，於是雲千千剛剛被天堂行走挑撥起的曖昧小火花頓時很痛快的「吧唧」一下熄滅，涼得透透的。

雲千千不像一般女孩似的逮著愛情的靈感就抓著男人不放，如果真到那一步就不叫纏綿，叫騷擾了。哪怕心神恍惚、疑惑了些，但骨子裡，水果還是那個沒心沒核的水果，正經事永遠比愛情重要。前者是物質，後者是精神，物質基礎決定高層精神建設……雲千千很分得清主次。

不過這種急剎車的事情也確實是很打擊人，比如打包麵條突然發現沒有筷子，比如逛街逛一半發現忘了帶錢包……再比如雲千千各種抓心撓肺，還得對傳訊息來的九夜淡定回話：「沒關係，你忙你的，我這裡暫時閒著沒什麼要緊事。」

「嗯。」九夜那邊應了聲，停頓會後，遲疑開口：「聽說妳思春了？」

雲千千滿頭黑線的撓牆，咬牙道：「……那是造謠。」

「我想也是。」九夜彷彿鬆了口氣，語氣頓時輕鬆自在多了。

畢竟蜜桃多多心有所屬這件事情實在太驚悚，其恐怖程度直逼當年兩人放出結婚消息……區別只在於關於後者，雙方當事人及其親友都知道是一個誤會；關於前者，卻有太多的遐想揣測以及各種不安、各種驚懼、各種天雷滾滾……

無事可做，切斷通訊後的雲千千在創世大陸中各練級點流竄作案，刷經驗同時順便冷靜一下頭腦……一片雷甩下去，雲千千坐在樹上，抵著下巴，百無聊賴。她一邊刷著經驗值的同時，一邊無視樹下的一干玩家在雷電中被波及得上竄下跳、鬼吼鬼叫的場景。

唉……人生寂寞如雪……

「蜜桃多多！」樹下有人喊道。

雲千千從恍惚中回神，低下腦袋看了一眼後，笑道：「喲，這不是小葉子嗎。」

一葉知秋顯然心情不佳，黑著臉，咬著牙道：「妳為什麼又殺我的人？」

一個「又」字，道出多少不為人知的辛酸和多少盡在不言中的苦楚……問君能有幾多愁，恰似一顆桃子掛枝頭……馬的，這簡直是欺人太甚！

「咦，我殺了你的人嗎？」雲千千驚訝道。

一葉知秋狠狠嚥下喉中一口腥甜。「我的人在這練級，妳來了吭都不吭一聲就放雷全秒，還說沒殺？」

雲千千想了想，確實茫然，無奈的摸摸鼻子說道：「你說殺了那就殺了吧，然後呢？」

然後？一葉知秋終於還是忍不住吐出二兩小血。「難道妳就沒什麼想說的？」再給妳一個機會。

「唔……」雲千千皺眉想了想，很認真的發表感想：「一葉會長，你手下人該鍛鍊了。實力這麼差，

到外面很容易被人欺負的。」

「妳……」一葉知秋手癢癢的想揍人。

「行了，別裝了。」雲千千嘆息道：「你要真的是興師問罪就不會一個人來了……到底有什麼事？」

一葉知秋鬱悶了下，隨後眼珠子一轉，突然嘿嘿笑了起來，說道：「聽說妳最近思春了？」

「啪！」

一顆果子被雲千千丟下，正中一葉知秋的腦袋瓜。雲千千滿頭黑線的跳下來挽起袖子，一副要跟人拚命的架式，問道：「你聽誰說的？」

「作賊心虛了？」一葉知秋鬱悶半天，終於是有件開心事了。

「滾蛋！」雲千千想了想不甘心，掏出紙筆，刷刷兩下寫好一封信，掏出一只晶瑩潔白的小號角，召喚出一個小使魔就寄了出去。

一葉知秋看小使魔拿了信，拍了拍腿，刺溜一聲離開，表示好奇：「那是什麼？」

「到級別後，可以在信箱 NPC 那買的送信使魔，它可上天入地下海，無所不能。」雲千千看鄉巴佬般的鄙視眼冒星星的一葉知秋：「你就別想了，就你那小等級還有得練。」

「哦。」一葉知秋也沒太失望，等級早晚不都能練出來嗎？他繼續好奇：「寫信給誰？」難道是傳聞中的思春對象？

「給一個喜歡造謠生事的江湖騙子。」

香蕉的！天堂行走你給我記住了！

其實一葉知秋來找雲千千還真的是有正事，為會裡人討公道的事情也就是順便。他太了解雲千千了，根本沒指望能從對方這裡討到一個什麼說法，更別說還專門為這點「小事」專門跑上一趟。

會裡早就下過嚴令，所有人見雲千千，自動退避三舍。別的不管，把她當 HINI 帶原者就行；要是不聽話撞上了，就當自己倒楣，反正我們跟她攪和不起那個亂。

「前陣子有玩家不小心接到一個任務，限制等級好像是 50，做完後發現是獎勵建幫的。」一葉知秋從空間袋裡掏出一片紙頁給雲千千，「這消息被控制得不錯。那人也是個有商業頭腦的，收錢帶人組隊，然後自己去跑任務流程，幾天時間就拉扯了二十幾個公會出來，後來不知道是被誰踢爆，消息才放了出去。」

雲千千接了紙頁，瞟一眼，密密麻麻的二十二行兩列，一列是公會名稱，一列是會長名稱。「遊戲本來就是這樣，打的就是資源戰。前期資源緊缺，我們先建起來了就占個優勢。可是官方也不可能讓你一家獨大，早晚會把遊戲進程拉扯進群雄爭霸的。」這任務她也知道，以前是仗著沒人知道，而且又沒人比自己實力強，所以這訊息才會沉沒那麼久。玩家等級普遍一上來了，早晚有人發現是正常的。

「公會一多，就勢必有資源搶奪的問題了。」一葉知秋凝重道：「現在重要是，看誰駐地多，還有誰的公會等級高，高手多……我覺得妳是不是該拿點真正有用的訊息出來了？」

「小葉子，你這話好像說我不厚道？」雲千千似笑非笑的瞥了一葉知秋一眼：「公會升級的方法我也告訴你了，駐地也幫你打過了，至於高手問題……你總不是想讓我把自己公會裡的那些高手全丟你那裡去吧？」

一葉知秋乾咳兩聲後說道：「其他都好說，主要是公會升級問題。我們這邊任務還沒辦法開啟，妳那邊就已經先竄到了二級……妳可千萬別說這是運氣問題。」

「這當然不是運氣問題。」雲千千一挺胸，「這是相貌問題。」

「……」一葉知秋默默無語以中指鄙視之。

一葉知秋傻嗎？也許他確實是被雲千千算計過不少次沒錯，但能做到一會之長的人物，無論如何都不可能真的是缺心眼。

當然，唯我獨尊是一個例外，人家走的是個人魅力路線，色誘了任勞任怨的小草草為他賣命，於是現在自己挑擔子之後，如果不在未來一段時間內成熟成長起來的話，很容易被群雄啃得連骨頭都不剩。

一葉知秋當然知道雲千千留了一手，這也無可厚非。畢竟只是結盟，認真算起來的話，沒準大家以後還是一個競爭關係，有資源、有門路當然要優先保證自己的優勢。

就算是網路小說的主角們，都還知道培養的手下永遠不能超過自己呢。當然，人家在小說裡是品德高尚的，別人越不過去是因為主角奇遇多，不是因為主角藏私……雲千千現實了點，她運氣向來不好，這在數次摸寶挖金經驗中已經得到證實了。於是她只好卑劣……

「不說廢話了，1000金，買妳手上公會升級的消息。要馬上就能進行的那種。」一葉知秋很有魄力的拍板開價。

雲千千沉痛嘆息的摸出一疊紙：「你還欠著我債呢，俗話說，有借有還……」

「……」

十分鐘後，一葉知秋損失1000金，捏著自己空虛寂寞的小錢袋，掩面淚奔而去……一直沒人跟自己追債，一葉知秋都快忘了自己還開了不少支票……話說，這錢是全會上下在他出來前好不容易湊出來的。好吧，本來想狠出把血，套點東西出來，沒想到一個照面就被人家名正言順的撈走了……

這日子沒法過了……

040 人才戰的序幕

被一葉知秋提醒後，雲千千才發現，主城中來往玩家胸口上的其他公會徽章的確實是多了。以前幾個公會都比較小，能容納的人有限，大部分玩家混的都是傭兵團。雖然公會間彼此鬥得是風起雲湧，但參與規模在全體玩家中來說還是太少，更多人對不關自己的事情都採取漠視態度。

現在雨後春筍般竄出來二十來個新公會，雖然一時半會影響力比不上老公會，但好說也是引起玩家重視了，大家對公會及公會相關事務都爆發出了相當大的熱情。各地都是一副熱火朝天的招人景象，系統很人性化的在主城中添加了公會辦事區，專供各公會對外招生及業務時擺桌使用。

當然，為擴大散播面，走出辦事區尋找優質會員的人也有。這些人自發走向田間地頭，在每一個角落尋找看起來有實力或有潛力的玩家。

「小姐請留步！」

雲千千轉身瞪眼問道：「幹嘛？」

「請問妳有公會了嗎？」叫住雲千千的玩家很熱情的衝上前來，眼明手快身體棒、迅如疾風、快如閃電的往雲千千手中塞進一張傳單。「我們XX公會新近成立，擁有XX級高手數名，有成熟的發展計畫，加入創世911重點公會培養工程，成長前景輝煌可觀。目前我們公會正在尋找能夠一起加盟共拓事業的夥伴……加入我們有如下好處一……二……三……」

「如果妳還沒有公會的話可以考慮加入我們，保證不會讓妳失望。如果妳有公會也可以考慮一下，現在老公會發展遲滯，用人模式僵硬，有缺點一……二……三……新公會大多幼稚，也有缺點一……二……三……只有我們XX。」對方在這裡頓了頓，聲情並茂、極富感情、用顫抖的嗓音提高音量煽動：「只有我們XX啊，這才是妳最好的選擇！」

「……」雲千千默默無言的手一揮，將胸前的桃子徽章顯現出來。

「嘶——水果樂園的？」來人瞪圓雙眼，不自覺的倒吸一口冷氣，退後一步。

雲千千樂了，拍一拍這兄弟的肩膀：「兄弟，你在遊戲外面是幹保險的吧？」

此人臉一紅，鎮定了一下後，不好意思的羞澀低頭說道：「見笑見笑，就是混口飯吃……那個，既然您是水果樂園的，就當我剛才啥也沒說！」然後他各種仰慕、各種讚嘆，委婉表示，希望雲千千不要將他今天這番話說出去，尤其不要讓蜜桃多多知道。

得到保證答覆後，他才安心轉身離去，抓住下一個玩家的手接著糊弄：「兄弟，你有公會了嗎？我們XX公會有XX級高手無數，成熟穩定的發展體系，保證您……」

一路走來，這樣的情景雲千千至少碰上了不下十例。

身為一個高手，再加上還是一個擅長斂財、身家豐厚又知道無數領先情報的高手，雲千千的一身裝備從頭到腳不可謂不奢華；再加上雷心技巧修煉到一定等級後，全身時不時會有暗紫色的電弧隱現。如果不選擇隱藏狀態顯示的話，雷光紫線順著身材曲線遊走，自然顯得此人神秘非常，一副詭魅高手模樣。

自從身上出現這樣雷心附加的表現狀態後，雲千千經常開著雷光在眾人面前臭美炫耀，引人眼紅，各種羨慕嫉妒恨。當然，更多的時候還是隱藏，方便行騙幹壞事的時候不暴露身分……蜜桃多多這名字已經自然帶有仇恨吸附狀態，一喊出去至少有一片人欲殺其而後快。

打開面板，關了電弧狀態顯示，再順便套身普通時裝，雲千千繼續逛街。

既然那麼多公會都建起來了，緊接著隨之而來的肯定是越演越烈的駐地爭奪戰。比如主城這一類原本不開放爭奪的區域，現在也慢慢開啟出一些起始任務了。最後四大主城的歸屬，當可在一定程度上昭示著眾公會實力的象徵。

一葉知秋忙著升級公會，想來應該也是為這做準備。落盡繁華的駐地本來就是圍著一座主城的，當初也是因為預料到早晚有這麼一天，想在未來爭奪主城時占個地利罷了……這人，果然不是個傻子。

押，還是不押呢？

已經有了一座天空之城的雲千千對主城歸屬表示毫無壓力，摸摸下巴，認真盤算起對落盡繁華的態度來——如果自己再賣點主城情報出去的話，一葉知秋應該不會翻臉吧？不過那邊跟自己倒真的是一直沒算太融洽過，當然也一直沒認真敵對起來過就是了。

「喲，這不是蜜桃多多嗎？」無常不知道從哪個角落鑽出來，一臉譏諷的說道：「聽說妳最近正是春

心萌動，怎麼也有時間逛街？」

雲千千回神，頓時做嬌羞狀：「討厭～人家是來找九哥的啦～～」

她一個「啦」字拖了長長的尾音，語尾聲調更是打了個旋又繞上去，聽得無常情不自禁就冷顫了一個。

「……」無常摸摸胳膊，無語望天，一會後才厭惡皺眉說道：「一天不為難我，妳就不痛快是吧！」

「比你這眼鏡仔老想拆散人家恩愛夫妻來得好。」雲千千玩得很歡樂。

「呸！誰跟妳恩愛夫妻!?」

雲千千捂臉嬌羞回道：「人家不好意思說啦～～」她再接著「啦」。

「……」

「對了，九哥也在附近？」雲千千突然想起這幾人似乎有工作。「他在城裡幹嘛？暗殺還是無間道？」

剛安排了九夜領取工作室打手任務，混到某人身邊的無常臉色一變，不自在的推推眼鏡片說道：「這是他的事，妳管不著。」

「嘖！看這樣子好像我一不小心真相了？」雲千千樂了：「需不需要兼職的？要不然我也插一腳唄。」

「妳插一腳那就不叫幫忙叫搗亂……」無常臉色難看：「把自己的水果樂園管好就成了，小心哪天妳自己都成了我們目標。」

「誰說的！」雲千很生氣：「我們水果樂園乃是名門公會，會員人品好，實力強，又擁有頗具影響力的幾大駐地，整個公會欣欣向榮，那資質才叫一個……」

她最後一字評語還沒來得及說出來，旁邊一隊人，個個胸前掛著桃子徽章呼嘯而過，邊跑邊嚷：「讓開！讓開！這片地盤是水果樂園罩的，收人別處去！再敢撈過界，小心我們發敵對了啊！」

路上的公會玩家被撞得東倒西歪，皆怒目而視。

「……」無常沉默嗤笑的看著雲千千。

雲千千眼皮跳了跳，像是沒看見、沒聽見一樣，臉不紅、心不跳，努力用淡然的語氣一本正經接了下去：「那資質才叫一個好！」她說完點點頭，表示著重加強語氣。

「……呸！」跟這不要臉的真的是沒法說話了。

無常轉身離去。

眼見那身影消失在人群中後，雲千千這才擦把冷汗，趕緊打開公會頻道，迫不及待罵了出去：「誰踏馬的安排人到主城橫行霸道的？都被條子盯上了還不知道收斂點！」

「我安排人去招納會員的，怎麼了？外面不都這樣子？」彼岸毒草詫異接話。

雲千千頓時無語了。

副會長發話，還是向來穩重妥貼的彼岸毒草，這下她是真沒理由再責怪。

其實彼岸毒草雖然向來重視公會形象，但人家畢竟也是一個久居高位的人。做幫主、會長的人都有一個高高在上的慣性毛病……這就跟名門世家向來不怎麼會太注意升斗小民的情緒一樣，不是藐視，只是一種習慣。

當層次和高度已經不一樣時，看待問題的角度就也不一樣了。做了高位者，自然不可能一一照顧下位者的情緒，他們只需要掌握大局，調配好管理層的工作就可以。所以這類細枝末節、要求人人規範之類的小事，彼岸毒草向來不放在心上，他只盯準了雲千千的言行就很夠忙碌一陣了。

再說，在這麼亂的時候講人品本來就是一件不大現實的事情。想在大家都鬧哄哄著搶人的時候談禮貌

問題，那只能是笑話一場……這就像擠公車，不奮勇拚殺、衝在前鋒就沒座位，推擠踹蹬，什麼下九流、不要臉的招數都可以用出來，想保持形象的話，有本事你別上車啊。

一級公會可容納五百人，二級一千人，三級兩千人……如此呈雙倍數增長遞加，最高級的十級公會時共可容納二十五萬人……沒實際算過的人無法理解這個驚悚的數字。但是在創世紀這麼一個幾乎大半數國人都加入進來的遊戲中，這個數字其實已經不算什麼了。

公會戰，其實就是人才的爭奪戰。

有足夠的高手，才有足夠的能力打下駐地，才有足夠的能力揮手千軍萬馬、所向披靡……

回想了一下剛才街上到處招攬人手的景象，雲千千開始覺得自己公會那二級的規模實在有些不夠看了——看來公會還得繼續升級！

「呼叫九哥……我現在傳送去你那邊沒問題吧？」雲千千打開通訊器，轉轉左手無名指上的結婚戒指問道。

「可以！」九哥很爽快。

於是白光一閃，雲千千原地消失。

041 捍衛主權

雲千千去了九夜那裡的事情，無常當然第一時間就收到了報告。

可是光知道，有什麼用呢？這創世紀裡又沒哪片地區是不讓人進的，九夜也不是自己包養的。要換成是其他人，他還能藉口公事不許外人打探插手，可蜜桃多多……別說是她根本不吃這一套，她如果不是故意來搗個亂什麼的，自己就已經是要謝天謝地了。

於是生不起這個氣的無常決定當自己什麼都不知道，冷眼旁觀那女人搗亂就是了。真出問題的話，正好趁機拿這把柄把她滅了，這樣也算犧牲得更有價值……

野外刷怪隊中，一名女子目瞪口呆、如見鬼般的看著雲千千。

「嗨……」雲千千很尷尬。誰知道九夜會突然有爬樹的雅興，自己一傳送過來，直接就在樹幹外半空中，手忙腳亂只來得及順手撈到一條大腿……

眨眨眼，沉默半分鐘，女子終於回神，憤怒大吼：「妳是誰!?」

「這個，要說我是誰的話，就比較複雜了，具體得追溯到若干年前一個風和日麗的下午，伴隨著一個少婦，也就是我老母的不懈努力，一個風華絕代的小貝比終於伴隨著雷霆鮮花掌聲喝彩降生到這個世界上……」

「放開九哥！」不等雲千千耐心解釋完，女子沒耐心的再次大吼。

「嗯？」雲千千瞬間感覺不妙。這情景怎麼像正妻見到了小三？最關鍵的是，那個被怒指成小三的人好像還是自己？

要知道，人有人品，雲千千的人品格調向來就是只進不出。別說九夜現在還貼著她的標籤，自己才剛對他有那麼點模糊的期待好感，就算哪天真分道揚鑣了，也輪不到這個小ㄚ頭片子對她大呼小叫喊分手……這男人生是她的人，死是她的魂，連屍體也是她家後院專用的花肥。想搶？沒門！

九夜終於覺得自己腿上墜著的那個晃晃蕩蕩的重物太過累贅了，紆尊降貴、主動自覺的彎腰，伸長手臂一拎一提一放，就把雲千千放到了身邊樹幹上。

雲千千一坐穩，就抓緊時間拉住九夜的小手手，羞澀低頭的衝女子拋了個小媚眼，然後說道：「人家和九哥是夫妻耶，抱抱也是應該的。」

小手牽大手，兩隻無名指上佩戴的同款戒指差點閃瞎了女子的狗眼。後者吐了一口血，一臉震驚的問道：「妳就是蜜桃多多？」

她說完，很是混亂糾結了一下，扶著腦袋狠命晃了晃，心神不定的唸唸有詞：「你們不是假結婚嗎？而且九哥怎麼可能喜歡妳？妳長得不好看，人品又不好，貪財卑鄙下作陰險無恥……對了，一定是妳騙我的！」

越說，女子越斷定雲千千是在騙自己，無比堅決的抬起頭來，一臉肯定的下結論：「絕對絕對是妳在撒謊！」

「我為什麼要撒謊？」雲千千反問。

「這個……也許是妳在計畫著什麼陰謀？」

「那妳說遊戲裡結婚能結出什麼陰謀？」雲千千再反問。

「這……」女子語塞半晌後，惱羞成怒反問：「那妳說妳自己身上有哪點能吸引九哥和妳結婚的？」

「比如說美貌、智慧、實力還有……咳，看妳的樣子好像一臉不贊同？其實還有一個最簡單的理由，那就是因為愛情。」雲千千雙手捧胸，含情脈脈的看著九夜。

九夜微不可察的打了個冷顫，差點被嚇得從樹上直接摔下去，終於忍無可忍的私聊雲千千：「妳到底想幹嘛？」

「沒事，就看她不爽。」雲千千口齒伶俐的回了一句。

九夜一聽這語氣挺清醒，也知道前面說出來的那話應該只是想噁心人的……照這程度看來，那女人得跟她有多大仇恨，才值得這桃子下這血本啊？

什麼仇？妄圖桃口奪食，這仇大了！

把不知死活妄想充當第三者的女孩氣得淚奔跳下樹去，衝進刷怪玩家中，揪著不知道一個什麼人告狀

後，雲千千很乾脆的坐好，從空間袋裡摸酒摸菜摸零食，順便分九夜一壺竹葉青。「想什麼呢？」

「嗯……」九夜很自然的順手接過酒壺灌了口，皺眉想了想，說道：「那女人是我這次負責保護的僱主家妹妹，雖然不是直接關係者，但如果她想搗點什麼亂的話，也會很麻煩。這次把她得罪了，後面……」

女人就是一種不講道理的生物，哪怕九夜在很多事情上遲鈍了點，但對於女人的任性和無理取鬧卻是早已經了解甚深，這是多少以往血的教訓和經驗啊。

她們根本不會管什麼局勢緊不緊張，場面嚴不嚴肅，處境艱不艱難……只要一進入腦殘模式，立刻不分敵我啟動唯我獨尊之女王狀態，弄出各種狀況，撒嬌耍賴蠻不講理，要求所有人和事都必須以自己為核心，以自己的感受為第一要素，哄著她，以她的要求為第一優先……

九夜很頭大，感覺任務難度似乎陡然增加了不少。

「放心，有我呢。」雲千千安慰似的拍了拍九夜的肩膀：「一個小丫頭片子能翻出多大浪來？」

九夜鄙視雲千千一眼：「……從本質上來說，妳也差不多。」區別只在於一般女人是任性，蜜桃多多卻是囂張狂妄。前者是指望其他人幫她收場，根本沒有腦子；後者是有絕對實力掌控全域，所以滿不在乎。

比如說，剛才在雲千千沒來之前，九夜是以任務和大局為優先，所以就忍讓有加。而雲千千一來，直接以雷霆之勢踢爆平衡局面，攪和得亂七八糟，再慢慢整理……這就是男人和女人的區別，在處理事情方面，男人永遠比女人理智一些。

不過還好，雲千千已經遠比一般女人甚至一般男人好上許多，既然她來了，即便真出現什麼問題也應該不成問題。九夜其實挺不耐煩老應付一個春心萌動的女孩。

又灌一口酒，他終於想起詢問一下對方的來意：「妳過來做什麼的？」

「我沒想好。」雲千千百無聊賴的撕下根雞腿。「大概是想弄清楚一些事情吧。」比如說對某人是不是有特殊好感之類的……

「什麼事情？」某人難得好奇。

「你猜。」

「……」

刷怪隊伍中有小人告狀，無常的訊息很快就氣勢洶洶殺到：「蜜桃多多妳到底對我們僱主做了什麼？」

「準確說，應該是你們僱主對你手下做了什麼。」雲千千糾結了一把，很是遺憾嘆息道：「眼鏡仔，雖然我們算得上競爭關係，但我一直還挺瞧得起你的，結果沒想到為了達成任務，你居然不惜出賣部下色相。」

「……什麼意思？」

「意思就是我剛才看到一個女孩以權謀私，企圖把狗鏈拴到九哥脖子上宣告所有權……其實你只要回想一下是誰告的狀，告狀內容又是什麼，就應該能明白事實真相了。就算不相信我，你也應該相信九哥。如果我真做了什麼破壞你們正事的事，九哥難道會念在私情上姑息我？」

九夜的信譽招牌比雲千千閃亮得多。雖然無常不怎麼相信這顆水果，但他卻無法不相信九夜。聽了最後一句，無常的火氣果然消下不少。「……這事情我會調查解決。妳不要再搗亂了。」

「只要她不來碰我男人，一切都好說。」雲千千很爽快的拍胸脯作保。

「……」無常那邊沒切通訊，但也沒說話，只長久的沉默著，一分鐘、兩分鐘……若干許久後，一聲

咆哮透過通訊器差點戳破雲千千耳膜：「妳說神馬——」

這人一情緒激動，連標準普通話都沒辦法繼續保持了。

雲千千很好脾氣也很有耐心的重複：「我說，只要她不碰我男人……」

「誰是妳男人？」繼續咆哮，無常氣急敗壞，恨不得瞬間傳送到現場，揪著那水果的領子問個清楚。

「九哥啊。我們婚禮辦了，結婚戒指也戴了，天空之城為此舉行了幾天大慶呢，你總不能不承認吧？」雲千千理直氣壯，她可是合法的。

一說起這，就是無常心裡永恆的傷痛。當初這兩隻的結婚場面，自己可是在監視器裡從頭看到尾，氣得差點當場血壓上升。「那是意外。」

「其實你得這麼想，這可能就是我和九哥的緣分？」雲千千笑呵呵的開導無常。

「就算是緣分也是孽緣。」無常陰森森的咬牙道：「我絕不承認你們的關係。」如果一定要在花痴和蜜桃多多中間選一個的話，他還情願九夜是被一個花痴纏上。

「你是他爹啊？你承不承認關我鳥事？」雲千千哼了聲，不耐煩的切斷通訊，把無常及其內心的各種焦慮、各種不安、各種狂躁都掛在了通訊器的另一頭。

九夜見人收通訊器，瞥來一眼問道：「無常的？」

「嗯。」

「他說什麼了？」

「就是問了下剛才那女人的事，順便叫我照顧好你的貞潔。」雲千千隨口胡扯，她就不相信無常有臉開口跟九夜說出剛才的談話內容……嘖，這男人該不會暗戀九夜吧？

042 合作

冷眼旁觀雲千千樂不可支的忙著調戲了無常那麼半天，九夜問上幾句話其實也就類似於順口閒聊，根本沒指望著能得到什麼正經回答。

只是怎麼說呢，看這女孩活蹦亂跳、一副很有精神到處禍害的樣子，他就忍不住升起點摻和的興趣。

噗……保護貞潔？虧她一個女孩子也好意思說得出口。

所謂近豬者痴、近墨者黑，差不多就是九夜現在這個狀態。經過水果近距離薰陶感染若干許久之後的現在，九夜也染上了幾分惡趣味，只是他隱藏得比較深罷了……

打發了九夜的問題，雲千千繼續狂呼通訊器，混沌胖子、小尋尋美女，一個都不能錯過……香蕉的，一個錯眼不見，自己男人身邊就貼上了那麼多牛皮糖。雖然她還沒確定自己到底要不要這個男人，但好說

現在也是私有物，不是這麼不拿水果當回事的。

要造勢，要緋聞，要標明所有權！雲千千握拳，一把拉過九夜胳膊，靠過去做甜蜜狀，舉高 Demo 玩自拍。「九哥，來，桃子——」

喀嚓……

「……」

默默尋還好，拿到新聞及照片爆料後，根本懶得囉嗦，草草流覽了一遍，確定其雖然不算重大新聞，但好說也算名人八卦，於是小手一揮，批准發行，放在副版算是增加收視看點。

混沌粉絲湯拿到照片後卻是差點笑岔氣了。這就是那水果說的恩愛甜蜜照？怎麼看著那麼像紈褲惡女光天化日調戲良家酷哥呢？

不過笑歸笑，忙還是得幫，混沌粉絲湯把照片丟給手下，肥肥的富貴手也一揮：「去，發到交流站和幾家大論壇炒炒吧。怎麼運作你懂的……」

第二天，九夜受僱的隊伍行列裡就多了一個雲千千。僱主是隊長，附帶親屬妹妹一隻；除九夜之外，還有另外兩個算是屬下的玩家；雲千千一來，自然就擠走了其中一個。

妹妹尖叫怒罵咆哮、手舞足蹈反對之。

雲千千笑嘻嘻，不急不惱、一言不出的旁觀之……論身分，她和九夜在遊戲裡是合法夫妻；論實力，一直占據高手榜前列一席之地的成名人物怎麼說也不可能比另外那兩人差。

即便小三妹妹再有多少不滿，偃主也實在是不好意思說出請雲千千滾蛋的話來。人家實力夠了，還是跟著自個老公來的，他總不能厚著臉皮明說出「我妹妹想泡妳老公，所以我們隊伍不能要妳來礙事……」這樣的話來吧？

所謂有所失必有所得。雲千千的出現雖然嚴重阻礙了偃主妹妹的求愛之路，但從另一方面來說，第一法系高手出馬，小隊的刷怪效率頓時快速上升，達到了一個前所未有的高度。

「天雷地網！」雲千千揮手一片雷甩出去，坐樹幹上，晃蕩著兩隻光腳丫子調戲九夜：「九哥，回頭等這筆生意完了，我們約會去唄？」

九夜看了眼遠處又跑近的一堆怪群，指了指，提示某人不要分心：「先專心做任務，別把人害死了……約會？妳又想去哪裡作亂了？」

「雷霆地獄！」雲千千再一揮手，另外一邊朝九夜那裡伸爪：「要鳳梨味的。」

九夜從一大堆補充MP的鍊金藥裡挑挑揀揀，撈出顆淺黃色的遞出去。

雲千千接過來，吃進嘴裡，嚼了兩下才繼續說話：「我是說約會。約會懂嗎？難道我平常作亂了還會挑地方的嗎！」

這男人太不上道，自己在跟他談培養感情，他以為自己要拉他去幫凶作亂……難道說自己在對方眼裡就這麼不可靠，非要拉免費打手狗腿子的時候才會跑來找他？

不遠處，偃主意氣風發、紅光滿面的作遙指江山狀：「打得不錯，下一批怎麼還沒拉到？效率接上，別浪費了火力！」

「來了來了！」拉著下一批怪群的火車頭玩家滿頭大汗，累得跟死狗一樣，氣喘吁吁的跑來。

「天雷地網！」順手再滅之，雲千千樂呵呵的看著樹下筋疲力盡的拉怪玩家，順拐子捅捅九夜：「九哥，你猜你僱主注意到體力和疲勞值的問題沒？」照這情形看起來，那兩個負責拉怪的玩家很有可能會一不小心累死在怪群中啊！

雲千千這邊倒是沒什麼問題，她基本上沒有什麼活動量，就坐在樹上放雷劈就行了，連藥都是人家金主提供的。專用鍊金師傾情煉製，還有各種不同口味……

九夜負責保護的是人，所以不會派進怪群中去，以保證出現萬一情況時能最快應對。

僱主本人就更不用說了，出錢的是老大。他肯站出來做下指揮都已經算是親力親為了，這人要實在是想躺著啥都不管，也沒人能說什麼。

九夜被雲千千一提醒才有點反應過來，皺眉很認真想了會，說道：「似乎沒注意……我去提醒他一下。」

他說完跳下樹去，跟那個被高效經驗刷屏樂得失去理智的僱主商量休息。

雲千千留在樹上，幸災樂禍的看僱主一臉便秘樣卻不得不宣布中場休息的樣子，緊接著又看到僱主妹妹很體貼的羞澀湊上，這才跳腳發現不對勁……靠！她本來不是想和九夜商量約會的事情？怎麼一不小心又跑題了！

小三不息，奮鬥不止……雲千千爽快的跟著跳下樹去，跑到九夜身邊，刷出一條小手帕，很深情的為他擦汗。「九哥辛苦了。」

九夜：「……」

僱主妹妹眼紅咬牙，得過自家哥哥事先提醒之後卻也不能說些什麼。他們要真的是撕破臉的話，搞不好正如了某人的願，光明正大的毀約閃人……但是不說點什麼她又確實是不甘心。不能明著叫囂，冷嘲熱諷幾句應該沒問題吧。總不成你們做殺手、打手的還要先挑僱主性格，脾氣不好的就毀約？

以前都說士可殺不可辱，換到現在就是士可辱不可圖……在社會上漂過幾年的人都知道，不管哪行哪業，坐到什麼位置上的人，只要是和人打交道，總免不了有要裝孫子的時候。

只要有幾分閱歷的人，都不可能像初入社會的熱血青年那樣一點壞話都聽不得。想在外面討生活，哪有那麼容易……

比如說雲千千，如果她要斤斤計較自己受過的白眼的話，就不可能和經常對自己冷嘲熱諷之的無常、龍騰等人相處那麼融洽。如果她每被算計後，都如網路小說的主角那樣發飆發怒、有仇必報的話，就不可能和老是披露自己負面新聞的混沌胖子混成現在這樣深厚……死皮賴臉、卑鄙無恥也是一種智慧，如果不是能放得下的人，最後只會像刺蝟一樣處處樹敵。

別以為真有那麼多王八之氣能讓自己到處亂飆，人敬我，我敬人，裝瘋賣傻可是一門高深的學問。

所以總結可以得知，當今的士，已經沒幾個是沒被辱過了，受得辱中辱，方為人上人……我賤我自豪，這才是新時代的主題。

僱主妹妹冷笑一聲，收拾好心情，正準備開口刺個一句、兩句，雲千千忽然轉頭直朝僱主。

「對了，老闆，我這有點生意和你談。」

「和我？」僱主見自己妹妹臉色一變再變，大概也猜得出對方在想什麼，正打算看戲，沒想到風頭一轉，人家直奔自己來了。

「是啊，是關於你委託九哥的任務。」雲千千笑笑說道：「相信你也聽過關於我的一些傳聞，我覺得

自己還是有能力解決一些問題的，你覺得呢？」

「這……」偃主有點猶豫了起來。

對方說的這話沒錯，蜜桃多多陰險狡……呃，足智多謀的形象已經深入人心，每每在處境艱難的時候都能耍出一些賤招來扭轉乾坤。自己現在的麻煩不算大，但如果能儘快更俐落的解決當然是更好。

到底要不要合作呢？如果合作的話，自己妹妹那邊可能會不大舒服；但是如果不合作的話，豈不是白白走了許多彎路？何況自己可能還可以透過對方解決更多的問題。

在自己妹妹驚訝的目光中沉吟許久後，偃主咬牙點頭回道：「行！那我們那邊談！」還是正事重要，女兒家的兒女私情先放一邊吧，以後再找機會不遲。

「哥！」偃主妹妹臉色難看的喊了聲。

「聽話！」偃主沉著臉色，不容拒絕喝道。

偃主妹妹委屈的咬唇，一跺腳，淚光閃閃：「我最討厭你了啦。」接著她掩面淚奔而去。

雲千千感慨萬千，沒想到在新時代的今天，高科技的網遊大環境下，自己居然還有幸能夠見到上世紀經典言情狗血劇中的純情少女唯美經典場景之一的掩面淚奔……這運氣真不是蓋的！被噁心一下也值了……

抖了抖身上的雞皮疙瘩，雲千千摸摸胳膊，乾笑著跟偃主打哈哈：「令妹真是純潔可愛啊！哈哈……」

這是罵人吧？偃主神色糾結的看了眼雲千千。「……不用管她，我們那邊談？」

「嗯！」雲千千點頭：「那在此之前，你先把你的問題跟我說一下？」

「……」偃主吐口血……連什麼問題都不知道就敢跟自己談合作？

他突然覺得自己捨妹就義的選擇似乎錯了……

043 無間道

僱主的問題矛盾歸結下來其實就三個字——有仇家。

玩遊戲的誰沒個仇家，只是有人的仇家本事大，有人的仇家本事小。本事小的，只能潑婦罵街、PK殺人；本事大的，翻雲覆雨、笑指乾坤能讓人生不如死。

僱主的仇家本事不大，只能沒事幫人製造點諸如暗殺之類的小麻煩。嚴格算起來的話，僱主這樣的有錢人對於死個一次、兩次根本沒什麼好在意的，反正錢多力量大，輕輕鬆鬆沒多少工夫就能升回來。

但關鍵是，架不住人家選的時機好。僱主身上剛好揹著一個很重要的連環任務鏈，其中任務條件裡有一個很變態的要求，就是接任務的人在任務完成前不能掛點，一掛點，任務道具就會白光掉……

「……既然這樣你為毛不趕緊去做任務，還有時間在這磨蹭？」雲千千沉默一會後，好奇問道。

「我的手下正在解任務鏈，為了保證任務道具的安全，我本人當然不能親自過去！」傭主挺胸抬頭、理直氣壯。

「那既然為了保證道具安全，你為毛不找個包廂什麼的，租它個十天、半個月……這費用絕對比傭九哥便宜，還百分百安全。」

傭主鄙視不屑道：「我像是那貪生怕死的人嗎？」

「……」不像，您像是那犯賤欠虐的……

雲千千默了，她終於明白，傭主這邊嚴格說起來問題不大，關鍵在於人家既怕死又愛面子。

這就跟學校裡的熱血青年打架一樣，甲拉了一群人跟乙吼「你這個小ＸＸ有本事來啊！看著人多就怕了吧！你這個沒種的ＸＸＸ……」，然後乙熱血的衝頭回吼「來就來」；再於是，甲帶人衝上去一通狂踩……將人滅完後，接著吼「有本事你別跟老師告狀，誰告狀誰是ＸＸＯＯＯ」，乙趴地上一邊嘔血一邊撐著脖子繼續吼「老子一人做事一人當，孫子才告狀……」

這種行為有個歸納學名，叫做激將法，其主要適用的人群為好面子兼沒腦子的中度智力障礙人士，主要應用功效是以言語行為等發起挑釁，誘使被害人放棄自己的合法合理權益，為虛榮心等原因而做出不適合於當前局勢的判斷。

人要臉，樹要皮，為了面子幹出蠢事的人現在不少，以後也絕對不會少。

問題是，這個傭主的問題更嚴重。人家還沒打算激將，他就已經主動配合跳出安全圈跟殺手玩去了，這不是自己欠虐是什麼？

「現如今這世道，玩的就是刺激……妳得這麼想，如果我太穩妥的話，那你們的潛在客戶不就少了嗎?」僱主看雲千千一臉不爽，於是安慰一句：「這世界上能用錢解決的問題就不叫問題……我就是想讓那人知道，別說他現在只是買了幾個殺手下達追殺令，他就是找到一顆原子彈，老子也能用錢把那原子彈的發射軌道砸偏了!」

「說得也是，要人人都像你這麼犯賤的話，我得多多少財路啊。」雲千千很真心感慨。

僱主：「……」

預防刺殺，如果可以的話，最好還能反陰回去，這就是僱主下達給雲千千的最高指示。

至於酬勞問題好算。僱主僱傭九夜是到任務完成為止，每天日薪水 100 金，如果雲千千能提前搞定的話，比如說第十天任務完成，但是第三天威脅就解除了，那麼事後結算，雲千千的收穫酬勞就是 700 金，九夜提前結束，僱傭拿 300 金；第四天完成，是 600 金和 400 金……以此類推，也就是說指標完成越提前，薪水越高。如果一不小心拖到底限時間的話，就當什麼都沒發生過，九夜照拿薪水，雲千千白出力一場……

「蜜桃多多來了!」

某公會駐地一陣淒厲的警報聲後，所有駐留人員全部緊急戒備，握緊武器，瞪大雙眼，一副視死如歸狀。

「搞什麼!蜜桃多多怎麼會來我們這裡?」僱主仇家，也就是該公會會長青青河邊菜拍案怒吼，指望誰能給他一個說法：「到底是誰那麼不長眼惹到這陰人了?自己站出來!」

其他人皆一臉委屈，一個兄弟咬牙出面申冤：「冤枉啊，會長——我們哪會去惹那個人，以前都沒打過交道的；再說大家最近都按您吩咐，正忙著對付ＸＸ公會……」

青青河邊菜咯登一下，突然想起自己正對付著的那人好像最近請了九夜做保鏢，而九夜的遊戲配偶好像正是某水果……「臥糟！這是為夫分憂助陣來了？」

菜菜君覺得自己似乎是已經洞悉了真相，於是不再糾結，轉而全身心戒備，氣勢凌人的站在眾公會玩家面前，瞪著半空雷霆中正在飛速靠近的鳥人，不敢有半絲懈怠……

「哎呀，菜菜會長……」雲千千飛近後，並沒動手掏出法杖，而是非常友好的跟青青河邊菜寒暄：「久仰會長大名，今日一見果然是人中龍鳳、氣宇軒昂、英俊瀟灑、玉樹臨風……」

「……」青青河邊菜愣了愣，一時有點反應不過來：「呃，過獎……蜜桃會長這次來是？」看這架式，莫非對方還不知道九夜現在正在自己對頭那邊工作的事情？

「是這樣子的，我老公現在正在跟您仇家正是一夥，您應該知道吧。」雲千千笑嘻嘻道。

「……」

青青河邊菜越加茫然並警惕。原來對方是知道的，可是既然如此，為毛不翻臉？對了，這傢伙一向狡猾陰險，故意做出這副姿態肯定是傳說中的笑裡藏刀……

似乎是能猜到對方的心情，雲千千沒打算等到什麼回答，逕自笑著接了下去：「我就知道您知道……那麼，那傢伙有個妹妹挖我牆角的事情您應該也知道吧？」

「……」青青河邊菜悄悄向全公會提問：「九夜腳踏兩隻船了？」

「這個……」有知情人士立刻想起相關訊息，忙不迭舉手回答：「說起來好像確實有這麼回事。我們幾次去找XX會長的時候，都看到他妹妹站在九夜身邊……原本不提倒是沒覺得什麼，今天被這麼一說……想想那女孩好像確實有點芳心暗許的意思……」

青青河邊菜恍然，原來敵人的敵人就是朋友。早聽說蜜桃多多向來自私又正邪不分，雖說她老公的僱主是自己對頭，但如果那邊做了什麼讓她不高興的事，這女孩倒戈背叛也沒什麼讓人覺得意外的。

只是這消息是否真的可靠？信了一半的青青河邊菜迅速下令：「還有沒有其他知情人？這消息有幾成可靠？」

參與過暗殺、刺殺、圍殺等等行動的所有人士迅速碰頭交流，若干分鐘後，代表玩家出面發表肯定結論：「兄弟們都覺得那女孩絕對是想挖蜜桃多多牆角！」

這真的是一個振奮人心的消息。青青河邊菜及其手下公會全體成員全都歡欣鼓舞，對對頭公會會長的妹妹暗暗表示讚賞並鼓勵……能把蜜桃多多惹毛，那女孩真厲害！

認定蜜桃多多已經是己方陣營，青青河邊菜輕鬆了不少，傳令讓玩家們都收了兵器。他笑呵呵，一臉熱絡的開口，裝模作樣的安慰道：「會長您也別生氣，男人嘛，誰沒個立場不堅定的時候……九夜兄弟的人品在下私以為還是值得肯定的，關鍵是外人不識相啊。」

「嗯嗯，我也這麼覺得。」雲千千一臉得遇知音的感慨狀唏噓：「說起來我最近公事也挺多的，是少了許多和老公培養感情的機會，要不然哪會讓別人有漏洞可鑽。」

人家收武器，自己當然也得收翅膀。落到地面上後，雲千千和青青河邊菜像多年不見的好友般客氣寒暄，一點沒初次見面的生疏感。

青青河邊菜心滿意足的自以為拉攏到一個天大的助力，就雲千千和九夜的情感問題開導了幾句，再就對頭妹妹的不識相，妄圖第三者插足事件譴責一番。各種囉唆後，他終於婉轉進入正題：「對了，不知道蜜桃會長這次來找我們是？」

「主要是遊山玩水逛過來了，就順道看看。」

「……」青青河邊菜是強忍著才沒衝雲千千臉上吐口水。直接說自己要陰人不就得了嗎？那頭的是自己仇家，也是您情敵，大家利益目標一致還婉轉個屁啊，有什麼不好意思的？

「……呃，哈哈，相逢即是有緣，既然蜜桃會長有空，不如大家一起玩玩如何？」

「這……關鍵得看玩什麼。」雲千千為難的說道：「我和我老公感情很好的，一般不隨便亂跟別人玩……」

呸！沒人說想跟妳玩……青青河邊菜忍了又忍，繼續說道：「其實我對有人妄圖破壞蜜桃會長家庭和諧的事情也很氣憤，不知道會長是否有興趣跟那女孩玩玩？」看在妳是女孩子，面子薄的分上，老子忍妳一忍。

「你是說……」雲千千倒吸一口涼氣，瞪大雙眼，在青青河邊菜一臉的微笑中震驚吐出兩個字來：「百合？」

「百妳老母！」

旁邊人按下情緒激動的會長大人，連忙制止其可能與蜜桃多多翻臉的舉動：「冷靜啊，會長！」

044 演戲

青青河邊菜被調戲暴走差點失去理智，還好旁邊有個頭腦清醒的人接過談判大權。

「蜜桃會長有話不妨直說。」

雲千千看了那人一眼，發現這是僱主情報裡沒有的人物；但是就眼前這情況，對方還能插得上話來看，此人在這邊的地位應該不低，而且隱藏得比較深。

「其實我想怎麼樣不重要，關鍵是你們想讓我把他們怎麼樣。」雲千千比較含蓄暗示。

「……求指點？」

青青河邊菜被安撫後終於恢復一絲冷靜，但最識相的還是旁邊那位隱藏較深的仁兄。

「求底價？」

兩個不同問題充分體現了提問題二人之間的心機程度差別，同時也表現了他們對雲千千的了解深淺。僅就目前而言，後者明顯領先前者不止一點點……

雲千千羞澀低頭說道：「談錢多傷感情啊……不過看菜菜兄氣質高貴，非比尋常人物，如果你一番好意我卻推辭的話，那豈不是瞧不起你？……馬馬虎虎，3000 金就好了，菜菜兄不必再客氣，多給我跟你翻臉啊。」

「……」沒人想多給妳……青青河邊菜的臉色青青，額角小青筋很活潑的暴跳幾下。「妳到底能做什麼值得上這麼高的價碼？」

「你不是想殺人嗎，我幫你幹掉他多次？」復活稻草人目前市價 30 金，九哥身上現在也有易容面具，只需要他換張臉、演場戲，飛回復活點就能賺進 3000 金……傻子才不幹！

「單是殺個人還用不了那麼高的價碼……」心機較深的那人沉吟一會道：「我們想要的是那人身上的任務，問題是暫時還不知道該從哪裡領取……這樣吧，3000 金可以給妳，但是除了殺人滅口外，妳還得負責套出任務詳情，如何？」

「你們派出那麼多人都被九哥當菜切了，這難度有多高，各位心裡應該也有底，說 3000 金的買命錢太高可是不大厚道啊。」雲千千笑呵呵道：「任務詳情幫你們套出來也行，不過還得再加 2000 金……先付 1000 訂金，然後我去幫你們套任務步驟，等你們確認後再付 2000 金，最後殺人，你們在旁邊，一手人頭落地，一手交完剩下尾款。」

「成交。」心機較深的那人想不出這其中有什麼可以作假的地方，交款步驟也很公道，和外界流傳的蜜桃多多之卑鄙形象似乎有些不符……不過畢竟是第一法系高手，想必外界傳聞也是以訛傳訛罷了，對方做事應該還是挺公道的。

刷出裝著 1000 金的錢袋，雙方各懷心思，表面融洽的握手：「合作愉快。」

當然愉快，動動嘴皮子就賺 5000 金，現如今這麼好合作的冤大頭不好找了……

裝模作樣的回九夜身邊又混了一天，等各自收工回城後，雲千千才召來使魔把任務詳細寫上去。這個東西根本不用從僱主那裡打聽，她本來就知道。別說只是一個流程步驟，就連中間有些什麼小細節，雲千千也記得一清二楚，前世論壇上那麼多攻略經驗可不是白看的。

一小時後，對方那邊收信並確認完畢，再寄出第二筆傭金酬勞。雲千千收錢後，小手一揮，拉上喬裝後的九夜出去演戲去了……

冒牌「僱主」很大牌的和雲千千對站在野外，一臉漠然如世外高人。

雲千千抬起胳膊用法杖指著「僱主」比劃一會後再喪氣垂下，抓抓頭，很無奈道：「九哥，能給點表情動作嗎？」

「什麼表情？」九夜牌「僱主」淡定問道。

「這……比如說驚慌啦，惶恐啦，難以置信什麼的……最好能充分體現出你驀然發現我居然要殺你時的那種驚訝和慌亂。」

「……」九夜頂著僱主的臉，遠目望天，好一會後才很不解的表示疑惑：「妳要殺我肯定是有目的，為什麼要驚訝？」比如說現在，他就知道自己的死是為了 3000 金。而且是提前放了稻草人在身上的，不會有被擊殺的懲罰……在這樣的洞若觀火之下，讓他表現出如雲千千口中那麼複雜的情緒確實有點為難。

熟悉的人都知道，蜜桃多多從來不會因為情緒問題胡亂殺人，江湖恩怨之類的糾葛在她身上根本不存在，這人就是一個沒臉沒皮的無賴。至於她胡亂殺人的時候，那純粹是因為順手。

雲千千聽了九夜如此平靜的答案頓時憂鬱道：「九哥，雖然我非常感謝你這麼相信我，但是現在情況不一樣……我們這是做戲給別人看，一般人眼看自己要死了的話，怎麼也得慌亂一下吧？」是他太淡定還是她太不淡定？

「那麼我要怎麼做？」九夜還是很願意配合。

「也不用怎麼做，比如說很驚訝的『啊』一聲，比如說憤怒的吼『是你？』，再比如說……」雲千千很努力的回憶武俠劇中各種江湖情仇之經典場面，舉例為九夜示範。

九夜聽完想了想，勉強點頭，張口很平靜無波、綿延不絕的喊了聲：「啊——」

「……」

啊……啊？您是在吊嗓子嗎？

相對默然間，雲千千不知不覺已是淚流滿面——讓您這麼冷靜如冰，沉默如山的人喊出這麼一嗓子真的是難為您了九哥……

雙簧表演預算泡湯，不是九哥不配合，實在是他演技太差。雖然目前知道易容面具存在的人不多，但雲千千還是怕九夜的神技表演會引起其他人的懷疑。

經過緊急更正計畫，雲千千揪斷一撮撮頭髮後痛苦決定，將明殺改為暗殺……先把九夜的血條慢慢磨掉一半，然後再安排觀眾就位，演員上場，一上手就用雷霆萬鈞爭取秒殺，不讓其他人有察覺到男主角表情的機會……

「雷霆萬鈞——」試演開始，雲千千捏拳上場。

只見九夜果然反應敏捷，眉一挑，雙臂揮出，同時手中已抹出兩把匕首，一前一後、左右交鋒劃出，格擋住雲千千的同時，借雷拳爆出的衝勁向後縱身一躍，完美閃開此必殺技。雖然他被範圍內雷電劈下不少HP值，但終於是保留一絲血條，跳出了安全範圍……九夜緊接著抬手、送藥、匕花一舞，一個完美的預備進攻勢擺出。

「……九哥……」雲千千血淚怨恨中。

草泥馬！那僱主有那麼敏捷的身手嗎？有那麼完美的戰鬥意識嗎？有那麼強悍的實力嗎？……這是COSPLAY，不是對戰練習啊混蛋！

九夜一愣，後知後覺的赧然道：「不好意思，妳那一拳揮出的角度和方位太帥了，我情不自禁就還了一下手……」

雲千千吐出兩口小血：「……那你下回記住，可千萬別再擋了。」關鍵是正式演出的時候不能穿幫，萬一要是被人看到「僱主」有這麼強悍的反應，料想不用人拆穿，所有人都能知道這是一個假貨了。就算再不知道易容面具的存在也沒用，沒準人家還以為她是去哪裡找的僱主雙胞胎。

鑒於九夜的強悍，雲千千和對方反反覆覆排練了十多次才算勉強過關。在這個艱難的過程中，九夜的裝備被暫時扒光，因為屬性點太高；武器被暫時沒收，因為本能反應太迅速。不僅他的HP要先耗掉一半，MP更是要提前磨光光，不然鬼知道這人會不會使出天馬流星拳之類的變態徒手功夫。

一切準備萬全後，雲千千自信就算一拳砸不中九夜，引下的雷電應該也能把他劈焦了，這才滿意收手，準備安排觀眾就位，早早演完也好早早收工結帳。

就在消息發出、萬事具備只欠嘉賓時，偃主妹妹突然路過：「咦，哥？」她喊完再嫌棄的看了眼雲千千：「妳怎麼也在？」

雲千千吐血，狂吐血。誰來告訴她為毛這個妞半夜不睡覺會突然路過這荒郊野外啊？

還沒等這邊的兩人有所反應，偃主妹妹已經走了過來，很疑惑的問九夜：「哥，你剛剛不是下線了嗎？什麼時候回來的？」

「這個……主要是因為我和妳哥有正事要談。」雲千千連忙上前掩飾。要想指望九夜撒謊太難了，為免曝光，自己出面糊弄是最好的選擇。

「妳和我哥能有什麼正事。」偃主妹妹不屑道。

「大人的事小孩子不懂。乖，回家洗洗睡吧，回頭姐姐買棒棒糖給妳。」

「哼！」偃主妹妹恨恨的哼了聲，態度極其不友好，冷嘲熱諷之：「妳是不是想背著我向我哥說我壞話？」

「笑話。」雲千千義正詞嚴的凜然反駁：「老娘說妳壞話還用背著妳？」

「……」偃主妹妹的臉色越變越難看。

就在這時，一條訊息傳入，是青青河邊菜發來的：「我已經在旁邊了……怎麼還有其他人在？要不要幫忙？」

「不用。」事到如今已經沒空解釋，雲千千飛快回完訊息，抬頭驟然變臉：「雷霆萬鈞！」

一記重拳實實砸在已準備好的九夜身上，旁邊的偃主妹妹臉色突變，張開口剛想說些什麼，重拳之後的萬道雷霆已經從天而降，將兩人一起送回復活點……

045 陌生的課題

死有重如泰山，輕如鴻毛。僱主妹妹的死毫無疑問是超指標的重。

如果說九夜的臨場表情和演技原本還有什麼不盡如人意的地方，在僱主妹妹情緒投入的掩護下，也沒人會注意到他了。

眼見兩道白光後，一男一女飛回復活點，青青河邊菜一臉舒心滿意的從隱蔽處走出，痛快刷出 2000 金交付最後尾款。「辛苦會長了，那女孩就是小三吧？難怪妳還故意把她喊來。」

「其實我不是故意的，她自己路過。」雲千千謙虛解釋。可惜人品口碑在前，這明明無比真實的肺腑之言卻根本沒人信。

「是是，誰叫她那麼沒眼色呢。」青青河邊菜一副你知我知的表情，笑呵呵點頭。「我這邊還有其他

事，今天就不多聊了，以後有空歡迎來我公會做客。」

雲千千忙殷勤送客：「老闆慢走。」

讓自己頭疼了好幾天的一件大事解決，青青河邊菜的心情無比舒暢。

一筆鉅款輕鬆到帳，雲千千也無比舒暢。

僱主的威脅暫時解除了，九夜也可以鬆緩鬆緩。這是一個皆大歡喜的結果，你好我好大家都好，唯一不好的就是僱主妹妹……

「哥，你到底是怎麼了？為什麼要包庇她？」

第二天，僱主妹妹無比痛心的控訴僱主。她前一天明明是和他一起被殺的，誰知轉個背，第二天自己哥哥硬是咬死了說沒這回事，這叫她怎能不生氣。難道說是對方的美人計勾引了自己大哥，才會鬼迷心竅的幫她說話？這也太扯蛋了吧！

僱主頭大的安慰自己親妹妹：「哥沒包庇誰，昨天我確實早就下線了，也確實沒被誰殺，臨走前我不是還和妳打過招呼嗎……呃，九夜畢竟是人家老公，妳要想追求愛情什麼的，哥不好說啥，但這麼挑撥離間、汙衊別人是不是有點不大好？」他盡量委婉表示自己希望妹妹能更有品味去泡男人的意思，別生冷不忌、死皮賴臉的……這種拙劣的謊話實在是太丟人現眼了……

「你才挑撥離間，你全家都挑撥離間！」

遺憾的是，他妹妹看起來毫無醒悟的意思，依舊「死皮賴臉」的一口咬定昨晚蜜桃多多確實殺了她，而且受害人還包括他一份……這是硬逼著他聯手栽贓陷害嗎？僱主開始認真考慮妹妹的寄宿大學裡是不是有什麼人把她帶壞了——環境影響對剛剛成年並極度缺乏判斷力的大學生來說果然是很重要啊！

唯一值得欣慰的是，「被陷害人」似乎沒有和他妹妹計較的意思。

雲千千正在激烈的指控聲中很專心的拉著九夜研究一棵大樹下的蘑菇生長情況：「一般來說，這裡長出金針菇的可能性不大，不過我覺得可以帶點種子來試下……對了，中午吃火鍋吧？」

九夜亦是很專心致志的跟著點頭：「唔……」

被氣到跳腳的不僅僅是僱主的妹妹。在另外一邊，派人去任務點守了一夜的青青河邊菜接到手下發來的回報，聲稱任務一直沒有刷新，任務 NPC 咬死現在還不能發放。

「你有什麼看法？」青青河邊菜接到回報後，轉頭問身邊的人。此君正是在和雲千千談判時出過大力的那位心機較深的仁兄，現任青青河邊菜手下副會長，啃著青菜唱山歌。

啃著青菜唱山歌想了想後，道：「只可能是兩個方向出了問題。不是那個蜜桃多多做了手腳，就是任務被人搶先一步了……我們拿到任務說明後就派了人過去，所以第二種可能性基本上不存在，關鍵應該還是在蜜桃多多身上……現在需要搞清楚是，她到底在其中做了什麼手腳？」

「你的意思是，蜜桃多多有辦法幫對方在任務領取人被殺的條件下保住任務道具？」青青河邊菜搖頭說道：「我覺得這個可能性也不大，系統規則是不可逆轉的，玩家頂多是在其中鑽漏洞，不可能顛覆基本條件。」

「問題是，你確定她殺了任務人？」啃著青菜唱山歌冷笑道：「比如說卡好時間，製造出白光效果再用傳送石飛走，這也可以做出一個類似玩家被殺回復活點的表象。」

任務沒問題，就一定是在人身上出了問題。這是一個非是即否的推斷，去掉錯誤的選項後，剩下的那個就一定是真相，即使它看起來再怎麼不合理也一樣。

雖然副會長的猜測和實際情況不符，但是他的判斷已經在一定程度上接近真實情況了。

青青河邊菜的臉色有點難看。「可是我親眼所見，怎麼可能……」說著說著，他的聲音已經弱了下去。再不可能的事情都已經發生了，他所謂的親眼所見真的沒問題嗎？

「呵呵，那個女人倒真的是個足智多謀的。」啃著青菜唱山歌笑了笑：「障眼法？李代桃僵？不管是什麼手法，反正結果是我們被陰了……你還是去準備下後面的工作吧，那邊先暫時觀察幾天，我想有這個蜜桃多多在，我們以後的行動又要多費上不少力氣。」

青青河邊菜那邊暫時沒了動作，僱主所在的公會繼續刷著任務，九夜繼續保著鏢，雲千千繼續跟著隊，順便找機會抓九夜出去約個會什麼的，大家的小日子過得都挺愉快。

過了幾天後，無常過來視察工作情況順便抓雲千千談心，拎著後者到離隊伍不遠處的偏僻地，很嚴肅的皺眉問道：「妳到底是想來做什麼的？」

「泡哥哥啊！」雲千千呵呵一笑，很坦然的答道。

「哦？我真沒看出來妳這麼沒臉沒皮賴著男人就能泡得上誰了。」無常推推眼鏡片，不動聲色的諷刺道：「而且我這裡收到的消息，好像是妳接了僱主的委託，幫他解決麻煩吧？晚解決一天就少一天的酬勞，妳不動手真的沒問題？」

「我也沒看出來你啥時候這麼關心我的生意了，倒是看得出來你想把九哥從我魔爪裡救出去？」

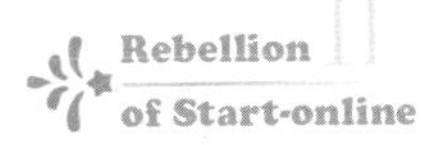

「沒錯！」無常冷哼。

雲千千認真想了想：「其實我真不明白你為毛對我有那麼大成見，我覺得自己行事也算是光明磊落，從來沒有不敢對人言的地方……是不是這其中有什麼誤會？」

無常一頭青筋亂跳。這女孩確實是光明磊落，確實是沒有不敢對人言的地方，因為她把所有壞事都幹到了明處，壞都壞得理直氣壯、光明正大……這叫有誤會？不，絕對沒有半點誤會！

「唔……看你一副啞口無言的樣子，應該是充分認識到自己的錯誤了。」雲千千很體貼的點點頭，再問道：「那麼不是我的問題，就是你那邊的問題？」說到這裡，她想了想，突然倒吸口冷氣：「難道我以前猜得沒錯，你真的對九哥有什麼不可告人的想法？」

「……」一絲鮮紅溢出嘴角，泛著冷光的鏡片後的鳳眼一瞇，無常恨不得瞪死這個女人。「看來我們是沒有共同語言了。」

雲千千欣慰點頭：「還好關於這一點的看法上，我們的意見很共同。」

「……」

送走無常，雲千千重回九夜身邊坐著，掏出法杖繼續刷怪。

解決僱主的麻煩？開玩笑，酬勞反正是一天一百，不是九夜拿就是她拿，左兜轉右兜的事情，她何必費那力氣。要賺錢也得賺別人的，比如說從青青河邊菜那一筆就敲下來 5000 金，這才叫大生意呢。

雲千千順口接下任務也不過就是為了在這邊混得更光明正大一點，免得別人問起來的時候，自己連個幌子都拿不出來。

不過她想了想也確實有點茫然，雖然自己口口聲聲要泡九夜，但是不是真的喜歡這人連自己都沒辦法

確定。只不過是目前他最適合，而自己又剛好對他有點好感罷了。

是因為適合而愛，還是愛了再慢慢調整到適合？

還年輕的人都願意找到自己的真愛，或轟轟烈烈或細水長流，不管是什麼樣的愛情，總而言之必須是自己認定的那個人，哪怕陪對方嚼菜根，哪怕陪對方從無到有。

他們的年輕就是自己最大的本錢，有足夠的時間揮霍消耗，用來試探和尋找合眼的那個人。

而經過了數年浮沉之後的成熟人士，更多的已經不再談愛。他們在各個相親場合上擺出自己的條件並審視對方的條件，從性格、家庭、工作環境等等所有客觀原因上尋找最契合自己的那一個。

牽手時沒有心跳如擂，結合後也只是因為責任才對對方另眼看待。然後慢慢的消磨歲月，直到那個人成為生命中不可或缺的一部分，愛情也許會在這個過程中出現一絲苗頭，更多的卻是相濡以沫的親情。

所有愛情到最後都會沉於生活，但是支撐生活的卻不一定是愛情。

是要魚還是要熊掌？

這個問題太深奧了，雲千千沒研究過，這對她是一個陌生的課題。能找到愛的且適合的人並不是一件容易事，多少人窮盡一生只能得到其中一個……現在她只有走一步算一步。不管怎麼說，人家九哥好歹條件都挺好的，是個績優潛力股，目前狀態不錯，未來發展很可觀，捏在手裡怎麼也賠不了本就是。

046 商業時代

蜜桃多多現在醉心泡男人，順便尋找升級公會的新節點，因為其甚少在江湖上露面，江湖竟然也因此平靜了不少。

玩家們突然發現三天兩頭的大小事件都沒有了，沒有詐騙團隊，沒有被迫捲入什麼恐怖事件，沒有猛料、沒有八卦、沒有禍害……只有一片和平安寧。

這樣祥和的日子讓人感動到想哭。

可是不甘寂寞的人也有，比如說彼岸毒草，在發現雲千千回大陸後居然沉寂到近乎詭異之後，連忙趕來，把這看起來有打算想歸隱山林的女孩重新召喚出山，免得人家一不小心哪天突然就看破紅塵，踏碎虛空而去了……

「兄弟們最近在海族那裡聽到些閒言碎語，聽說海面上好像出現了一些NPC的商船。」彼岸毒草抓著一大疊公文來找雲千千商量正事，隨手丟出一個重量級消息。「除了這個以外，還聽說正經的海盜船也出現了，不是魚人那族的，是專門在海面上打劫過往商旅的專業海賊……妳要實在閒著沒事，不如去幹幾票黑吃黑？」

「商船？海盜？」雲千千終於提起幾分精神：「那不是代表商業時代來臨了，海貿關口打開？」可是這個資料片記得是還要隔上幾個月以後才會發布才對，現在時間還早，怎麼進度改了這麼多？

「也許是因為海外島嶼被開發，有玩家開始在航線上頻繁往來行走的關係？」彼岸毒草抓了一份海島駐地經營報告書丟給雲千千。

雲千千只瞟了一眼，頓時就被密密麻麻的一串資料直接秒殺，她連忙把報告書丟遠，很痛苦的捂胸口說道：「你還是直接用口述的吧，別讓我看這些亂七八糟的東西了。」

彼岸毒草白了她一眼：「這是我們島嶼目前的經營狀況。龍騰不知道被觸動了哪根筋，還是選擇在自己島上劃出了半邊的商業旅遊區，建設完成後又大力宣傳……那邊的人多了，我們島嶼這邊也藉著這個機會順勢做大了起來。」

「現在孤島那邊已經進入正軌，平均每天的玩家傳送及渡海往來量接近國家二級景區，很是大賺了一筆……當然，等新鮮勁過去之後也許會有所減少，如果發展得好說不定能保持，這主要得看後面的經營決策。」

智腦不會千篇一律、按部就班的工作，它在遊戲中做出什麼樣的改變都是緊緊跟隨並參照當前發展進度來的。

一般情況下，如果按照智腦提供的路數走，當玩家有能力發展出成熟的航海技術，有能力測繪出標準的海圖，有能力造出足夠支持遠航探索的大船……種種條件後，才有玩家可能去嘗試大航海時代那樣的外海探索。

可是雲千千是一個作弊者，就像所有人拿到同一個題目，其他人正忙著譯題推論代公式，雲千千卻已經一眼就想起了這道題目的標準答案是D。

於是進度被打亂了……

「海貿是好東西啊，賺錢快。」雲千千想起了自己曾經心動的奴隸計畫。

遺憾的是，現在她和魚人關係太過融洽，再對對方下手似乎有點不厚道。而且最關鍵的是，亞特蘭提斯中最大的賭城有她一部分原始股。雖然身為玩家不能直接拿到分紅，但其他種種隱性好處，比如說任務優先權，種族友好度什麼的卻也很是實惠。

比如說魚人族肯一次次讓雲千千敲詐，未嘗不是因為受到這其中的一部分影響。

「除了販賣人口外，還有什麼賺錢最快？」雲千千苦惱的自言自語，看來有時候交友太廣也不是件好事啊！

彼岸毒草嚇了一跳，問道：「販賣人口？」

「嗯，我本來想販賣奴隸，但是值錢的種族好像和我關係都不錯。」雲千千很痛苦的扳手指，一一數道：「精靈那邊是友好，魚人那邊是熟識，神族也是熟識……中立的種族沒什麼出彩的，唯一略帶敵對的夜叉族鐵定沒人肯買……」

彼岸毒草終於聽明白了，原來這個販賣人口指的是NPC……唔，雖然得罪NPC的後果依然挺嚴重的，但

總比他以為的「蜜桃多多想販賣玩家」這樣的反人類罪行輕得多了……

很頭痛的揉了揉太陽穴，彼岸毒草瞪了雲千千一眼：「黃、賭、毒……賭城妳已經辦了，人口又不能販賣，既然如此乾脆妳去販毒吧！」

他發誓，自己這句話只是玩笑，更準確說應該是諷刺……真的！

可是對面的那個女孩居然突然做出一副豁然開朗狀，很驚喜的抓住自己的小手手激動搖晃：「小草你真的是太厲害了……我們一起販毒吧！」

於是，彼岸毒草很光榮的暈了……

「轟！」

九夜面無表情的看著自己不小心失控飆出的一片劍氣，無視劍氣中被無辜波及而死去復活點的幾道隊友所化的白光。

靜靜的在原地站了一會後，他收起匕首，沒去看自己身邊嚇得已經是呆若木雞的僱主，皺了皺眉，轉頭很平靜的問雲千千：「妳剛說什麼了？剛聲音太大我可能有些沒聽清楚，能不能再說一遍？」

雲千千一把抓住九夜，很嚴肅的重複：「我們一起去販毒吧！」

「……」

販毒……原來自己果然沒有幻聽……

九夜痛苦的閉了閉眼再睜開，很糾結自己要不要向無常報告這個危險人物有脫軌心思的事情……她到底知不知道自己在說什麼？

自己是警察耶！

雖然只是負責網路上的，但這也不代表他會願意陪她去做非法的勾當。

想著想著，九夜甚至撈出一個大得有些超標的溫度計，委婉詢問雲千千是不是需要測量一下體溫……

「哇！遊戲裡居然有溫度計？」雲千千接過溫度計，表示驚訝，自己可是從來沒在創世紀裡見過這種道具。

「化工類生活職業的人偶爾會用，一般來說產出比較少。我這個是無常落下的，他煉製東西的時候偶爾需要精確計算溫度熔點什麼……」九夜終於也發現自己這溫度計好像不是人體用的了，鬱悶收了回去。

「還是先說正事……」

雲千千一揮手，沒什麼好奇心繼續研究溫度計，連忙轉回正題說出自己的打算：「海外最特別之處在於不同大陸的文化和產出原材料，這就跟現實裡各個不同大陸都有不同的特產物種一樣，而這些東西在未開放海路貿易前都是無法獲得的……其中獲得門檻最低的是草藥類。我記得有些小海島上有不少毒植可以提煉出新藥，不管是賣到精靈族還是賣給玩家都會有豐厚的利潤。現在我們最大的優勢就是在開拓海路上領先了別人一步，不趁這機會大撈一筆實在是對不起自己……」

「……」九夜臉色古怪的看雲千千許久：「妳說的販毒……是指販賣鍊金藥原材料？」

「是啊，怎麼了？」

「……沒怎麼。」

他想撞死自己……鬆了一口氣的同時，九夜深深的感到了鬱悶。

只要不是犯法的事情，九夜一般都不會拒絕雲千千的要求，反正已經在對方身後跟慣了，再說她做的

許多事情確實也經常能令他感到新奇。可是現在唯一的問題就是他還在受僱傭狀態中，僱主身上的任務一天不結束，他就得保護人家一天。這不僅關係到信譽，更是自己的工作。

還好雲千千不是馬上就要求九夜動身，她就是來確定一下願意加入的人員名單。前面探路的那幾筆肯定得她自己跑，等路線記錄下來後，再慢慢安排人手分別負責幾條航路，這也是為了可持續發展。畢竟海盜不是好對付的，每支船隊都得保證至少有一個頂尖高手帶隊護航才行。

先出海運貨，再順便尋找有能力占領的島嶼。提升公會聲望和擴充公會資金這兩者對於公會發展升級都很重要，一個也不能落下。

主城 NPC 辦事公道，鑒定完水果樂園已有海外駐地，並確認其確實擁有海運能力後，很痛快的就發下了貿易證，根本沒有任何為難。

拿上貿易證，雲千千從船塢裡調出自己目前擁有的唯一船隻，很瀟灑的點齊水手和玩家就開向了未知的大海深處……

「嘔……」

「噁……」

「求暈船藥……」

「嗚嗚嗚我要回家……」

船上一批旱鴨子們在一週多的航行後集體虛脫。

遊戲的大海遠比現實中的要更加變幻莫測，一般人坐船都是風平浪靜，走的都是穩定航線，而遊戲中

追求的就是一個刺激，就是一個新鮮，就是一個為現實所不能為……在這裡坐船比遊樂園的海盜船都平穩不了多少，區別只在於海盜船隻顛簸五分鐘，那叫刺激；遊戲裡航海是接連顛簸一週甚至數週，那叫受虐……

「真沒用！」

前世早已鍛鍊出來的雲千千站在船頭笑傲全船，頗有一副眾人皆萎我獨挺的有我無敵之桃臨天下的架式，神情極其之欠扁。

讓暴風雨來得更猛烈些吧！雲千千得意暗想。

來個大浪把這傢伙沖走吧！其他人憤恨暗想。

047 拐帶

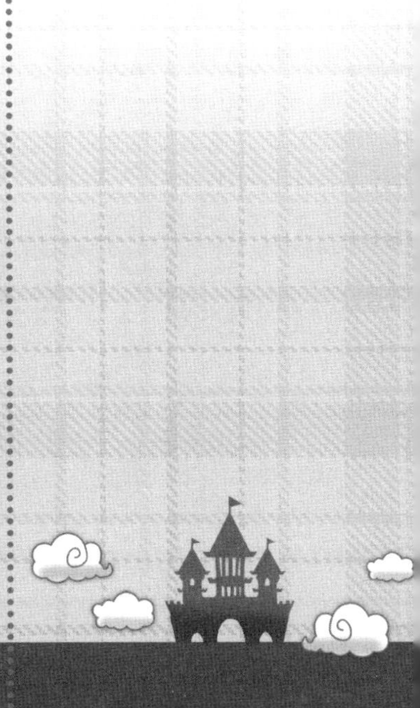

正式開始了走私的生涯之後，雲千千才真正體會到自己在這一行業上究竟占有多大的優勢。

首先，島嶼的探索和貨物的選擇就不用說了，畢竟是早就被許多先人們研究總結過的，利潤最大的貨物都是排行上的熱門。而熱門就代表著普及，普及就代表著記憶深刻，就算這輩子沒有精確的海圖，大致的方向也不會走錯。

其次是海盜和海族 NPC 們的威脅……這更不算什麼，別的玩家可能還會對頻出不止的狀況感覺頭疼，雲千千卻完全沒這顧慮。

海裡最大的海族魚人就是她的死忠崇拜粉絲，對這個把賭博這項充滿刺激性和趣味性的娛樂活動引入海族的玩家表示無比景仰，對其無恥無下限的人品更是畏服不已。雲千千在魚人族的地位就像山中二大王，

基本上只要她不幹出什麼填海滅人全族的事情，人家都會對她的海上活動大開綠燈。

有這群海中土著保駕護航，小小海盜更是識相，沒事不來招惹這威名震懾大洋的土匪。別到時候沒事打個劫，反被人黑吃黑就好玩了。

於是第一次遠涉重洋，在摸索試探後，水果樂園的船隻順利按著雲千千指點，在歷經大半個月後終於尋到第一個盛產利潤豐厚特產的陸地。他們除了收穫一份周邊精確的海圖外，途中還順手又拿下一座小島，甚至和半路結交的海盜群打好關係到稱兄道弟的地步。

緊接著，水果樂園修補和改裝船隻，購買新船，填充清水、食物及水手，準備運貨……

海貿不比玩家之間做生意。平常玩家間買賣的都是可以直接使用的物品道具，按「個」或「組」來計算，最多裝滿一空間袋外加一倉庫也就完了。

海貿的貨物卻是按「倉」來計算，一倉的貨物一倉的錢，沒零頭，直接取整數；然後從海關相關NPC那過一道，再兌換成單件或成組的零售狀態……簡而言之，玩家走的就是零售路線，雲千千跑的海貿這叫批發……

有了海圖後，再回程就不用摸索著耗上近一個月了，按著航線走，再加上智慧水手 NPC 自動調帆什麼的，直接最大航速，一週搞定。

雲千千下了船不忙別的，先叫人把倉裡的箱子都打開，拿出一半藥植來，在箱子空餘的部分拚命往裡面添土……植物要送活的，根上當然得帶點土，帶的多了點也好說，這不是為了保證植物的最新鮮狀態嗎？

這就跟擺攤賣菜的那些小販喜歡往自個的蔬菜上死命灑水是同樣的道理，振振有辭的說是為了讓蔬菜保持水靈新鮮，說白了其實就是為了增加磅秤的重量……

添了至少一半士，一支艦隊五艘船隻，共計二十五倉的貨瞬間變成五十倉，本來就翻了幾倍的利潤狠狠再翻了一番，讓驗貨的海關 NPC 臉都青了。

於是層層上報後，系統委婉表示需要更改規則，每倉貨物不要求多，但清理掉泥土後的藥草希望至少能填滿倉庫三分之二……再於是，雲千千召集船工改造貨倉，不用費勁大改，只要求在每間貨倉中間加堵木牆就行，一間變兩間，兩間變四間……各地建築標準不一樣，我們的貨倉是外國小巧風，大家應該不排斥異族文化吼？

海關NPC都瘋了。海運貨物按倉計價是傳統，總不能單讓人家一件件拆出來零售吧。這太有針對性了，很容易引發對方投訴。

可是如果不採取措施的話，老被人這麼黑，誰都得受不了。系統看不下去，再次出面，這次直接大改，把海運的按倉計貨改為了按箱計貨。再加上前一條修改規則，這回總沒問題了吧？

於是又一次返航時，海關 NPC 們有幸目睹了一艘大船後拖無數繩索，每根繩子後面都綁帶著至少五、六個漂浮木箱的神奇場景……

真是神奇啊，居然還有這個漏洞可鑽……所有 NPC 表示麻木，這回連系統都不吭聲了——這也算玩家的智慧，還是容許了吧，反正只要自己不被坑就行……

其實雲千千也不真的是卯著勁只想陰 NPC，主要是商人嘛，大家誰不是希望利潤越大越好。海貿這東西不能走傳送陣，跑一趟貨就是實實在在的出一次海，這一來一回花費的時間可不比在大陸隨便找個地方白光一閃，輕而易舉就能搞定的。

她還有更多的事情要去忙，當然要更快的積累資本，節省出越多的時間才會有越充足的準備。

當然，雲千千這辦法也是別的玩家所無法複製的。別的不說，單是海盜那一關他們就過不去，綁那麼多貨拖在船後面跟著漂，這擺明了就是求打劫的；換作任何一個人來，恐怕不等船走上一天都得被劫得傾家蕩產。

尋找到這個折中的辦法後，系統滿意了，雲千千也滿意了。於是事情到此終於告一段落，以後再遇到什麼需要出海運貨的情況，只要水果樂園隨便來個高手押陣，在船頭掛上桃子旗就行。就好比電視劇裡那些什麼震遠鏢局之類的……名號在那呢，海賊、水匪都得繞道走。

出了幾次海後，把會裡的海運帶上正軌，雲千千又去找了九夜。這次後者的僱傭任務總算是結束了，雲千千在大海上起碼漂了近兩個月，這邊再怎麼磨蹭也不可能拖到現在都沒完。

因為早預約過了的關係，僱傭結束後，九夜也就沒接什麼新工作，安安心心的在大陸流浪著混日子，等水果上門。

雲千千一個傳送，從野外把不知道迷路到何處的九夜大哥揪回來，抓著人直接登船。「打地盤去。」

「打哪裡？」九夜適應良好，完全沒有對此突兀行程表示驚訝之類的情緒。

「還是海島。」雲千千打開已經補充得相當細緻的海圖，指指點點：「跑海運的時候順手打下幾個小島，但是還有些太難啃的暫時動不了。我們公會現在聲望已經相當高了，打普通海島已經沒有什麼聲望，只有拿下那些異族的據點……呃，你可以把這理解成遠征。」

遠征可不是隨便就能用上的詞彙，一般這類活動都屬於長期抗戰，不是爬個山頭、殺光土著、插根旗幟、宣布該附近領土歸自己所有就行的。

比如說雲千千現在選定的目標，就是魔族對人界的入口。

在系統設定的種族戰爭中，當遊戲發展到一定進度時，神魔什麼的就會坐不住跑來人界溜達；而這些早就避世又自己擁有一個空間的種族，當然不可能直接把兩界的出入口開在大陸地圖上。

他們得有據點，這個據點還必須得有一定的地理優勢，比如說附近小怪等級高，比如說地勢艱難，比如偏僻難尋……

總之，必須得是大家不容易到達的地方才行。

這不僅是為了神秘感，更是為了保證種族大戰時，自己能有個準備和喘息的機會。

沒聽說過兩軍交鋒時，進攻方跑到人家營地前面才臨時列陣集合的，人家都得是早早排布好兵馬，拉著準備萬全的軍隊才會開始行軍跋涉。

雲千千最近寂寞狠了，乾脆拉著九夜玩票大的。反正神魔兩族現在還沒開通道呢，她乾脆去人家的駐人界大使館玩玩，就算不小心玩大了應該也不會招惹出什麼神魔大軍來；運氣好的話，沒準還能撈上一筆大聲望。

「就我們兩個人？」九夜在了解雲千千計畫後，略微表示了詫異。

「當然不止，我們先去刷個傳送陣，然後再讓會裡其他人直接過來。」

水果樂園的天空駐地上還有一個傳送點沒設，大陸精靈族那邊放了一個，第一島嶼那邊放了一個，最後這個就等著放魔界旁邊了，這樣將來玩家們往來的時候多方便啊。

交通便利就等於商業發達，這是所有人都知道的道理。唯三的傳送設置當然也得緊鄰著那些未來有發展的地盤來。

「嗯。」知道是大行動，九夜慎重的點了點頭，想了想後開口問道：「要叫上無常嗎？」

「這麼興奮的時刻你別提那麼煞風景的人行嗎？」雲千千無奈。

「……」

就像雲千千不喜歡無常一樣，無常也不怎麼喜歡雲千千。兩人因九夜而生起的種種矛盾糾葛，不是一天、兩天的事了。

雖然雙方都屬於理智型的人物，不會因為私人感情而影響正常交往。但要說和諧和睦什麼的，卻實在有些玄幻……在得知自己手下的得力幹將被拐帶出海的消息時，雲千千和九夜已經在海上漂了兩天，此時別說拍馬，就算拍飛機也趕不上。

為此，無常吐血三升，奮筆疾書寫了長達十頁的譴責書派使魔送出，其言辭之激烈、情緒之激動、心情之憤慨等等等等在字裡行間無一不淋漓盡致的表現了出來。

雲千千沒時間看，掃了一眼寄信人，把信紙乾脆的刷到最後一行，直接看了看長篇指責之後的最後那句「妳給我記著」，然後就隨手把這篇文采斐然的巨著拋入大海……唔，看來眼鏡仔這次氣得不輕。

048 海中大戰

幾天後，彼岸毒草接到雲千千消息，已經找到目標島嶼。

早就做好準備、選定好參加遠征人選的彼岸毒草自然第一時間將消息公布給全會上下，告訴大家，老大已經踩好點，隨時準備開傳送陣進行大戰。

可是就當所有預定人員已經在傳送點旁集合到齊之後，雲千千那邊卻突然又失去了聯繫。

許久後，一直沒見到傳送點建立成功的彼岸毒草開始焦躁；再焦躁許久後，傳送點一亮，彼岸毒草的眼睛也立即跟著一亮。

可是就在他一揮手當先就要衝進傳送陣時，雲千千呼啦一下從裡面刷了出來，懷裡抱著什麼東西似的，埋著頭也不看路，直接衝了出來。

「靠！妳怎麼回來了！」彼岸毒草被撞得七葷八素，扶著腦袋緩過勁來，再仔細看了一眼問道：「抱著什麼呢？作賊似的，妳把人家什麼聖物又偷了？要不就是神器？」

「小說看多了吧你！」雲千千警惕的一緊衣襟，把懷裡的東西又裹嚴實了些，那副樣子擺明了就是不想讓人看見她抱的是什麼東西。

肯定有鬼……彼岸毒草開始頭大，直接衝雲千千伸出手：「讓我看看。」這女孩有時候衝動起來不帶腦子的，沒準真看見什麼東西手癢了，一個沒忍住，抱回個大麻煩也說不定。

「不給！」雲千千又使勁摟了摟手臂，衣服下面鼓起來的大包塊頓時不安的蠕動幾下。

「還是一個活的？」彼岸毒草想尖叫：「妳該不會是把哪個魔族孩子偷來了吧？」

他平常沒看出來這人有過想要拐賣小孩的意思啊。要說她看人孩子可愛，情不自禁拐來自己養更不可能。看龍哥兒子的待遇就知道了，這女孩身上完全沒有半點所謂母性光輝的影子……不！她根本就不能算是隻母的！

雲千千不好意思的抓抓頭，鬼祟的湊過來小小聲道：「行動先取消，我們回去說。」

「……」回去就回去。

匆匆忙忙回到駐地主樓，把其他好奇聞風過來圍觀的玩家都轟出去，雲千千依舊抱緊懷裡的東西，騰出一隻手臂，粗魯的揮掉屋子正中那張超大辦公桌上的所有東西。

看著那些如秋風中的殘葉般飄落在地面上的大疊重要文件，彼岸毒草眉毛不受控制的跳了跳，深呼吸，努力控制火氣……很好，她一會最好有足夠重要的東西展示給他看。

「小草，過來。」雲千千勾勾手指，小心翼翼的把衣服外襟敞開。

彼岸毒草剛想往裡面看，一隻奶白色的小貓就主動探出頭來，一邊大口呼吸新鮮空氣的同時，一邊對雲千千齜牙瞪眼。

「……貓？」彼岸毒草的腦子有點不夠用了。

「不是貓。」雲千千很沉痛的揭露真相：「這是九哥。」

「……」

一瞬間，彼岸毒草只感覺自己的意識空間一片電閃雷鳴、烏雲滾滾，腦子裡像是有一萬隻大象轟隆隆踩過來踏過去……這是九夜？

這隻小貓居然是九夜？

「……妳在跟我開玩笑？」許久許久後，一臉痴呆的彼岸毒草終於恢復了思考能力，拚命瞪、使勁瞪眼前的一人一貓。

雲千千連忙舉手，表示自己並沒撒謊：「我這絕對不是調戲你，他真的是九哥！」

「喵嗷～」奶白小貓狠狠齜牙。

「……」

一萬隻大象又開始列隊遊行，踩過來、踏過去……轟隆轟隆轟隆隆……

半小時後，經雲千千詳細解釋，彼岸毒草總算明白了九夜之所以會變身小貓的原因。簡單概括的話，一句話就可以說明，魔族詛咒。

把這概括伸展開來的話，就是兩人在探索魔族前哨的時候，不小心誤踩某陷阱，接著順理成章的驚動

了陷阱中的魔獸，其咬了九夜一口之後，就使後者中了變身詛咒。

再再詳細追溯事件經過的話，其中重要步驟的發生順序依次是這樣的——九夜迷路掉陷阱了，雲千千要去救他；救援中途，她手癢順手摸了把BOSS；BOSS醒了要追咬兩人，兩人打不過，逃跑；逃不掉，雲千千就順手把九夜推到後面去擋了下……

「妳這是過河拆橋啊！」了解全部經過後，彼岸毒草表示痛心疾首。

雲千千立刻抗議表示不滿：「我過誰的河了？」

「妳……」也對，人家本來就沒利用九夜，反而是想救九夜。雖然救成之後她為了自保，順手又把人推火坑了，但是前面半截還是出於好心……這確實不能叫過河拆橋，只能說她沒堅持把好事做到底。

彼岸毒草想了想，不再糾結這個問題。「那妳現在打算怎麼辦？這詛咒多久才能解？」

「這個……」雲千千心虛的回頭看小貓。

小貓很含糊的從鼻子裡冷哼聲，拍出個人面板，上面標清詛咒倒數計時是三天，而且是指的是線上時間。再再而且，另外兩人看了詛咒名稱才知道九夜變的這隻實際不是貓，人家是豹……雖然還是隻小乳豹……

「這三天裡，九哥不能使用技能，我負責保護他！」雲千千裝沒看見小貓……

小豹齜出一口細白小牙，雲千千拍著胸脯大包大攬：「為了九哥的名聲，暫時也別說他中詛咒的事，對外就說這是我的寵物。」

「哼！」九夜小豹子又哼了聲，抖了抖腦袋上那對圓圓的小耳朵，轉頭趴在自己交疊的兩隻小前爪上，尾巴有一下沒一下的搖著，擺明懶得理她了——這水果打的倒是好算盤，想欺負自己現在不能說話，搶先散布言論模糊罪行並造成公認事實……可她也不想想，無常老不見他，不得問一下？就算遊戲裡不能說，下了線難道還不能說？

「那三天後怎麼辦？妳的『寵物』突然又沒了，怎麼跟大家解釋？」彼岸毒草問。

「跟誰解釋？要什麼解釋？」雲千千豪邁揮手：「威風的人生不需要解釋！」

於是彼岸毒草也懶得理她了……

最大戰力被 NPC 詛咒變身，原定行動只能取消。魔族據點對當前來說本來就是一個越階的存在，沒有一個像樣的主力坦克是不可能順利拿下的。

該談的談完了，彼岸毒草收拾好散落在地上的文件，準備出門收尾善後，要找個合理理由驅散人群，還得把閒散人員重新安排其他工作……臨走瞟了眼桌子上趴的那個白色小毛球，彼岸毒草實在忍不住伸手摸了一把……唔，真軟。

九夜跳起來，弓背齜牙抓桌磨爪，一副要和彼岸毒草拚命的架式。

後者連忙收起陶醉的神情，訕訕解釋：「呃，不小心而已，誤會誤會。」

「小白乖。」雲千千順手把九夜撈起來，兩根指頭拎著他後頸皮提到一邊：「小草哥哥有正事要忙，姐姐帶你吃魚去。」

「喵嗷！」老子不是貓！

「……」這就幫人取了個新名字了？彼岸毒草擦把汗，趕緊往門外走，臨關門前，還聽到雲千千調戲九夜。

「別老喵，來，汪一聲給姐姐聽聽！」

神仙打架，凡人遭殃，還是走快點吧……彼岸毒草加快腳步，感覺自己頭上的冷汗越流越多了……

「呼叫水果！」

「洞拐洞拐，這是水果、這是水果，通訊收到，鹹魚請講！」雲千千接聽通訊，順口回話。

「……」無常在另一頭青筋直冒：「九夜名字怎麼綠了？」

玩家線上的名字是白色，下線的名字是灰色，至於綠顏色……難道表示出軌中？這樣子的名字狀態，無常還是第一次見到，一時之間挺茫然的，再加上傳訊也沒人回，他無奈之下這才紆尊降貴來詢問雲千千，不然的話，他才不願意和這個人通話。

「這個……你猜猜看？」

「我……」無常強嚥下一口鮮血：「妳直說吧！」

「可是我不知道該怎麼說……」九夜變成小貓的事情如果曝光的話，無常肯定百分百觸發狂化模式。自己雖然不怕和他打架，但人家畢竟是吃公家飯的，搞不好公報私仇，找個理由拉自己去關小黑屋也不是沒可能。

「妳現在怎麼想的就怎麼說。」

於是雲千千嬌羞的把自己現在想的說出來了：「討厭，人家不想告訴你啦。」

「……咗！」

擦把冷汗趕緊切斷通訊，雲千千趁著無常被噁心到暫時還沒能反應過來，有所行動之前，抱著小貓連忙亡命天涯去了。這人果然不是好對付的，這麼快就找上門來，她再不走，早晚被抓到……

俗話說得好，福無雙至，禍不單行。這句話的意思也就是說，當你走運的時候，一般不可能接連著繼續走運。但是當你倒楣的時候，很可能會持續不斷的倒楣，也許倒不算是什麼大事，關鍵是連綿不絕……

「救命──」

雲千千逃亡剛逃到一半，才傳送回大陸，正在地圖上尋找隱蔽偏僻、人跡罕至的地方準備閉關三天，結果還沒等她圈定範圍，一個求救訊息突然傳到。

「沒空，正逃命著呢，下次記得先預約。」雲千千直接秒回訊息，準備切通訊。

「會長，是我們啊！」通訊那邊的人似乎猜到雲千千要掛斷通訊，連忙聲嘶力竭的吼道。

「不管誰都沒空，沒事死一死可以促進等級循環，加快身上物品道具的新陳代謝，新時代的口號就是死死更健康……如果你們實在不想死也行，堅持一下，等我這邊忙完就去救你們？」

「您要忙多久？」求救玩家抱著最後一絲希望問道。

「不下線的話，只要三天就夠；下線的話，大概五、六天也沒準……先撐著吧你們！」

那邊的人想暈了，很絕望的哭：「我們撐不了三天啊。」

「那就死吧！」

「那貨怎麼辦？」

「什麼貨？」雲千千驚訝的問道，心中浮出一絲不祥預感。

「就是海貨啊……我們是負責海貿押送的，現在正被打劫中。」

「不會吧？」這回換雲千千哭了：「你們船上有多少貨？」

「也不多……」那邊的人很羞澀慚愧的回答：「這批貨是從新發現的島上進的，因為價錢太貴的關係，我們不敢走太多，只大概收了個一萬多金的量先試試水……」

「……」雲千千吐血：「等我！」

她換接海圖，畫座標，傳送跳躍到離船最近的海島，一路魅影跳進海中……

在海上，雲千千一直稱王稱霸，她也有那個資格。當其他玩家還在陸地上撲騰的時候，這女孩早就已經將目光投向大海，以無比睿智的眼光先陰魚人族，再踩夜叉黨。一路連串任務做下來，她在大洋中積累了不弱的聲望，一般海賊當然不敢與之交鋒，基本上都是望風而逃。

也就是憑著這一點，雲千千才敢放手讓會裡人打著自己的旗子去走海貿，憑著這一塊利潤大肆積累資本，為公會日後的強大和自己錢包裡的存款數字上漲而努力。

可是凡事總有例外，事實告訴我們，不是所有事情都會一帆風順。

大部分NPC給雲千千面子了，也不代表所有NPC都會給她面子。遠的夜叉族就不說了，海洋中的種族又豈會只有魚人族一家獨大？

求救的這支海貿小分隊走的是會裡剛探索出來的一條新路線。也就是在這條新路線上，出現了一個不賣雲千千面子的種族。而會裡的那些人還仍然沿襲雲千千綁繩漂貨的傳統，以求爭取最大運輸量，這樣目標顯眼龐大的肥羊，那不是明擺著求搶劫嗎？

於是杯具就此降臨……

「誰讓你們到魚人族地盤來的！」雲千千趕到現場後，一看目前情況，當場跳腳。

「會長妳終於來了！嗚嗚嗚……」船上眾人見一個鳥人抱著一隻貓飛至降落，仔細一看是自己會長，立刻感動。

雲千千頭大：「別嗚，先說情況。」

「這是會裡剛探索出來的新航線，彼岸副會長除了安排人走海貿外，還專門安排了一艘船隻負責探索，發現新航線就記錄上海圖提交……會裡發現這裡有象牙和龍涎香，想著奢侈品運回去應該能賺不少，於是就派了我們來試水，結果沒想到遭遇這群……呃，魚人族？」

「所謂試水就是指少量嘗試，來回幾遍驗證，確定航線安全且有利潤後才正式投入大資本……」雲千千恨得咬牙：「誰叫你們頭一次就運一萬多金貨的？」

這裡的魚人和之前的魚人可不是同一個概念。

之前的魚人屬於 NPC，外型性格可以參考大家所熟知的童話、神話裡那些美麗種族，人身魚尾，會唱歌，外形好，性格優秀好調教，廣受男女老幼歡迎，往舞臺上一丟都不化妝的，直接就是天王偶像級人物。

而此時的魚人則屬於小怪，一身暗綠魚皮，腦袋奇形怪狀，指趾間有蹼，耳後有腮，腿上有鰭；它們長得難看不說，還凶殘嗜血，放在大街上絕對會影響市容，遭受萬眾狙殺，從頭到腳都是標準的異形 ET 造型……

「現在怎麼辦啊會長。」一開始的求救人，也就是本船船長咬著小手帕，淚眼汪汪。

「怎麼辦？打啊！」雲千千二話不說，一片雷刷出。

海裡的一片魚人頓時興奮了。血少的當場翻肚浮屍；血多僥倖不死的繼續堅強的圍了過來，嘴裡還嗚嗚的發出怪叫，像是在表達它們嗜血的激動興奮。

還忘了一點，就像人型NPC和人型小怪的區別一樣，前者有一定智慧可以交流，偶爾還發放一些可愛任務，後者則沒有智慧，屬於專門提供給大家刷經驗升級的批量生產可循環消耗品……香蕉的，最討厭這些不懂交流溝通的東西了。所以說，擁有智慧是多麼重要的一件事啊！起碼擁有智慧的NPC好糊弄……雲千千淚流滿面。

「我也來！」一見自己老大動了，效果還挺顯著的，船長及船上其他玩家頓時戰意飆升，像是有了依靠般重新恢復信心，甩手一片片技能跟著揮灑了出去。

其實在雲千千來之前，這些人也打了好一會了。水果樂園派到新航線來的肯定不會是庸手，雖然遇襲突然、魚人等級也高，但吃了藥勉強頂著還是能支撐下去。

只是戰鬥太久也會疲憊……遊戲裡的疲勞度先且不說，心理上的疲勞是很重要的一個因素。長時間的戰鬥已經讓這些人感覺有些無以為繼了，如果雲千千剛才在通訊中沒有最後那句「等我」的話，料想這些人早早就能喪失戰意、全船壯烈。

一船玩家且戰且守的努力保護貨物，雲千千也沒工夫繼續抱著九夜了，直接放這小豹子下甲板，讓他自個兒找地方躲著，這會誰顧得上他啊。

毛茸茸的小豹子舔舔爪子，豎瞳一縮，恨恨的看了雲千千一眼，彷彿在對於自己不能參戰的事情表示不滿。可惜後者沒工夫搭理他，於是小豹子只好悻悻然的一甩尾巴，慢吞吞的踱步到船邊，探出圓圓的小腦袋往下看了一眼，正好遇見一個魚人想躍上船來，便揮起小小的爪子一呼，把人家又搧回海裡去。

「哇！好厲害的小貓咪！」有正好看到這一幕的玩家驚呼道。

九夜小豹子回頭瞪眼。

雲千千擦把冷汗，裝沒聽見……高手果然是高手，技能雖然不能用了，那一身屬性點還是很強悍的……其實魚人族沒比玩家強上太多，畢竟雲千千一開始試探出海都將近走了一個多月，這段時間裡玩家等級的發展就先不說了，水果樂園的班底還是隱藏種族，派出來走新航線的又是隱藏種族中的精英……這種種優勢加起來，足以打造一支超強艦隊。

關鍵問題還是出在海域上，這片海域就是人家魚人族的老窩。探索船隊不知道走的是什麼狗屎運沒碰上，可是商船一走，就碰上人家集體遠足了……說不定還是全族行動出來大狂歡？

這海上充斥著滿滿一片、連綿不絕的魚人，雲千千剛在外圍的時候就不敢繼續往前衝了，還得轉靠空路才能飛進來，單這一點就能看出來魚人來了多少。

船上的藥品早在先前就耗掉大半，雲千千雖然是生力軍，問題也沒做特別準備。這真要打持久戰的話，還真不一定拚得過人家。

正抽空尋思著的時候，一個法師玩家揮杖後突然發現技能無法施展了，再一看屬性頓時驚呼：「彈盡糧絕了！」

雲千千白眼一翻，想暈。她是烏鴉嘴嗎？剛想到藥品消耗跟不上，一旁果然馬上有一個人中獎了。

「哼！」關鍵時刻，小豹子出場。他小爪子不知道從哪裡一掏，丟出一組藍藥砸過去，順手再幫法師玩家拍飛朝他衝過去的魚人，再再順手又刷出幾組藍藥，分別丟向不同方向讓人家去撿，免得再有人喊沒藥。

「哇！哆啦A夢耶！」剛剛才「哇」過的那個玩家又一次驚呼。

我沒聽到，我什麼都沒聽到……雲千千冷汗刷刷的做出專心戰鬥的樣子，將小豹子豎瞳裡射出的眼刀

全部無視掉。

「哆啦A夢有那麼能打的？」彈藥問題暫時解決，船上的玩家們居然有心情閒聊了。

「這個……也許人家是戰鬥升級版？」

「會長的寵物嘛，特殊一點也是正常的。」

「可是怎麼沒看到四次元空間袋？」

「這個……也許人家那口袋是隱藏內縫版？」

「贊成+1，你得到它了……」

雲千千聽不下去了，忍不住打斷這一片歡聲笑語：「他能提供的藥不是無限的，這點存貨已經是老本了，你們還是專心多刷幾個怪……」

一片驚呼聲後，頓時又是兵荒馬亂。

原本大家以為九夜小豹子可以無限供藥，沒想到人家那已經是吃老本、撒存糧。於是所有人都不敢懈怠，閒聊立刻中止，參戰玩家們更加精確計算藥品的使用、技能的揮灑角度和範圍，力求最大限度爭取到最大殺傷效果。

商船被劫，當然不可能只指望一個雲千千來了就可以力挽狂瀾。船長早已經在當初求救時，同步向彼岸毒草求救，只是後者的機動性能明顯沒有雲千千那麼高；再加上彼岸毒草還要徵集人手，調用船隻，這準備工作也需要花費不少時間。

於是截至到目前為止，雲千千發了個訊息去詢問後得知，對方那邊距離他們的所在位置居然還有半小時的航程……

049 刷刷刷

「只有擒賊擒王了！」

雲千千摸摸下巴，發現這麼拖下去實在不是辦法。目前船上的玩家力量明顯沒有魚人那麼強，而且人家的戰員能夠刷新，只要有足夠時間，就可以從老窩裡源源不斷的刷出來。自己這邊的玩家卻是死一個少一個，就算想補充人員還得先遠渡一片大洋；再說其他人也沒法越過那麼多魚人，直接飛進船隻中心……

雖然作為小怪的魚人是沒智慧的，但好說也是一個種族，總有帶頭老大，能當上老大的魚人就不會沒智慧了。

雲千千探手揪來九夜小豹子拎在手裡，轉頭跟其他人吩咐：「撐著，我們去幹掉 BOSS！」

「好！」不知道是誰趕緊匆忙應聲，等雲千千攜九夜離開後才「咦」了一聲，大惑不解的詢問自己身邊人：「老大剛說的『我們』是指誰啊？」

「這……」對哦，為毛是複數人稱代詞？

雲千千開始尋找，目標很快鎖定。主要是魚人BOSS太顯眼了，別的魚人都是赤裸裸、凜然無畏的大方展示身材，只有它穿著小馬甲、紮著小皮裙，打扮得跟HIPHOP歌手似的，很風騷的泡在魚人群占領海域的最中心。

「九哥上！」雲千千飛在半空做指點江山狀，命令懷中的小豹下去咬魚。

「喵嗷！」上個屁?老子不能用技能！

「不用你殺它，撓幾爪子拉住仇恨就行！你屬性點不是沒受影響嗎?傷害應該沒變化吧？」

「喵嗷？」不用技能拉得住？

「拉得住吧，應該。我記得魚人挺傻的，只記第一擊仇恨目標，中途不愛移情別戀。」

「……喵！」好！

神勇無敵的九夜小奶豹收到指示，立刻表示接受任務。雖然他現在外表為小貓身，內心卻還是一顆熱血沸揚的勇猛男兒心。小小的身體並不能困住他的雄心壯志、意氣風發。頂怪、衝鋒，這才是他身為男子漢該幹的事！

於是，一直注意著半空中雲千千下一步計畫的玩家們，就有幸見到了那隻純潔無辜、可愛百分百的小奶貓「嗷嗚」一聲，對準魚人首領的大腦袋撲下去。

九夜穩穩的吧唧一聲，落到人家大腦袋上，二話不說揚起小爪子對準人家臉上劈里啪啦一通耳光；接著他亮出小爪子一頓狂撓，順利在那張醜臉上留下幾道血痕之後，再伸出一雙小後腿在人家尖腦門上一通狂踩；最後他借力躍起，一記瀟灑的凌空後翻……「撲通」一聲落進海裡，從毛茸茸的一小團變成濕淋淋的更小一團。

好……可愛……

雲千千捏拳頂胃，努力不讓自己笑場打擊到下方九夜勇士的自信心。她抬手一片雷電撒下去，趁著下方眾魚人沒反應過來之前，衝下去把落湯毛球撈了回來，只留下剛剛反應過來的眾魚人及憤怒的魚人首領那一片片的狂吼咆哮聲。

好……勇猛……

在船上的眾玩家呆愣了一瞬，精神恍惚有些無法集中——會長的身邊原來連這麼小的寵物都養得如此強悍啊……

九夜小豹子冷冷的掃了雲千千一眼，「喵」的一聲，傲慢抬頭，一臉「幸不辱命」的任務完成表情，好像還挺自豪。

「乖，真不錯。」雲千千摸了摸那顆濕淋淋的小腦袋，再抓著人家小爪子捏了捏……唔……確實挺好玩，肉肉的。

魚人首領憤怒了，叔可忍嬸不可忍。

如果是玩家來跟它叫板就算了，居然連動物也這麼囂張？如果是個威猛英武、一看就強悍超絕的大動物就算了，可是來的居然是隻一看就沒斷奶的小小豹？

「吼——」魚人首領氣得混身顫抖，抬手一指半空，一片水浪滔天對準天上的一人一貓就騰捲而去。

「凍！」船上玩家看情況不好，不知道是哪個隱藏種族的高手連忙扔出一頂冰盾擋住。數十米高的滔天大浪頓時被凍成一片冰牆，再也無法往前半步。

雲千千忍不住比大拇指，稱讚一聲：「不錯。」

那隱藏高手不好意思的紅了紅臉，羞道：「其實也沒什麼，這是盾上自帶的技能，就是冷卻太長、耗法太多……而且只能純防禦。」

「純防禦也不錯了。」雲千千哈哈大笑，抬手又是一片雷灑出，電得一眾魚人吱哇亂叫。

九夜小豹子不屑的瞧了一眼冰牆，再淡淡的掃了眼下方的魚人首領等眾怪，從雲千千懷裡跳出來，落在冰牆上，抬爪，一拍……碩大的冰牆頓時碎裂開來，劈里啪啦的像下了一場大冰雹雨，夾雜在雷電中向海面砸了下去。

「嘶——」雲千千忍不住倒吸口涼氣，見鬼般的看九夜小豹子：「這麼威武？」

「喵喵喵嗷嗷喵，喵喵喵喵嗷嗷喵喵嗷……」

技能被擋住後，本身已經沒有傷害值了，又不算建築實物，所以其實並不堅固。只要力量值達到一定程度，系統都能判定超過冰牆堅硬度，這沒什麼的……小豹子很有耐心的替雲千千解釋這個效果其實沒看上去的那麼可怕。

聽不懂……

剛才制定應付BOSS計畫時，能溝通是因為雲千千大概猜得出九夜會有什麼問題，現在這樣的探討就屬於外語研究範圍了……

於是語言不通的雲千千很痛苦的抓頭說道：「算了，你就當我什麼都沒問吧。」

「……嗷！」靠！

現在所有玩家看了剛才的情況後，都能確定自己應該攻擊的目標到底是誰了。於是所有技能都對著魚人首領所在的方位砸了過去，分外集中的炸開了一片片絢爛的技能特效，此消彼長、接連不絕……這一下下對魚人首領造成了多少傷害先且不說，最起碼那一片海域是被清理得格外乾淨，除了一隻BOSS孤零零站著以外，再無半隻小怪存在。

沒有被圍攻危險，九夜小豹子也就不甘落後的跳了下去，划著四隻小短腿，用貓爬式到處游轉調戲BOSS，放冷箭的時不時還能撓上一兩下。

魚人小怪們雖沒智慧，但是似乎卻有個優先保護首領的本能直覺。一見BOSS被圍攻，它們頓時放棄了繼續糾纏船隻及其船隻上的玩家，紛紛向BOSS所在的那一片轟炸區聚攏了過去。

這樣一來，那片集中轟炸區就像變成了一個噬人的黑洞，前仆後繼的不斷有魚人小怪撲進去，沒游幾步就被刷成白光；接著其他魚人再撲進去，再白光……如此連綿不絕後，眾人發現海中形勢居然有了讓人開心的變化。

他們現在不像是在抵抗凶猛的魚人族，反倒像是在有計畫的刷怪。經驗豐厚而且安全就不說了，最關鍵的是還不用自己引怪……可惜就是藥品問題依然得不到解決，不然的話，他們完全可以拖穩BOSS，靠著它吸引魚人自投羅網，狠狠的刷上幾級來……

「看來暫時是沒問題了。」雲千千落回船上，有一下沒一下的甩著小雷凣湊熱鬧，順便翻看自己不斷刷屏的經驗值，很滿意的摸摸下巴，說道：「要不然我去運點藥來，我們先在這裡刷個三、五天？」

「老大，妳傳送回去再買藥游回來，起碼又得半個多小時。我們的藥剛才那半小時就消耗差不多了，恐怕撐不到糧草押回啊。」旁邊有玩家苦著臉，一臉遺憾的同時又很理智的分析道。

「倒不見得沒辦法。」雲千千想了想：「我試試。」

她說完，蹭一聲原地消失。

剛才說話的那玩家一眨眼就發現人不在了，頓時大驚喊道：「不好了！會長傳送回陸地了！」

「什麼？」

一干人等驚慌失措的張望過來，好幾個人技能都脫手打偏了。

「火力不要停！」

就在大家正在船上著急忙慌的到處尋找雲千千時，後者的聲音從海面出現吼來：「想死啊你們！繼續刷！」

眾人再一看，這才發現雲千千不知道什麼時候已經跑到了魚人首領那附近，正在小白貓旁邊衝他們氣急敗壞的喊話……

她不就是想試試豹子九夜能不能接受夫妻傳喚嗎！這群人用得著這麼緊張？

「縮地成寸？」玩家甲驚。

「瞬移？」玩家乙訝。

「千里傳……呃，形？」玩家丙及時改口。

雲千千滿臉黑線，一片片雷撒出去的同時，放開嗓門喊話：「你們接著刷，我有辦法一分鐘之內來回。等我買藥回來！」

親眼目睹了剛才的神奇一幕後，在「蜜桃多多會瞬移」這樣的信念支撐下，眾人安心了，不用再多吩咐，就用心的刷起經驗。

雲千千安排好眾人分工，再囑咐九夜千萬不能離開魚人首領附近，接著就掏出一顆傳送石一捏，瞬間從茫茫大海中消失。

她回到最近的城池，直奔藥店，衝進去風捲殘雲一通掃貨，把空間袋中所有空格裝滿紅、藍雙藥，包袱款款再拍戒指：「夫妻傳送！」

「啪」的一聲，雲千千重新出現在大海。

「我蜜桃多多又回來了！」她得意的拍著空間袋，一抹臉上水珠，高呼一聲抬眼，微笑卻僵在臉上。

一座石窟中，除了魚人族及咬掛在魚人首領手臂上的九夜外，別說船隻，連船板都找不到一片……

這……是哪裡？

050 變身詛咒體驗日誌（一）

石窟有一半是泡在海水裡的，另外露出頭的一半倒是很乾燥，很顯然是專門讓魚人族棲息居住用。

魚人族到底是兩棲類，一般兩棲類成年後還是愛待在陸地上。

雲千千泡在那一半淺淺的海水裡，和石窟中的眾魚人遙遙相望，含情脈脈的直到許久許久後，一條遲來的訊息才傳到。

「老大，魚人們剛剛突然集體傳送了呀！」

「……」我已經知道了呀……雲千千含淚微笑回道：「你們這消息太踏馬的及時了！」香蕉的，不早點通知，現在自己都傳送進人家老窩了才說？

「……哎呀，信號不好，我們聽不清妳說什麼。既然沒魚人了，我們就押貨回去了，老大您慢慢來

啊！」

對方乾脆俐落的切了通訊。

雲千千抱著通訊器，咬牙切齒、淚流滿面——這群王八蛋從哪裡學來這麼無恥的一招，太不像話了！

沒譴責到延誤軍情以致自己陷入尷尬境地的罪魁禍首們，雲千千只好抬頭繼續和魚人們含情脈脈。誰知這一看之下居然被她看出問題……自己是看著人家人多勢眾才不敢亂做什麼動作，可是現在這邊就自己一個人，魚人那邊為毛也不動手？

難道是這些魚人頓悟天道，領會了殺即是不殺，不殺就是和平的至高境界？……雲千千想了想，試探抬爪，很虛弱的扯開微笑：「那個，嗨……」

石窟裡的魚人見雲千千抬手，頓時就是一番騷動，有幾個衝動的當時就想衝過來了，還好被旁邊的魚人及時拉住。

雲千千嚇一跳，再仔細一看，才發現自己犯了一個最大錯誤。她手裡還捏著法杖居然就抬手打招呼，這怎麼看怎麼是赤裸裸的挑釁，肯定讓人家誤會什麼了。

連忙放下法杖，把杖頭向下，表示自己並無惡意，雲千千換隻手抬起，繼續「嗨」。

沒想到魚人們看這動作後，居然集體發出大大的抽氣聲，倒吸一口涼氣，那樣子倒像是雲千千要滅它們全族似的。

「喵喵喵嗷嗷嗷～」

九夜死死咬著魚人首領的小臂，口齒不清的含糊小吼著，像是在說什麼。

雲千千認真傾聽一會後，表示語言不通。

九夜小豹子瞪了她一眼，鬆口放開魚人首領，落到地上嫌棄的「呸呸」幾口，再邁著小貓步往雲千千這裡跳過來，旁邊的魚人居然沒有一隻攔著他。

這下雲千千再怎麼遲鈍也知道這其中肯定有問題了。看魚人族眾人的忌憚神情，彷彿自己捏住了它們什麼命脈，不然這群孫子不會跟她這麼客氣。

可是她明明什麼都不知道，這些魚人到底在忌憚什麼呢？

左右看了看，雲千千在自己腳下終於找到一顆沉在海底的蛋蛋。

「呃，這是什麼？」

研究一下，雲千千試探的用腳尖踩了踩那顆鴕鳥大小的蛋，魚人群就是一陣驚呼。

她反射性收腳，魚人群頓時又集體鬆了口氣。她再踩，魚人群集體驚呼；她又收，魚人群集體鬆氣；她再再踩……

雲千千玩得不亦樂乎：「看來你們果然是在忌諱這個？」她快樂的用腳尖在蛋殼上一點一點打著拍子。

魚人群們的眼睛都瞪圓了，一瞬都不敢瞬的緊張屏氣看著那顆蛋，生怕一不小心來個腳飛蛋打。

小豹子下水游過來，白了雲千千一眼，很看不起她這愛好。

蛋質在手，天下我有！雲千千頓時豪情萬丈，腰不痠了，腿不疼了，重點是心也不虛了，很囂張的一腳踩蛋、一手指魚人，哈哈大笑：「把贖金扔過來！」

小豹子：「……」

魚人：「……」

雲千千不肯上岸了，抱著魚人蛋泡在海裡和魚人對峙。因為投鼠忌器的關係，魚人倒也沒有太為難她，

就是多次試探的齜牙威嚇，好像是試圖嚇走雲千千；後者對魚人群這種弱智行為極其鄙視，現在籌碼在她手上，傻子才會這麼灰溜溜的跑掉呢。

不過無法溝通也實在是一個問題，到底要怎樣才能讓對方明白自己有一顆堅定擁護打劫思想的熱誠之心呢？

過了好一會後，似乎是看雲千千既不肯走又沒什麼過分舉動，魚人們頓時不愛搭理她了，很有種破罐子破摔，妳愛怎麼做就怎麼做，但是敢真做出什麼事情，我們再跟妳算帳的味道。它們一個個各自散開，自由活動了起來。

九夜小豹子幾次不耐煩的咬住雲千千衣服角，似乎是想拖她離開；但後者堅持認為自己冒險一番再加上船隻剛才被魚人損毀不少，需要大肆修理，如此賠出血本之後不撈點東西回來實在是對不起自己，於是堅強的泡在海中，打死不動。

「吼～」小豹子不耐煩的小吼一聲。

「吼！」雲千千跟他對吼，表示自己的堅定立場。

小豹子：「……」我聽不懂。

待了一會，雲千千餓了，於是用手指捅了捅九夜小豹子，說道：「九哥，去燒烤。」

小豹子齜牙，亮了亮短小的爪子，示意自己沒辦法在此種情況下完成這樣子艱鉅的任務。

雲千千一看，確實不能這麼為難人家，轉移目標詢問石窟中眾魚人：「有吃的嗎？」

「……」魚人不理她。

雲千千敲敲蛋殼，想了想，說道：「要不然燜個水煮蛋？」

頓時一片吼叫此起彼落，魚人們都聽懂了……

「好吧好吧，如果你們不喜歡吃乾的，那麼煮個蛋花湯怎麼樣？紫菜可以用海帶代替……」雲千千以一種你們真調皮的寬容目光看眾魚人，很體貼的決定換菜單。

吼叫聲一瞬間變得更大了，幾乎要掀翻這座石窟，所有魚人都視死如歸拿起各自的武器怒瞪雲千千，好像它們下一刻就會撲上來拚命。

「吼……」小豹子咬住雲千千的衣角，悶悶的低吼，實在不理解後者為什麼對於調戲魚人有這麼大的熱情。

「九哥，魚人是刷新的小怪群，你覺得為毛會突然出現一個需要孵化的蛋？」雲千千不理群情激動的魚人，壓低聲音跟九夜聊天。

「吼？」

「唔……以我卓絕的智商揣測，這應該是下任族長之類的……也就是說，魚人BOSS萬一死了，就會由小蛋蛋裡孵化出來的玩意兒接任下一任BOSS。」雲千千摸摸下巴解釋。

「嗚嗷？」那萬一不是呢？

「即使不是也沒關係，就算不是下任BOSS，肯定也是這任BOSS的兒子，官員子女耶！這群孫子全死了也不敢讓它磕碰到一絲一毫。」雲千千嘿嘿一笑，舉蛋高喝：「給你們最後一個機會，再不拿獎勵來就踩碎你們的蛋蛋！」

香蕉的，剛剛跟她裝了半天的語言不通，一試之下果然讓她試出來了吧，這群魚人根本就聽得懂她在說什麼！

「……」魚人們面面相覷，臉露不忿。

許久後，魚人首領終於走了出來，對著雲千千嗷吼了一陣，發現後者不像它們似的精通外語，始終保持一臉茫然，於是放棄住嘴。它指指蛋，比劃了個摔的動作，再一臉堅定的握拳齜牙，意思是妳敢亂來我就翻臉。

然後它再指指蛋，做了個抱回的動作，又伸手指指自己，一挺胸膛做慷慨赴義狀。

「……你的意思是交換人質？」雲千千看了半天終於猜出魚人首領的意思。

魚人首領大喜，連忙點頭。

雲千千抱蛋搖頭嘆息道：「雖然我很能理解你一顆慈父的愛子之心，但是你血皮太厚了，我又沒辦法秒殺你，劫持你基本上等於自投羅網……我想你們應該不會覺得我是弱智很好騙吧？」

「……」我們真的是這麼認為的……魚人首領很慚愧的臉紅。

「到底怎麼樣你們趕緊說句話吧，別來那些虛的了。」雲千千不耐煩舉著手裡的蛋比劃了下：「再等一會，這蛋都該被我孵出來了，你們應該不會想讓首領兒子把我當成是媽吧？」

魚人首領頓時一臉被噁心到的嫌棄狀，連連搖頭。

雲千千頓時也噁心了，大怒——馬的，就這位長得跟ET似的醜樣子還敢嫌棄她？

「嗤嗤……」九夜小爪子捂嘴，一臉很詭異微笑的發出嗤嗤笑聲……身為動物就是這點不好，表情動作和發音總有許多不到位的地方。

「笑屁！我是你老婆，我被嫌棄了你能有多自豪？」

「……」於是小豹子也萎了。

一通協商後，經過艱難溝通，魚人族最後終於用臣服代價換回了雲千千懷裡的蛋蛋。小怪臣服其實真的沒有多大好處，畢竟是沒智慧的刷新怪群，唯一作用就是讓玩家用來刷經驗。它們所謂的臣服，其實也就等於是在見到雲千千及其名下組織時，從主動攻擊小怪變為被動攻擊小怪。

但這對於海運隊伍來說倒真的是一個好消息了，這代表著他們在新航路的運行時將暢通無阻。

事件解決，消息發回後，雲千千餓著肚子、拎著九夜從魚人石窟中離開，一個傳送回了大陸，找地方吃飯……

到目前為止耗費六小時，而離九夜的詛咒變身狀態解除還有兩天零十八個小時。

長日漫漫，無心詐騙……嗯，吃完飯還是得趕緊帶人私奔流浪去。

051 無常和九夜

雲千千企圖躲避無常的願望是美好的，可惜經過六個小時的拖延之後，身為網警局情報總參謀的無常手中已經牢牢把握住了關於一人一豹的行動動向，甚至他還有時間額外確認那隻小豹子的身分……

臥糟！蜜桃多多身邊的新晉可愛小寵物的真身居然是九夜？……知道這個消息後，一萬隻草泥馬在無常的腦袋裡呼嘯奔騰著，嘴角也忍不住抽搐顫抖。很難說清他此時是為蜜桃多多的作為震驚憤怒更多些，還是為九夜的新形象而崩潰抓狂更多些。

於是，當雲千千和無法繼續操持食物的九夜小豹子在久違的 9.8VIP 打折卡素麵攤埋頭吃飯時，糾結的無常就這麼飄然而至。

「來碗餛飩麵。」

吃麵吃到一半的雲千千差點砸了碗拔腿逃命。

九夜也嚇了一跳，從自己的臨時專用小盤子前抬起頭來，瞪大了眼睛，弓背炸毛。在情難以堪的變成這副樣子之後，他實在不知道該怎麼面對自己同伴知道真相後的震驚表情。最好就是大家什麼都不知道，混過三天後，就當這段日子以來的經歷是一場惡夢……浮雲，一切都是浮雲……

「不用那麼緊張。」無常白了二人一眼，冷哼聲坐下：「我暫時沒想找妳麻煩。」

「……暫時？」雲千千端著自己的碗挪開一段距離。「那你能不能先告訴我這暫時大概能持續多久？」

無常接過小二效率十足端上的餛飩麵，不急不慢的吹涼湯，喝了兩口才輕笑道：「這就得看妳的態度了。」

「……」

老話說得好，坦白從寬，牢底坐穿。雖然雲千千從來就不認為自己是個好人，但她更加深深的明白，在某種特殊的條件下，無常比她更不是東西。

「這個，首先我要聲明下，最近我及我名下的企業及組織都奉公守法、兢兢業業、安分守己，沒有任何違反法令法規、偷稅漏稅、官商勾結，甚至連潛規則都沒有……」雲千千深吸一口氣，義正詞嚴的挺胸凜然接著道：「如果你硬要用隨地吐痰之類的罪名找我麻煩的話，我個人認為這未免有失公道。」

看雲千千一副大義凜然、英勇就義的樣子，不了解情況的人說不定還真以為她受了什麼莫大的委屈。可是無常深刻的了解此人本質，忍不住抽抽嘴角說道：「……我什麼都還沒說。」

他說完，意味深長的看了眼桌上的毛茸茸小豹子。

九夜立刻謹慎的退開了些，齜著牙從喉嚨裡發出低沉的呼嚕嚕聲。他絕不允許自己一世英名敗壞在這個萌點百分百的形象上面。

雲千千也警覺到了。「你什麼意思？」

「妳說我什麼意思？」無常笑得老謀深算，伸指一拎，毫不費力的提起小豹子的後頸皮晃了晃。「關於我們網警局第一高手目前的形態問題，妳是不是該給我一個合理的解釋？」

「……」你們網警局第一高手現在正在你指下掙扎求生存……雲千千憐憫加淚流滿面的看了眼無常指下各種震撼、各種驚愕、各種生不如死且還不忘努力划動短小四肢的小豹子一眼，不知道是該先去解救這個可憐的男人，還是該哀嘆一下自己的罪行終於曝光。

無常咄咄逼人：「怎麼樣，想好理由沒有？」

雲千千想了想，認真問：「如果我告訴你九哥是為了我的個人問題才主動自願變成這副樣子……其實這只是夫妻之間正常的一些小情趣罷了，身為一個外人闖進來指手畫腳的，你難道都不覺得愧疚臉紅嗎？」

「嗯，很好……但是妳覺得這個理由我會相信？」

雲千千嘆氣，傳訊息給無常：「如果你覺得趁這機會打擊我會比給九哥留幾分面子更重要的話，那你儘管審問我沒問題。這答案不是你會不會接受，而是你要不要接受。」

會不會是透過客觀分析來理智判斷，而要不要則單純的代表立場和態度。無常突然語塞，因為他發現如果繼續糾纏下去的話，絕對是殺敵八千、自損一萬的愚蠢行為。

這次的打擊只不過是因為他好不容易站在了明確的是非點上，可以名正言順、理直氣壯的譴責對方。可是首先，對方會不會因此而臉紅是一個問題；其次，就算她真虛心認錯了，自己實際上也不能真把她怎麼樣，畢竟這不是什麼犯罪，只是一個有傷和諧的小問題。

反而言之，九夜的面子比起雲千千來重要得更多了。用手下得力高手的尊嚴來逼迫雲千千這個不要臉的女孩口不對心的向自己道個歉……這買賣真的划算？

無常嘆息，放手丟下九夜。「算了，你們夫妻的問題我懶得管。」

這個態度，也就代表他接受雲千千的說法了。

九夜終於也鬆了口氣，一是因為擺脫桎梏，二是因為無常終於不再糾纏他變身的問題……雖然說承認自己是在跟蜜桃多多玩情趣挺丟臉的，但比起承認自己被人算計、虎落平陽、委屈變身來應該還是要好上太多了。

用一個扭曲的誤會換取掃地的尊嚴……九夜心中各種微妙茫然苦不可對人言，他實在判斷不出哪種結果對自己更壞些。

「多謝理解。」雲千千大喜，接過九夜摟在懷裡很自然的替他順毛。

後者一副破罐子破摔的樣子，豁出去乾脆什麼都不管了，閉著眼一副妳愛怎麼怎麼做的態度，伸爪、埋臉、蜷腿，把自己縮成小小一團，很是自暴自棄。

無常臉上再抽搐了下，憋了許久才順過氣來：「理解歸理解……但因為九夜現在無法工作，所以這段時間內，他的任務必須由妳來負責，這一點沒有問題吧？」

「沒問題是沒問題，但是我能不能先問一下關於酬勞的問題？」雲千千羞澀低頭說道：「我好說也是排得上榜的高手，再說又不屬於你們編制內，公民協助你們警察工作總得發點獎金什麼的吧。」

「妳做任務時獲取的酬勞就是妳的獎金。」無常哼了聲：「其實對妳來說也就是個僱傭任務。我們沒有其他要求，就是讓妳完成這個任務。對妳來說，做什麼任務都是做，只不過被指定了這一個目標而已。」

「我個人覺得、嘶……」雲千千還想爭取更多利益，手背上突然冷不防的被撓了一爪子。傷心低頭看了眼在自己大腿上裝睡的小豹子，雲千千想了想還是妥協：「好吧，嫁夫隨夫，既然是九哥的工作，那我接了就是。」

小豹子情不自禁的打了個哆嗦，甩甩腦袋，裝沒聽見繼續睡。

無常滿意離開。雖然他最期望見到的蜜桃多多認錯悔過的一幕沒能得見，但工作安排問題終於是解決了，也算是餞有一絲安慰。來日方長……

離開麵攤回了辦公室，無常不急不躁的坐在桌前等著自己的訪客。大概過了有一個多小時，一隻毛茸茸、乖巧可愛如小白貓的小豹子才探頭探腦的推開門踱了進來。

一串攀登跳躍後，白色小奶豹成功從地上借助椅子躍到了桌上，蹲坐在桌面上和無常兩兩對視。

沉默許久後，無常首先破功，痛苦捂臉說道：「小弟，拜託你轉過身去，不要用這副臉看我……我實在是很想笑。」

「喵喵嗷嗷吼——」小豹子暴怒抗議。

「噗——」

「……」

「好吧，我不笑了。」無常咳嗽幾聲，努力擺出正經表情：「現在的具體情況到底是怎麼一回事？」

「……」

最起碼詛咒的時限要告訴他吧。

「嗯？」

無常頓時恍然大悟，現在最重要的是關於溝通的問題。「下線，電話說。」

「喵……」

「喵。」

小豹子原地白光一刷，瞬間消失。

無常搖頭失笑，發出幾通通訊交代好工作，也隨之拉出面板，選擇了下線。

這世界上最辛苦的人種，莫過於憂思過重、恨不得把所有事情都包攬到自己肩上的弟控大哥……

無常和九夜是兄弟，這一個關係很少有人知道。

倒不是因為什麼異父或異母的狗血理由，也沒有什麼叛逆小弟或深沉大哥脫離家族的八點言情檔劇情，他們的關係是表的，但因為九夜父母早逝的緣故，所以從小在無常家裡養大，也和親兄弟沒什麼兩樣。而之所以沒有人知道，只是因為沒有人問……沒錯，就是這麼簡單。

兩兄弟都是寡言冷情的性格，因為工作的特殊性，一般互相稱呼時使用的也只是網路上的代號而已，根本看不出同宗同族的苗頭，當然就沒人會莫名其妙、福至心靈的突然跑去追問其二人關係。

而既然沒有人詢問，兩兄弟自然覺得自己沒有必要特別聲明些什麼。所以，即使別人有誤會，兩人也理直氣壯的認為這跟自己沒關係——又不是我不肯說，是你自己沒問啊！

別說雲千千，就連同事已久的七曜幾人至今還是在情況未明中，從來沒有人想過部長和第一高手之間有沒有什麼說不清、道不明的關係；當然，他們也沒必要知道，反正這件事情跟其他人沒什麼關係。

唯一為此而苦惱的只有雲千千……這個死眼鏡仔到底為什麼老是和她搶九哥!?

052 羅密歐與茱麗葉

雲千千感慨了下沒有小豹子陪伴的日子，爪子都癢了不少。才短短不到半天的時間裡，她已經養成了沒事捏捏揉揉的好習慣……畢竟一個原本陽剛俊逸酷到極點的路痴小冰山，突然驟變成軟軟和和、白白小小的一團毛絨球的反差還是很大的，有一種調戲無抵抗美男的成就感。

雲千千傷感完畢，目前首先要解決的是無常分派下來的任務。又是一個童話了，還是莎士比亞的羅密歐與茱麗葉。無常給予的任務是手段不論，最後目標是幫助兩個沉浸在愛情中的小男女有情人終成眷屬，然後得到茱麗葉。茱麗葉用作答謝的項鍊。

目前情節已經進行到羅密歐因為失手殺死茱麗葉的堂哥而被城市統治者驅逐；茱麗葉家族接受帕里斯伯爵求婚，茱麗葉本人也已經去神父那裡求到了假死藥，準備在婚禮頭一天晚上喝下……

七月七日，天空陰沉，宜拐騙盜詐，宜私奔……

雲千千光明正大的來到凱普萊特家族，也就是茱麗葉的娘家大門口，腦中重新整理了一下一會要用到的各種計畫方案，從編號001設想到編號100，最後感覺一切完美，這才抱著必定能夠拐帶出茱麗葉的巨大信心踏入大門……然後在邁進第一隻腳的同時，她被至少不下二十名家族侍衛團團圍住……

「站住！」

「……」

「再邁進一步的話，我們將對您處以死刑！」

「……」

雲千千抹把臉，僵硬的微笑垮下，深呼吸後很嚴肅開口：「我是來為婚禮道賀的。」

侍衛中站出一人正義凜然問道：「妳是蜜桃多多？」

「我是，但……」

「海巫向童話部審判庭控告妳強行奪取密藥，魚人族小公主同時也控訴稱妳有拐帶欺騙並幫助暴力家長非法虐待未成年少女、破壞美好愛情的嫌疑；另外被惡龍搶掠去的公主嚴正聲明妳有私自釋放惡龍的前科……童話部目前已經禁止妳涉入一切童話劇情中，暫定為S級危險人物，等待開庭審判無罪後，妳才能繼續任務。」侍衛翻了一個白眼：「請不要當我們都是吃乾飯的，妳已經嚴重破壞了各種秩序。就因為妳的影響，最近鄰國連蘋果都漲價了。」

「我抗議！那些任務我都是S評價完成的，這分明是那些人惡意誣告！」雲千千連忙喊道：「而且蘋果漲價關我鳥事！」

「據說那個王后喜歡扮成老太婆，提著籃子賣毒蘋果以檢驗國家中小孩子們的警惕心，為了怕被妳破壞樂趣，所以才特意提前囤貨，現在鄰國已經是一果難求……」

雲千千汗，狂汗：「你們這是栽贓陷害，嚴重傷害了我身為一個守法良民的脆弱心靈。」

「請退出凱普萊特家族領地，否則我們有權將您擊殺……」

「……這其中有誤會，其實我是茱麗葉的姐妹淘，這次是來勸說她乖乖結婚的。」

「請退出……」

「我認識左街一百一十七號門裡的夫人。」雲千千眼珠一轉，再換了副猥瑣臉逼近侍衛：「她那有些春……呃，愛情藥，可以讓你們家小姐乖乖嫁人不搗亂。」

「請……」

「你們太不講道理了！」雲千千跺腳發狠準備強闖，結果下一瞬間，幾十個侍衛一起發動技能，把整個庭院點亮成白光一片，一副咄咄逼人的架式。雲千千毫不懷疑只要自己一有動作，對方等人一定會齊齊進攻過來……

雲千千廬山瀑布汗：「那個，我只是站久了腳痠活動一下。你們慢慢聊，我還有事先走一步……」

她說完，刺溜一聲消失。

茱麗葉這邊走不通，雲千千只好轉道去找羅密歐。反正只要這白痴不急著抹脖子，茱麗葉最後也就不會殉情自殺。雖然藥水有點問題，但兩人還是有機會私奔成功的。

一個被驅逐的 NPC，這回對方身邊總該沒有那麼多侍衛了吧？

雲千千猜得沒錯，羅密歐身邊並沒有侍衛，但是人家有更風騷的隨從，一隻獨角獸……

「妳是說，妳有辦法幫助我和茱麗葉？」羅密歐欣喜的看著眼前突然出現的神秘女孩。

「呃……只要你讓我騎一下這個東西？」雲千千看了眼獨角獸，很好奇這動物為毛一見到自己就是這副顫抖警戒外加如臨大敵的模樣。

「當然，伊莉莎白對純潔的少女從來不會拒絕的。」羅密歐溫柔的撫摸著通體純白的獨角獸，突然想到什麼似的紅了臉問道：「對了，您應該還純潔吧？」

雲千千想了想自己純潔得只剩聯盟幣的人生，很堅定的點頭：「絕對純潔！」

——然後獨角獸就這麼落到了某人的手中。

「對了，我還想提醒您，如果騎上伊莉莎白的話，它有可能會說出一些什麼關涉隱私的話來。」羅密歐很愉快的和趕來支援自己愛情的「善良女孩」分享獨角獸的秘密：「它們是能窺探到人心的種族，會根據騎主以往的言行來做出評價。美好純潔的少女可以騎著它上天，心地善良的人也可以騎著它遛一會……可是如果得到不良評價的人，那麼在評價出口後就會被踢下來……」

「……你得的評價是什麼？」雲千千好奇問道。

羅密歐的臉刷的一下漲紅，羞澀道：「正直善良，品行端方，擁有陽光般璀璨耀眼的心……但是懦弱，欠缺改革和爭取的勇氣。」

聽起來跟吉卜賽女巫的占卜水晶球差不多。就是創世紀開發附帶在遊戲中的那種占卜小娛樂，可以調取玩家曾經有過的所有言行及遊戲記錄，從而依照心理測試標準得出該人的品行判斷。

女孩子都愛算命占卜，這樣一個玩意兒比起在大陸隨機流動的占卜屋可好找多了，沒準抓回去養起來可以賺大錢？雲千千摸摸下巴，很感興趣！

「妳妳妳真的要騎我？」獨角獸在雲千千溫柔的輕撫下顫抖，耀眼柔軟的鬃毛詭異微妙的耷軟了下來。即使不用調記錄，光從品貌上它就能看出這人不是個好玩意兒。

雲千千笑而不語。

「羅密歐，救我！」獨角獸淒厲的嘶吼。

羅密歐安撫獨角獸道：「寶貝，別緊張。」

「對對，別緊張。」雲千千偷偷把一隻手藏在獨角獸頸側，以一個羅密歐絕對看不到的角度刷出一把匕首抵上它，很誠懇的安撫獨角獸：「我就是騎一下，你不會拒絕純潔的少女哈？」

慘叫聲戛然而止，識相的獨角獸在羅密歐欣慰的目光下流淚臥地，乖乖讓雲千千爬上它的背，坐好，資料開始抽調……接著，一陣代表運算的白光後，顫顫巍巍的獨角獸再也沒能站起來……

雲千千跨坐在草地上的獨角獸背上等了半天，許久後終於不耐煩的拍了拍獨角獸：「說句話嘿！」

在羅密歐驚慌、不知所措中，獨角獸哽咽著幽幽開口：「很抱歉，資料溢出無法計算，妳的品行沒有下限……」

「轟隆隆——」

一陣狂雷後，雲千千踢踢地上被劈成一片焦黑的瀕死獨角獸，很羞澀的低頭，向目瞪口呆的羅密歐解釋：「是你說的，得到不良評價會被踢下來……這叫先下手為強！」

羅密歐：「……」

和一個被獨角獸判定品行不良的人合作，這真的沒問題嗎？羅密歐很茫然的思索著。

獨角獸很堅定的反對著。

可惜這會他已經沒有其他選擇了。首先，在聽說茱麗葉專門去神父那裡求來假死藥後，羅密歐欣慰的感嘆他的茱麗葉果然沒有背叛他們的愛情；但是緊接著下一個消息又把他轟得頭昏眼花。

那瓶茱麗葉從神父手中得到的假死藥是被掉過包的，雖然不會馬上致命，但即使茱麗葉重新活過來，最多一個月，她也會再度慢慢走向死亡……

「其實這很好理解。」雲千千拍了拍震驚的羅密歐的肩膀，嘆口氣，慢慢引導這傻小子：「你想想，茱麗葉是從誰手裡得到假死藥的？」

「……神父。」羅密歐呆滯了一下，狠狠的搖頭：「不對，神父是不會做這種事情的！」

「對，神父不會做，但修道院裡的其他人呢？」雲千千繼續引導：「你再想想，當初你為什麼會去參加那個認識茱麗葉的舞會？」

「因為我喜歡的女孩子被送去修道院，那段時間我很難過，所以我的朋友就帶我混進了宴會場，去尋找更美麗的女孩……」羅密歐被自己說出的話和雲千千刻意引導的一種假設驚呆了：「妳的意思是……換了假死藥的人是羅瑟琳？」

因為喜歡的女孩被送入修道院而傷心，然後治癒心情的方法就是去找其他更漂亮的女孩？雲千千嘆息，要不是為了任務的話，她根本不想幫這傻子。這種男人簡直是渣！如果不是因為悲劇愛情收場的話，他和茱麗葉即使結婚了也肯定會是婚外出軌的那種人。

「既然你已經推斷出事件原因了，那麼現在來商量下後面的計畫？」為了任務，她忍……大不了等任務完了再回來閹了他！

053 魚人的水下巢穴

茱麗葉獲得家族允許在婚前出遊……

其實這不奇怪，如果她真的被完全軟禁住的話，那麼那瓶假死藥根本就沒辦法被茱麗葉拿到手中。所謂監禁，畢竟不過是一種傳言，哪怕只是為了做做樣子，凱普萊特家族裝也得裝出茱麗葉欣喜備嫁的表象來。

雲千千提著小籃子蹲在街角的陰影裡，換了副新樣子，穿著破舊的蓬蓬裙，戴著兜帽斗篷，小臉蛋凍得紅撲撲的，還有點髒……她旁邊無措的站著一個和她現在外形一模一樣的 NPC 小女孩，顯然就是這次變身被儲存的範本人物。

「小姐，小姐……能把我的籃子還給我嗎？今天的火柴還一根都沒有賣出去，我回去以後會被打的。」

NPC小女孩委屈得像是隨時會哭出來。

「不著急。」雲千千大拇指一比，指了指街道另外一邊剛步入修道院的衣著華麗的茱麗葉。「瞧見沒，那有頭肥羊，一會我讓她把妳的火柴全買了……」金幣一根。」

「可是小姐，這不合規矩……」

「要說不合規矩的話應該是妳吧。」雲千千鄙視道：「我記得妳應該是在別的城市賣妳的爛火柴才對，怎麼撈過界？」

「……那座城市最近正在做城市規劃，準備迎接神族長官訪問，城管說我沒有營業許可證卻流動經營，還破壞市容……」小女孩傷心道：「算了，如果妳真的能幫助我的話，火柴就讓妳賣也沒什麼不可以……」

雲千千彈彈籃子邊：「其實不是我說，妳要按正常方法的話，還真別指望這些火柴有誰會願意購買。自帶詛咒，除了召喚一個無用阿婆之外再沒有其他作用，全盒點完後，道具使用人還會掛點……嘖，也只有妳這個死心眼的會想不通的去點燃它了。」

創世紀裡的每個童話都很扯蛋，雲千千是經歷過血淚的教訓後才終於摸清解決各個任務的竅門。反正唯一重點就是根本不用去管崩壞的原著，對每一個NPC手中的東西和說出的話都要保持大膽懷疑，小心求證的態度，哪怕對方是眼前這個看起來可憐到快死的小女孩也一樣。

如果今天來的不是雲千千，而是某個善良純潔的小白兔的話，很可能就會被小女孩欺騙買掉全部火柴，然後在某年某月某一天生火什麼的時候用到，再然後燒完火柴掛掉……

「記得這火柴是我幫妳賣的，回頭要把獎勵發給我，不要給錯人了。」雲千千和小女孩商量。

「……好。」反正自己餓不死就行，誰買誰賣的隨便啦。

半小時後，茱麗葉終於從修道院中出來……

「小姐，要買火柴嗎？」雲千千刷出，開魅影風騷走位至茱麗葉面前，所有侍衛還沒來得及反應，就見到一個小女孩逼近了茱麗葉。

「不買。」茱麗葉白眼一瞪，哼了聲，扭頭就要走。

「我勸妳最好買。這是黑檀木製造的王室高級尊享火柴，有創世質監局認證證書，數年多次獲得最優秀火柴工藝獎，遠銷海內外；焚燒後，熱量持久、香味獨特……而且最關鍵是，如果全買的話，我們還附帶包裝服務，這樣包裝精美的禮物作為送人佳品的話很有面子哦。」雲千千揮舞了下手中的「包裝紙」。

「……好的。」茱麗葉看清那張包裝紙，頓時眼前一亮，壓抑住內心的激動，盡量不動聲色的問：「我全要了，多少錢？」

「2金一根。」1金是小女孩的，1金是自己的……唔，算是零用錢。

茱麗葉吐血，臉色鐵青喝斥道：「妳這是敲詐！」

「不買拉倒。」雲千千收回「包裝紙」，哼了聲：「回頭我就到你們府上賣去，而且專賣妳爸……帶包裝紙的。」

「回來！」茱麗葉咬牙：「我買。」

「3金一根。」

「……」

「別這副表情瞪我，通貨膨脹是必然規律，所有物價都會隨著時間推移而有所上漲，妳再瞪我就4

金……」

錢貨兩訖，雲千千歡樂的再抽出一張紙片遞給茱麗葉：「謝謝惠顧，因為妳已經消費到一定額度，所以本火柴攤特別贈送高級會員VIP資格給妳，下次在本攤購買火柴時，妳將會享受到9.9折優惠……另外這是贈品——備用包裝紙。」

送走怒氣沖沖的茱麗葉後，賣火柴的小女孩戰戰兢兢、一臉不可思議的走過來問道：「她為什麼肯買火柴？」那價格簡直是欺負人，腦子沒病的人應該都不會接受，她連1銅板一根都賣不出去。

「因為那包裝紙是她情人寫的親筆信，她買的不是火柴，是寂寞。」雲千千數了三分之一的金幣遞過去，拍了拍對方的肩膀，語重心長道：「小女孩，多學學這些商業手段對妳有好處的。」

「可是她以後一定會報復的，我又得去別的城市了。」小女孩很惆悵。

雲千千堅定搖頭說道：「絕對不會的。」

「為什麼？」

「因為另外那張贈品是她情人以前寫給其他女孩的情書……我花了點手段才弄出來的。」到時候茱麗葉只會來求她幫忙，而且仇恨目標轉移到對她心靈傷害值更大的羅密歐身上……

「……妳真是壞人。」

「謝謝誇獎。」

「……我把火柴攤45%股份給妳，我們一起合作把火柴賣往全世界吧！」

「……等我以後沒飯吃再說。」

是夜，爬牆的雲千千一路暢通無阻的來到凱普萊特家的後院果園，見到早已經等在那裡的茱麗葉。

「妳是？」茱麗葉警惕的看著面前恢復原本樣貌的雲千千。

「小姐，要買火柴嗎？」雲千千笑嘻嘻的問道。

茱麗葉恍然大悟：「原來是妳……」頓了一頓，她皺起眉頭，揚起手中白天收到的第二封信：「這封信真的是羅密歐寫的？」

「我以為妳對他筆跡應該很熟悉？」

「可是我不相信羅密歐會背叛我。」茱麗葉不動聲色的冷笑。

「無所謂，其實妳只要喝完假死藥等一個月就知道了。如果羅瑟琳的事情是假，那麼那瓶藥當然沒問題；如果是真，正好妳也該為辜負妳的愛人而傷心欲絕了，到時死了也乾淨，免得還要另外找毒藥。」雲千千呵呵一笑。

茱麗葉沉吟一會，帥氣的掏出懷中的藥瓶丟掉。「說說妳的計畫吧。」

雲千千比出大拇指，無聲稱讚了一個。一個敢為了愛人殉情的女孩，對於愛情的追求絕對是熾熱決絕的……雖然她本人很看不起為了一個男人就要死要活的女人，但如果對方是茱麗葉這樣有堅強果斷的一面，那還是很值得一幫。

「簽下這份協議，然後妳就是我的人了，明天我自然會帶妳離開這裡。」雲千千刷出一張官方蓋戳的居民落戶遷移證。

「……妳居然還是個城主。」茱麗葉看著遞到面前的遷移證書，嘴角有些抽搐。她頭一次感覺到自己在長久的家族生活中已經落後了，原來外面的城主已經氾濫到在街上賣火柴的地步了嗎？

「無所謂啦，反正羅密歐已經被驅逐了，只要妳移個民，我就能以城主身分幫妳申請些國外豁免。到時候你們就可以直接在天空之城完婚，沒有妳的未婚夫也沒有他的初戀……別說妳家族，就算這城的城主也拿妳沒辦法。」

看著契約成立後放出白光的紙片，茱麗葉努力忽視掉心中類似簽下賣身契的不妙預感。「明天妳什麼時候來？」

「睡醒了就來。掰掰。」

雲千千刺溜一聲閃人，留下惆悵糾結的茱麗葉繼續在果園裡吹著小夜風……

第二天，再次在凱普萊特家族大門前被攔，雲千千顯得很淡定。

「小姐，我們說過這裡不歡迎您。」侍衛眼神警惕且不善的看著雲千千。「而且我們凱普萊特家族今天有宴會，您沒有請帖。」

「我是來找我的居民的。」雲千千掏出天空城主身分證明晃了晃。「我現在懷疑你們非法拘禁我天空之城的居民，並且無視該居民意願，非法逼迫她與其他人結婚。為了隱瞞事情真相，你們甚至還試圖攻擊天空城主也就是我！……這是很惡劣的外交事件，嚴重傷害了該城與天空之城的和平外交……請問你們是否能承擔這個後果!?」

「嘶——」

侍衛們集體倒吸一口冷氣，瞪圓了眼睛，個個驚訝、不敢置信的看雲千千手中的身分證明及茱麗葉的准遷證。

「如果你們一意孤行的話，我將與該城城主直接交涉此事。在此之前，我希望茱麗葉小姐的人身安全能夠得到足夠保障。」

雲千千想了想，再拋出一個威脅：「另外，我還是天機堂名譽特別成員，如果你們不合作的話，我就把凱普萊特家族的醜聞全挖出來，編成紀實錄、發行紀念版，在各大、中、小城池圖書館中免費提供閱讀。」

侍衛們一起尖叫，爭先恐後的掉頭轉身，衝進凱普萊特家族的大宅，向當任家主報告這個不幸的消息。

雲千千頭一天被趕出大門的一口鳥氣出了，終於心滿意足的整整衣服，心情分外舒暢，笑容格外燦爛的慢慢走進大門。

054 變身詛咒體驗日誌（二）

把羅密歐和茱麗葉一併帶回天空之城後，九夜小豹子也終於和無常交談完回歸了。看樣子，似乎是無常給他放了個小假，讓這豹身男兒心的小路痴安心混日子，等待變回人類的那一天。而且不知道出於什麼心態，無常居然還是陪著九夜一起回來。

「哎呀，稀客稀客。」雲千千笑容滿面的在繁忙的辦公室中迎接兩位精英：「正好本城剛收納兩位赫赫有名的居民，正準備幫他們舉行公開婚禮，順便做些宣傳宴會什麼的……」

不管怎麼說，羅密歐和茱麗葉都算是名人。在一般人眼中，這二人就是忠貞愛情的代表。如果有兩人的婚禮宣傳的話，到天空之城來旅遊結婚的人數至少還能再上升起碼十個百分點，而這其中公證費、飯店宴席等周邊收入之類的油水就更不用說了。

「任務完成得不錯。」無常冷笑著敷衍稱讚了聲，公事公辦的轉入正題：「項鍊呢？」

「看！」雲千千抽出茱麗葉贈送的項鍊遞過去：「本人出馬絕對保證按時完成任務。這次是頂九哥的工就算了，下次有需要，記得付現金，幫你打九折。」

這死眼鏡仔，說是說任務酬勞歸自己，可其實所有獎勵裡除了一條項鍊外，根本沒有其他什麼看得過去的東西。要不是自己拐了兩個人外加一隻獨角獸，這次買賣就是完全的虧本。

無常接過項鍊，笑道：「蜜桃多多辦事我還是信得過的。」

「那是。」雲千千假笑。你當然信得過，反正陰的不是你……她想了想又歡快起來：「對了，其實這次還得了點小東西，有沒有興趣玩玩？」

「哦？」

「小女孩牌火柴攤限量詛咒火柴。」雲千千歡樂的刷出一盒小火柴：「我順便把賣火柴的小女孩任務也做了，這是獎勵之一。點燃後，可以看到自己心中最在意的東西。」

雲千千說完，示範性劃燃一根，頓時滿屋子金幣差點晃瞎眾人的雙眼。

「……」無常推推眼鏡，說道：「不用點這個火柴我也知道自己心裡最在意的是什麼，不必了。」

「難道是什麼見不得人的東西？」雲千千得意的笑，又得意的笑，一臉「你好猥瑣哦」的表情，囂張看無常。

無常冷笑，劈手拿過火柴盒點燃一根，九夜修長的身姿瞬間出現在光影中……還是便裝現實版的。

「我心裡最重要的人就是九夜。」無常很坦然的一臉平靜說道：「現在妳滿意了？」

「……」難道這人真的是個死玻璃？

雲千千臉色古怪的拿回火柴盒，放到九夜小豹子面前晃了晃，問道：「九哥想不想試試？」

小豹子無可無不可的打了個呵欠，興致不是很高昂。反正再怎麼樣，他劃燃的火光裡絕對不會出現金幣和無常就是了。

前者九夜沒興趣，後者太強悍，根本沒有讓人操心牽掛的必要……雖然他是他大哥，但非兄控屬性的小弟和弟控屬性的大哥，腦袋迴路之中有著根本的差別……

於是「嚓」的一聲輕響後，伴隨著硫磺的煙火氣味，雲千千奸笑的樣子搖曳出現在劃燃的火光中。

小豹子一臉傻樣的呆滯著，顯然不能接受自己心中隱藏著的最在意的人居然是蜜桃多多這個事實。

無常手指一個顫抖，差點捏碎了自己的眼鏡片……他一定是瞎眼了。

辦公室裡其他正在忙碌著的玩家們突然一片死寂。

靜得讓人幾乎窒息的氣氛中，雲千千羞澀的驚喜捧臉說道：「九哥，原來你暗戀我？」

誰說最在意的就是最喜歡的？要知道，只要一樣東西或是人在某人的腦子裡印象夠深、分量夠重，那就等於是最在意的。比如讓喬峰出來劃根火柴，火光裡出現的也不一定是阿朱，更大的可能是殺他全家的仇人。

死眼鏡仔，天天跟九哥說她壞話，讓人隨時注意並看好她什麼的，這下子自食其果了吧？雲千千這回是真得意了，笑得異常燦爛歡快。

「吼？」九夜咬了咬牙，努力揮舞著小爪子，費勁的再捏起根火柴，一劃，蜜桃多多；再劃，還是蜜桃多多……一把火柴齊刷，頓時滿房間的蜜桃多多或奸詐或鬼祟或猥瑣的一起衝他勾起嘴角壞笑。

九夜白眼一翻，昏過去了。

「喲，還要驗算？」雲千千高興的拎起氣絕中的小豹子，很欣慰感動的點頭說道：「反覆的驗證得到了一個鐵的事實。我果然是九哥心目中的Mrs. Right！」

無常憤然拂袖離去，臉色黑得嚇人，連雲千千手裡的九夜都顧不上了。

「要走了啊，無常哥？」雲千千揮手帕告別：「有空常來玩啊，我們夫妻一定掃榻相迎……」

無常這邊蒙混過去了，替九夜下的心理暗示也植入成功了，接下來重要的是怎麼趁熱打鐵，讓手裡這男人對她死心塌地？

雲千千絲毫不覺得自己用手段作假的方法有什麼不對。愛情是要靠經營的，好男人是要靠搶奪的，光在原地站著，矜持等人主動跑來告白算怎麼回事？

這種碰運氣的想法最要不得了。女人就愛原地等待，用哀怨的眼神看著男人，為他做很多事卻什麼都不說，然後覺得自己實在是很聖母、很偉大、為愛付出無數，可以心安理得的等待對方某天猛然醒悟到自己有多麼愛他，或者他其實有多麼愛自己了……結果等來等去，等到了男人愛上別人，最後這樣子的傻女人只能憂鬱惆悵的在心底嘶吼：「我那麼愛你，為你做了那麼多，可你為什麼還不愛我？」

為什麼？

狗屁！想要了就自己去拿，光會等待算什麼？

雲千千摸摸下巴，開始思考接下來該進行的步驟……羅密歐和茱麗葉這對苦情戀人都能結婚了，區區一個九夜算得了什麼？別說路上只擋了一個無常，就是再擋了十個無常她也能搶到……

擺脫了劃完一盒必死的詛咒後，小女孩的火柴在天空之城熱銷大賣了起來。有男朋友的女人都愛帶著

自己的男人去買一盒，然後陶醉的等對方點燃。

二話不說、瀟灑痛快點燃，並在火光中映射出女友影像的男人最佳。這樣的男人因為其深情無二大受歡迎，身為其女朋友的玩家也與有榮焉。

猶猶豫豫、踟躕不安，在女朋友的撒嬌耍賴、威脅放狠話等手段下顫抖點燃，火光中出現女友的男人稍次等；雖然火柴代表他的心，但女孩們還是會抱持懷疑態度……最在意是自己沒錯，但是第二在意呢？看那小心翼翼的樣子，沒準外面還有個小三？

寧死不屈、巧舌善辯，反正打死不願點燃火柴的，或者點燃了火柴後卻出現其他女人樣貌的，這樣子的男人基本上轉個背就被甩了，根本沒得商量……當然，如果出現男人樣貌的話會被甩得更慘，女孩們無一例外罵句死玻璃，然後耳光拳腳捶打之，接著才出了一口惡氣般瀟灑轉身。

許多信奉兄弟如手足、老婆如衣服的男人們都憂鬱了。他們攥著火柴梗，一身落寞的站在蕭瑟北風中，不知道該怎麼解釋自己火光中出現的只是死黨兄弟……衣服這種東西，雖然沒手足重要，但如果一件都穿不上的話，還真的是挺讓人寂寞孤寒的……

當然，也有人點燃火柴後在火光中出現其他東西的，比如說任務道具，比如說高手榜，比如說錢。這類結果差強人意，女孩們勉強把這樣子的男友歸類成事業型，然後無可無不可的接著湊合，轉個背把火柴的事就拋到了腦後……

在眾多男性玩家的集體聯名抗議後，雲千千不得不考慮這個小道具帶來的惡劣影響。經過深思熟慮、慎重斟酌，最後宣布火柴攤每日限量販賣，但是價格卻提高上漲了三十倍。

原本人人都可以隨手買來消遣的小玩意變成了小奢侈品，女孩們越發趨之若鶩，男人等卻有了藉口如

錢不夠啦、排隊沒買上啦之類的用來拒絕，於是終於皆大歡喜。

另外在天空之城還興起了一樣新娛樂，自然就是獨角獸的占卜場了。雲千千把羅密歐的這個專屬坐騎牽了回來，放在水果族領地的獸場裡面養著，開放提供占卜、乘騎等服務。

心中充滿了童話幻想的女人們如潮水般紛紛湧入，為水果族的私人場地收入豐盈做出了巨大貢獻。雲千千自己沒事的時候也愛去逛逛，什麼都不做，就站在獸欄外，似笑非笑的盯著獨角獸看，長此以往，直看到獨角獸腿肚子打顫、精神萎靡、連毛都脫了不少，再然後……再然後雲千千就被彼岸毒草轟出去了，並禁止其進入獸欄範圍一百米內……

第二天，在天空之城歷時一天的宣傳後，在新娛樂帶動的又一波觀光狂潮中，羅密歐和茱麗葉的婚禮終於在熱鬧歡樂的氣氛中舉行，雲千千攏著終於從打擊中回復精神並重新上線的小豹子參加。

而此時，距離詛咒變身狀態的解除還剩三十六小時……

055 大伯與弟媳的首次正面交鋒

九夜劃燃火柴，根根映照蜜桃多多的事情已經傳出去了，消息是誰放出去的這自然不必說。

總之，當天空之城聲名遠播的城主攜同九夜小豹子一起出席在婚宴上時，在場所有玩家的臉色都很精彩。

「恭喜恭喜，城主夫妻感情真好。」一路上遇上的熟識的玩家們都跑來道個賀，尤其是女性玩家，有男朋友的女性玩家，看見雲千千的表情更是羨慕嫉妒恨……人家男朋友怎麼就這麼貼心呢，根根劃出來都是蜜桃多多。

雲千千樂呵呵的抱著小豹子一路回首答謝：「同喜同喜，這沒什麼的，我和九哥認識那麼久，感情深厚點也是正常，呵呵……」

九夜索性不抬頭了，別過臉去，閉眼埋頭，假裝自己不存在。這男人這會心情其實挺複雜的，要說以前對蜜桃多多，他是真的沒有什麼太多想法，只是覺得她有那麼一點兒與眾不同，不像其他女人那麼難應付。甚至於見識到蜜桃多多一些行事及論調時，他還真的是有些激賞。

雖然無常不怎麼喜歡她，但那只是從一個秩序維護者的角度出發應當有的警惕。如果單以個人觀點而論的話，雲千千這性格其實挺對他們兄弟胃口……前提是，她別老替他們惹麻煩的話。

最開始是因為怕她破壞規則，出於警惕監視的目的，所以放在這女人身上的注意力比較多；後來是看她一路橫衝直撞，好奇她究竟能走到哪一步，視線投注才慢慢開始更多了起來。可是是什麼時候開始，蜜桃多多竟然成了自己的「最在意」？

九夜最納悶的就是這一點，雖然自己沒有想找個多麼溫柔體貼、大方得體、秀外惠中、才貌雙全的女孩，但最起碼不能是個沒事到處惹事的麻煩精吧？

到底哪裡出問題了？難道是火柴受潮了？就跟人腦子進水一樣會犯糊塗？

最可氣的是，他居然還沒什麼強力反抗的想法，對自己中意蜜桃多多的這個「事實」只是暈了一會就接受了，想著順其自然看看也好……世界太瘋狂，難道自己昨天洗澡的時候不小心也讓腦子進水了？

小豹子重重嘆了一口氣，馬上換來雲千千體貼的關懷：「老公，你怎麼了？」

「……」小豹子被這新鮮出爐的稱呼噎了個半死，可惜不能說話無法反駁，只好翻個白眼，悶悶的埋下頭去……真的是懶得理她。

「城主真體貼……」旁邊湊在一起圍觀道喜的幾個女人們又開始眼紅……

九夜恍惚間，突然有種自己變成了壓寨夫人的錯覺……

婚宴另外一頭的無常幾人冷眼看這邊熱鬧。

七曜想了又想，實在頂不住冷氣團，決定出來說幾句話自救，於是拉開無常，開解道：「俗話說兒大不由娘……」他第一句就說錯，被無常往死裡瞪。

七曜趕緊懺悔，換了個起頭：「……那個，我的意思是說，九夜也是個成年人了，他的事情自己能做主，我們作為朋友、同事，管那麼多是不是不大好？」

他頓了一頓，看無常雖然冷著臉卻沒馬上反駁，得了鼓勵般再接再厲繼續道：「而且其實蜜桃多多也不錯，雖然不是標準賢妻型，但也算是有本事的了，沒準以後有事還能幫著九夜一把……再說人家皮厚、心黑、膽子大，你嘲諷算計排斥她都不放在眼裡，那真叫一個你強任你強，清風拂山岡……俗話說，人至、什麼的則無敵，我覺得我們就算想救九夜出苦海也是沒辦法的。九夜自己不配合，蜜桃多多比你的段數強了不止一點半點；最起碼我們還有紀律限制，她是發起飆來根本沒人攔得住……」

七曜這一番苦口婆心、循循善誘聽在無常的耳裡，那真叫一個不爽。無常冷笑道：「照你這麼說，我們就沒一個人拿她有辦法了？」

七曜認真想了想，很實事求是的搖頭道：「還真沒有。」

「……」無常氣結，瞪了七曜一眼：「可我如果硬要攔著呢？」

「……那你就攔吧。」該說的說了，該勸的勸了，人家硬不聽，七曜只好黯然退場。

無常推推眼鏡片，脣角勾著抹冷笑慢慢踱過去了。「城主今天心情好像很不錯？」

剛才還言笑晏晏的雲千千臉上一僵，慢吞吞的轉過身來。「沒想到無常兄今天也有空出席婚宴，真是失禮失禮。」

九夜貓軀一震，剛想起身，想了想還是懨懨的趴了回去，自己這副樣子還真的是不能見人。管他們愛說什麼呢，自己就在旁邊打醬油好了。

「以前不都叫我眼鏡仔？今天城主這麼客氣還真的是讓我受寵若驚。」無常假笑道。

雲千千窒了窒，隨即嘆口氣說道：「那都是叫著玩的，無常兄想來也不會跟我一個小女孩斤斤計較。」

「哪裡哪裡。」

「看起來無常兄今天是真有不滿了？」雲千千很認真的看無常。「其實我以前就一直想問一個問題了，你到底為什麼看我那麼不順眼？」

「……」無常勉強扯了扯面皮，然後說道：「妳想多了吧。」

「不是我想多。」雲千千搖頭嘆息：「我們算是新手村就認識的交情了，最開始是你們一直不願意加入我們之中，九哥出現後你又一直排斥我和九哥接觸。等到再過一段時間，發生了一些事後，終於算是比較熟了；本來我以為無常兄已經把我當朋友了，誰知你的態度從頭到尾一直就沒變過……」

「……」

「雖然我確實愛玩了點，但自問還是沒什麼大錯。朋友有難求到我頭上的都幫了，有任務解不了的找上門來我也去了，平時確實愛收點小財，但也是你情我願，沒拿刀逼著人家給我。」雲千千苦笑道：「也許我是不怎麼大公無私，但這年頭大公無私的人就能有飯吃？你到底哪裡看我不順眼，非要和我針鋒相對？」

這一番話說得是情真意切、字字血淚，旁邊聽著的七曜等人都覺得以前做的那些事情似乎是有些過分了。真算起來的話，人家女孩還真的是沒做過什麼大的錯事。遊戲裡殺人都准了，行點小騙、貪點小財什麼的也無傷大雅嘛。尤其那還是在規則允許範圍之內，再尤其那些事情是一個願打一個願挨，最多說這人得理不饒人，但前提還是她先捏了理不是……

在這一瞬間，七曜幾個人都覺得自己是鐵面無私卻冷血冷情的舊時代捕頭，而眼前這女孩卻是劫富濟貧、遊戲紅塵的俠盜、俠騙、俠匪、俠……咦？為毛「俠」字後面跟的都是這麼糾結的名詞？

無常臉色鐵青得難看，盯著雲千千瞪了又瞪，磨著牙，陰沉沉的笑道：「……真是好算計。」

雲千千心灰意懶的搖頭：「道不同不相為謀，我也知道以你的立場要認同我確實不大可能……算了，就當我白說了這麼多，就當今天什麼事都沒發生吧。」

今天本來就什麼事都沒發生！無常的青筋跳了出來。

他還想說些什麼，九夜已經抬頭皺了皺眉，瞟了眼無常，輕吼了一聲：「吼……」

「……」你到底想說什麼？

雖然語言不通妨礙交流，但無常也看出來九夜是不想讓自己再說下去了，只好忿然的冷哼一聲，沉著臉帶人走開。

目送無常等人離開後，九夜這才重新趴回雲千千懷裡，甩著尾巴漫不經心開解般似的拂了拂身子底下抱著自己的那雙手臂。

雲千千心有靈犀感動：「九哥，謝謝……」她是真感動，這男人太配合了，她一擺出姿態果然就站到了自己這邊來……所謂男人啊，不管是多麼多變的種類，骨子裡還是有保護弱小的一面。嗚嗚嗚，這招太踏馬的好用了……

小豹子不屑的哼了聲，彆扭的轉過頭，不讓雲千千看到他臉上的表情。

也許，他想錯了？其實這女人真沒自己想得那麼壞。就如她自己剛才所說，她所做的一切頂多只能說不夠大公無私，卻不能算是過分。

也許真的是自己在警察的位置上待久了吧，所以忘記了平常人的心態和生活，忘記了應該脫掉嚴苛的標準去看待一些事情？

小豹子深深的被誤導了……

離開的七曜還沉浸在自責中。明明對方就是一個普通人罷了，貪財不是大毛病，愛使些小手段也可以理解，自己幹嘛非跟人過不去？

這麼想著，七曜就這麼開口了：「無常啊……其實，九夜的事情我們還是別管了吧，我看蜜桃多多真的挺難過的。以前她雖然不說，也許只是強忍著罷了，我們就放她一馬吧？」他覺得無常有些過分了。

「呸！」無常冷哼道：「我對什麼人都是這副樣子，是特意針對她嗎？」

「……不是，可是……」

「以她那性格，你覺得她會憂鬱？」

「……」

「那爛水果只是在騙九夜那傻子罷了。」

「哈？」七曜傻了。

無常冷笑不語。要出招是吧？那就走著瞧。

056 誰是敵對

婚宴結束後，還沒來得及吃上一口自己城池出資贊助的喜酒，雲千千和小豹子就被彼岸毒草抓到帶走。

「公會又升級了。」彼岸毒草開門見山，直奔主題。

「這是好事啊，你怎麼這副表情？」

「但是最關鍵的是，這次升級後，公會強行領取到一個任務。」彼岸毒草萬分哀怨，一副妳怎麼早沒告訴我的表情看著雲千千。「我們必須打敗一個二級敵對公會，奪取對方的一塊駐地，否則一個月後就要掉回二級……」

雲千千納悶抓頭問道：「我們什麼時候有敵對公會了？」

她和一葉知秋那個公會早就聯盟了，和龍騰現在也因為島嶼共同發展關係熄火了，和其他公會不大熟，

但是沒交好的同時也絕對沒交惡……咦，這麼一盤算下來，才發現自己真的是好友善耶！行走江湖那麼久居然一個仇人都沒有。當然，別人單方面把自己當成仇人那不算，那是他們嫉賢妒能。

彼岸毒草重重嘆口氣：「問題就在這裡，任務只說讓我們獲得公會戰爭的勝利並奪下駐地，卻沒指定目標……意思就是妳敵對也得敵對，不敵對也得敵對，反正必須要找一個公會打一場就是了。」

網遊的系統任務一般都會設置這樣的衝突點，以任務設置或利益糾紛來挑撥玩家勢力的爭鬥。他們把這叫競爭，實際上說白了，就是為了把江湖倒得更亂一些。

戰爭財永遠是最好發的，不攪亂一灘渾水，哪來的收入提高，又怎麼刺激玩家們投入更多的精力？當然，這也是優勝劣汰法則。不能在競爭中獲勝的公會就沒資格升級成為更強大的勢力，哪怕是有錢砸任務也不行。反正如果單就一個玩票性質的公會來說，有個二級規模的公會能收個千把志同道合者也就差不多了。

「這也好辦啊，隨便弄個敵對不就完了。」雲千千對這種事駕輕就熟，隨口就來：「回頭你去找龍騰，就說他小情人的妹妹的男朋友的朋友掄白了我們會一個重要精英，叫他殺人償地。」

彼岸毒草瞬間黑了臉：「妳能不能少胡扯？」

九夜也輕哼了聲，表示不滿。

「是真的，真有這麼回事。」雲千千無奈。雖然說這件事發生在上輩子，但確實是一件真事，而且被掄的還是自己，現在堂堂水果樂園公會會長……這身分夠威風了吧？扯出來的政治影響也夠大了吧？絕對百分百的理直氣壯了吧……可惜就是不能說出來。

雲千千鬱悶。

彼岸毒草深呼吸一口氣，咬牙道：「我們公會的重要精英？我們會的重要精英會被龍騰隨便一個八竿子打不著的親信掄白了？」那親信得是有多強悍才能掄白一個隱藏種族雲集的龐然公會中的重要精英？

經過一次又一次被雲千千洗刷刷洗刷刷之後，龍騰現在但凡見到水果樂園的相關人事物及地盤，都恨不得自戳雙目再繞遠道走了，人家連見到水果攤都有過去踹翻的衝動。在這樣的情況下，說他的親信能白目到衝出來刷了水果樂園的精英？誰信？

「妳就算想編幌子也好歹費點心思？」彼岸毒草就差怒吼：「妳倒是說說看，我們公會哪個精英能好到被人掄白的地步？」

「如果我說就是我本人……」

「呸！」彼岸毒草一臉激動的衝雲千千吐口水。

「……」好吧，就知道你不信……

雲千千無奈，摸摸鼻子，低頭捏九夜的小肉爪，安慰自己受傷的脆弱小心肝。

九夜齜了齜牙表示不滿，見前者無悔改之意後閉目扭頭。

說起來雲千千挺委屈的，這恩怨情仇就自己一個人記得，其他人全部清檔重來了，根本沒一點印象。當什麼都沒發生過吧，自己覺得彆扭；她要揪著上輩子的事情不放吧，別人又覺得自己無理取鬧……其實她和龍騰作對還真的是有非常正當的理由，可惜這理由現在根本不算理由。

這麼說起來的話，她上輩子還是被爪子裡這隻小豹子抹了脖子的呢。所以這難道就是因果循環、報應不爽，註定他這輩子要幫她賣身抵債？雲千千思緒飄到很遠很遠之外……

「算了，敵對的事情我們再想想。實在不行的話，培養一個二級公會來刷掉也不是不可以。」彼岸毒

草長嘆一聲，頭大得不行。

「培養二級公會？還得是有駐地的？」雲千千嘴角抽了抽：「你知道這得花多少工夫又得費多少人力、物力？」

搶別人的東西當然沒必要心疼，但自己搶自己的東西……這主意聽起來怎麼這麼犯賤呢。

彼岸毒草怒道：「要不然妳給我一個想法？」

「想法不是沒有……我記得皇朝也有駐地吧？」

「……」

彼岸毒草這輩子都沒這麼糾結過。新東家要對付老東家，還在他這副手面前直言不諱的就這麼說出來了。他要不要裝沒聽到？還是為表忠心，二話不說同意？要不然乾脆背叛吧，反正這公會也不是什麼良善組織……

還好沒等彼岸毒草真的生出二心，雲千千已經補充著繼續說了下去：「其實我看了這麼段時間，發現唯我獨尊缺了你還真的是有點撐不下去。他這人做衝鋒陷陣的小頭領不錯，聚集一票志同道合的豪爽朋友也行；但要說做一個公會的決策者和領導人，就終究是差了那麼一點。」

「這個……」這一點他贊同，但不能因為這個原因就要滅了人家公會吧？

「而且我看唯我獨尊似乎沒什麼一定要當老大的雄心壯志，他建公會無非就是為了兄弟們都能聚在一起。」雲千千笑了笑：「既然如此，如果你出面讓皇朝合併過來的話，我想應該還是挺簡單的。」

「……所以在合併過來之前，順便就先刷上一刷，把任務做了，駐地搶了。然後再簽和約，把人家整個勢力順勢收購？」彼岸毒草傻眼了，沒見過這麼吃人不吐骨頭的。最可氣的是，她說得還句句在理，自己都沒法反駁，甚至仔細推敲，他對這趨勢還很期待。根據他對唯我獨尊的了解，對方肯定不會不同意。

「當然，你要是感情上過不去這關的話，我還有個比較感性的理由。」雲千千蕭瑟的長嘆一聲，接著十分真誠的抬起頭來：「其實我看得出來，唯我獨尊對你一直不能忘懷；而你，離開他後也很寂寞……」

真是夠了！

彼岸毒草臉色鐵青的轉身就走，在身後順手把門砸得山響——他從一開始就不該指望著能找這傢伙商量點正事。

「……」

「……」

一個女人，一隻豹子，這二者默默對視著。

是前世的糾纏？

還是今生的眷戀？

……好吧，其實只是九夜有話想問雲千千而又無法表達罷了。

雲千千敗下陣來，摸摸鼻子，雙手捧起小豹子跟他解釋：「其實我話雖然說得不好聽，道理卻是對的。唯我獨尊沒那麼大野心，他的野心只是能和兄弟們一起囂張瘋耍，尤其是小草……等合併以後，我直接劃個堂主讓他當，他手下人還是全歸他管，這樣照舊是義聚一堂，有什麼不對？」

「……」沒什麼不對，就是說話方式太討人厭……小豹子冷哼一聲，算是接受了這個解釋。他掙脫雲千千的手，趴回對方相對比較柔軟的大腿上，轉過背，只留個屁股讓她看，還有根小尾巴一甩一甩。

「只不過是玩遊戲嘛，陰謀詭計也是一部分，就跟有人愛任務，有人愛PK一樣，大家都是為了圖個爽

罷了……」雲千千呵呵一笑，也不介意，伸爪幫小豹子順毛。

「吼……」低低的咆了聲出來，小豹子表示理解。

好吧，又是他多想了，其實人家沒那麼壞……

彼岸毒草出了門就和唯我獨尊交涉去了。雖然蜜桃多多出的主意爛，但唯我獨尊和他其實還真都不怎麼介意公會誰當老大，不然他就不可能甘心幫人做副手那麼久，不然唯我獨尊也不可能讓他實權在握，代自己發號施令。

唯一值得介意的就是這女孩的態度。這就好比一個有錢人並不介意也願意捐助施捨幾萬塊出去，但他絕對不會喜歡強盜直接從他身上硬搶走幾千元一樣。

我主動給你，可以；但你不徵求我的意見就強要，這就是你不對了。而且最主要的是，這樣的話我會很不爽……

彼岸毒草現在就不怎麼爽。這終究還是一個念舊的男人，對老東家也有點感情；雖然他現在是水果族了，但還是跟半個皇朝人似的，見著以前兄弟的時候，雙方都免不了唏噓感慨一陣。

目前最關鍵的問題是，這事情該怎麼跟唯我獨尊談？

他自己不爽，不能讓唯我獨尊也不爽。他不爽了，頂多是工作中帶點情緒；唯我獨尊不爽了，很可能直接一拍兩散……彼岸毒草邊走邊頭疼。

而雲千千做出指示後就不頭疼了，一切有萬能副手操心，這就是當老大的最大好處。

057 庸人自擾之

一葉知秋這天一大早就收到了手下的緊急報告，水果樂園對皇朝宣戰了。

這個驚人的消息好比天雷勾動地火、好比山崩再加海嘯、好比如狼似虎的寡婦遇上了憋足一年的色狼……

當了會長的玩家們彼此之間都有些小來往，再加上遊戲中的玩家們本來就沒什麼太嚴格的公會保密觀念，各種小情報的收集和流通自然是免不了的。

沒比一葉知秋晚上多少，有點能量的人就幾乎也都收到了同樣的消息。

對於創世紀中第一對正式敵對起來的公會，大部分人都抱著熱情的態度，積極參與研究討論中，深刻剖析這兩個公會之間的敵對原因、實力對比、目前局勢、發展走向，以及本次事件可能會對遊戲格局造成

的影響等等。

江湖太寂寞了，急需八卦花邊愉悅大家乾涸的遊戲人生……

而相比起其他事不關己的公會來說，一葉知秋等曾經和雲千千有過結盟協議的人，對這個宣戰消息的重視程度顯然不是一般的。首先，他們很驚訝，因為這次的宣戰毫無預兆，大家都想不明白唯我獨尊到底是哪裡觸到蜜桃多多的逆鱗了。想當初那女孩往死裡折騰龍騰的時候，都沒想到要對龍騰九霄宣布敵對過……難道是因為彼岸毒草？

其次，這些人很糾結。大家現在好說也是結盟狀態，人家跟皇朝開戰了，那自己是不是也得有點表示？

「大家說說吧，有什麼看法？到底是冷眼旁觀還是參與進去？參與進去的話，是幫哪邊？」一葉知秋頭大的拉了幾個會裡的老幹部聚頭開小會，指望能從別人那裡得到點意見。

「冷眼旁觀肯定是不行的。這事情傳得那麼廣，我們想裝作不知情都不可能，如果沒點表示的話，打架的那兩家回頭都得跟我們抗議。」一名幹部首先開口道：「不說皇朝是我們的老相識，就現在形勢來說，水果樂園和我們的結盟也是在遊戲裡傳遍了的。我們要裝傻，回頭人家就得衝我們吐口水……」

這就好比自己有兩個朋友打架，你可以去勸、去拉，或者乾脆幫著一方壓另外一方。但要是什麼都不幹，就搬個小凳子、帶著爆米花在旁邊津津有味的看熱鬧的話，那絕對會被人家鄙視。說不定到時候兩人聯手，過來先把自己幹翻都有可能。

「說得沒錯，但問題是我們到底幫哪邊？」一葉知秋皺眉。

「這個……」

幫水果樂園？這好像不大好。皇朝是老交情了，雖然偶有敵對，但互相競爭到現在也算是英雄惜英雄，兩家公會之間的關係說句莫逆之交都不為過。

幫皇朝？那更不行了。首先水果樂園和自己這邊一個結盟關係就說不過去，盟友不幫去幫外人？再莫逆也不是這麼背叛的。

一葉知秋也知道是自己難為大家了，連忙乾笑道：「要不然我們還是問問蜜桃那邊的意思？」

下面的眾人面面相覷一會，也知道沒更好的辦法了，於是全體點頭同意，盯著一葉知秋打開通訊公放，當著大家的面就招呼了過去。

「什麼意思？」那邊的雲千千聽了一葉之秋的概述及糾結之情後，莫名其妙回道：「這關你們什麼事啊？我和皇朝打我們的，你們討論這個幹嘛？」這些人莫非日子過得太閒了想打場架玩玩？那可不行，皇朝和自己這邊就是意思意思，別人摻和進來，性質就變了。

「什麼……」一葉知秋吐口血，艱難開口：「我主要想著我們這不是同盟嗎，所以……」

「啊？哦哈哈……我都差點忘記這回事了。」

雲千千回得倒是自然，旁聽的一眾人卻委屈得差點跟著自己會長噴出二兩小血。莫非他們在這裡為立場問題糾結那麼半天，人家根本沒把他們當回事？

「……那妳看我們這邊？」

「該幹嘛幹嘛去吧，我這裡還忙著插旗呢，先不說了。」

對方「啪」的一聲切了通訊。一葉知秋握著通訊器呆愣五秒後，才傻傻抬頭看其他人：「她說插旗的意思是？」

「……如果我沒猜錯的話，插旗的意思是搶駐地？」

敵對公會之間可以互相攻打駐地，破壞掉駐地中的防禦主陣後，則駐地自動列入無主荒地區域，接著勝利方可以在這片地區插上自己公會旗幟，插旗進度條共倒數十分鐘。這期間，除駐地範圍內本身的小怪會發瘋進攻外，失地方也可以派人阻撓，十分鐘後，旗幟無恙則代表駐地搶奪成功……

「靠！這女人是玩真的？」一葉知秋怒吼了聲。連人家駐地那裡都下手了，這下說不是死仇也沒人會信，不然不會這麼毀人老巢的。

幹部甲幽幽嘆息道：「江湖又要大亂了嗎？」

「……沒想到皇朝也有這麼一天。」幹部乙也顯得很蕭索：「唯我獨尊那性子就跟他名字一樣，這次受了這樣子的奇恥大辱，他肯定不會甘心。」

「誰說不是呢……」

幾乎所有的人都認為雲千千不會輸。換而言之，意思就是大家都不看好皇朝和唯我獨尊這次能夠化險為夷。

頓時整個房間氣氛變得一陣凝滯，剎那間所有人都有種兔死狐悲的淒涼之感……怎麼說唯我獨尊也算是在場人都比較熟悉的了，突然間得知他可能被打擊成渣，沒準以後遊戲裡都再不能有一席之地，這怎不叫人悲傷？

一葉知秋愣了半天，也有點失落：「公會倒還算了，可是彼岸毒草現在也在水果樂園，他怎麼對皇朝下得了這個手……」

每個人都低下了頭。確實，江山沒了可以再打，但彼岸毒草和唯我獨尊可是幾年的兄弟，以前兩人並肩攜手闖蕩了那麼久，誰知一夕之間卻反目成仇……對於唯我獨尊來說，這個打擊怕是比皇朝被毀還要來

得更大吧？

沒過一會，系統在全世界中歡快宣布，水果樂園成功拿下皇朝駐地，皇朝正式被擊敗。

整個遊戲一片譁然，先前還有些不相信敵對消息真實性的，這會都無語了，本來就什麼都沒聽說的也都震驚了。如果這不是擬真網遊，如果這有世界頻道，這會肯定全世界都刷屏刷瘋了。

就連默默尋都派出了記者滿地圖賣報，報導詳細戰況消息以及駐地戰相關始末。

一葉知秋聽了聽外面街道上的喧囂，長嘆一聲，想了想還是準備發個安慰的訊息給唯我獨尊，慰藉一下這個昔日的老對手。

可是還不等他思索好安慰的話語，自己手中的通訊器就先響了起來。他接起來一聽，唯我獨尊歡樂豪爽的聲音就透過還沒關閉的公放傳了出來，充斥在整個房間中。

「哈哈，老子去水果樂園了。有空的來天空之城看熱鬧！」

一葉知秋驚、大驚。唯我獨尊這是打算魚死網破、背水一戰、破釜沉舟、霸王別姬？……呸！不對，就算他要霸王別姬也不該是幫自己留遺言才對啊。

沒空去理會房間裡其他震驚的眾人，一葉知秋抓起通訊器，連忙衝那邊吼道：「獨尊，你別衝動，有話慢慢說，天空之城不是那麼好打的……」那裡有天空眾族，有水果樂園的隱藏種族精英，是目前蜜桃多多手上防禦最堅固、最不可攻破的一塊駐地。唯我獨尊叫他去天空之城看熱鬧，難道是要在那裡擺開陣勢和蜜桃多多你死我活？

對面久久沒有回話，一葉知秋焦急的再看了眼通訊器，這才發現唯我獨尊傳來的居然還是群消息，料

想這會已經關通訊器在路上了。

「不能這樣乾等了。」各種複雜微妙糾結的心情中，一葉知秋霍然起身，堅定道：「不管怎麼樣我們都不能袖手旁觀。把能叫來的兄弟都叫上，我們現在就去天空之城，哪怕不能阻止……」哪怕不能阻止，也不能看著唯我獨尊真就這麼一敗塗地。

總有什麼辦法的，總有什麼辦法能夠說服蜜桃多多放過唯我獨尊的……一葉知秋開始苦思各種說服勸解的臺詞，希望能化干戈為玉帛……靠！他怎麼就沒有那爛水果的口才？

一葉知秋懊惱的捶桌……

此時的唯我獨尊還真的是已經關了通訊器了，他真的不知道自己人緣居然還能這麼好，引動多少人為他的英雄末路感慨失落、黯然銷魂。

唯我獨尊早在一開始聽說可以重新跟彼岸毒草並肩作戰的時候，就已經欣喜得不能自已，二話不說當場點頭同意。而下面的其他人更是好說話，認識彼岸毒草的老人都願意重見當初的副會長；哪怕是不認識的，單看水果樂園和皇朝二者的實力對比，誰又會不知道哪邊是更好的選擇？

於是，思草心切、完全想不到其他人心情的唯我獨尊和雖然猜出了個大概卻有心看熱鬧而故意不說的雲千千，就這麼聯手替所有人造成了一個天大的誤會……

058 見禮

天空之城上，眾公會雲集……

毫無疑問，大家都是來看熱鬧的。

一葉知秋率領數百精兵剛一踏進天空之城的水果族傳送區，立刻感覺自己像是進了菜市場。往常這裡人潮雖然也多，但絕對沒有像現在這樣擠到需要見縫插針的地步。

剛出傳送陣那一會，因為前面的人潮太過龐大，落盡繁華後面的隊伍甚至根本沒能塞得進來；還有幾個原本已經塞進來的，前面人流動了動，差點沒直接再被擠傳送回去……這還多虧了使用傳送陣得花錢才能開，就跟上公車得投幣才會跑一樣。哪怕就一塊錢沒投，司機也絕對有本事拉著一車乘客死賴著停在站上跟人對罵，誓要捍衛自己的每一分權益……

水果族領地內熙熙攘攘一片人潮，無數公會的成員們混雜成一片，各會長不得不舉起標有自家徽章的小旗，在茫茫人海中堅強的站著，替被擠到四面八方的本會子弟們做引路的指標。

一葉知秋連忙見樣學樣，吩咐旁邊人舉了一面旗幟起來，又在會裡吩咐了聲，這才四周看了看，拉了一個看起來已經來了有一會的玩家問話：「兄弟問下，這裡怎麼這麼多人？」

那玩家回頭看了一眼，沒認出一葉知秋來。「都是等出城的。你們剛來？那得排會隊了。」

「等出城？」一葉知秋不解。

「你們不是來看唯我獨尊大戰水果樂園？」

「這，我們確實是來看……但是這跟現在出城有什麼關係？」

玩家長嘆一聲：「問題就在這裡了。今天天空之城在賣位置，交20銀有站位，50銀有坐位，1金是貴賓席……說是交了錢才准入場，不然不讓人看熱鬧什麼的……」

一葉知秋陣陣發暈，臉色古怪變幻。

這什麼意思？莫非人家打駐地戰都打成表演賽了。早知道唯我獨尊有這麼一招，所以蜜桃多多不論輸贏先來個攔截收費？

乖乖排隊排了一個小時，這效率快趕上在迪士尼排隊玩雲霄飛車了。終於輪到一葉知秋站在售票檯前的時候，他已經沒了半點上天時的豪情萬丈、熱血激昂，一臉無語的看人。

「站票、坐票？」售票人漫不經心的拍了拍手邊兩疊紙片，很不耐煩的樣子：「站的每人20銀，坐的每人50銀，組團參觀可以申請團體價，一百張起跳……」

「……我想先請問下……」

「諮詢檯在左手邊，有什麼不知道的先過去問清楚了再來……對了，記得要重新排隊，不能不守秩序。」

「……那算了，站票三百八十五張。」一小時又一小時，等他問完再回來排隊買好票，都不知道是什麼時間了，到時候別說唯我獨尊，恐怕連唯我獨尊的屍體都看不到。

「你確定？買站票的人只等於是有個入場資格，沒座位牌號的。到時候沒準你擠都擠不進去，進去了也像現在這樣子亂七八糟，別再把你又擠出來。」售票人很有職業水準，耐心勸了勸。

一葉知秋默了默，糾結問道：「請問這個入場的意思是？」

「剛才不是說了，諮詢檯在左手邊……」

「你順口替我解釋下會死啊？」大會長終於怒了。

「主要是這頭例不能開，不然後面人我一人替他們都解釋一句，這得拖到什麼時候？」看在顧客就是衣食父母的面子上，售票人沒繼續傷害一葉知秋，很有涵養的解釋自己的為難：「無規矩不成方圓，那邊特意分了一個檯子就是幫你們解釋問題的。我這只管賣票……」

看人態度那麼好，一葉知秋終於消了消氣：「也是……」

「而且主要是諮詢問題要收錢的，回答一條問題 10 銀訊息費，我這裡要是回答了你的話，帳得收亂了。」售票人繼續好態度的解釋。

「……」這是那爛水果的親信吧？絕對是吧？

茫然的捏著標注著三百八十五人的號碼牌終於走出了水果族領地後，一葉知秋依舊在落盡繁華眾人的簇擁中愣愣的回不過神來。

「接下來怎麼辦？」落盡繁華的眾人們也很茫然，看這架式亂糟糟跟組團旅遊到了某熱門景點似的，怎麼也提不起認真幹架的熱血心情。

一葉知秋終於回神，看了看大人潮的流向，說道：「不怎麼辦，跟著去看看吧……不過我有個預感，這次我們彷彿又是被騙了。」

跟著人潮人海一路湧進巍峨宏大的天空城池，城門口不出所料有一個剪票人。一葉知秋剛一走近，剪票人俐落的奪過號碼牌瞟了眼，喀嚓一聲，一刀兩斷，扭頭衝裡面喊道：「落盡繁華客人三百八十五名，站票，來個人出來接客。」

接客……

一葉知秋已經無力糾結用詞，很頭疼的看著一個魁梧的漢子蹭一下竄到自己面前，掏出一面標著數字的小旗晃了晃。「落盡繁華的人請跟我來。請看好這面旗幟不要走散，今天城裡很擁擠，一旦擠散了很難再找到隊伍……現在請跟好，我們到會場去搶位置……」

對，就是搶位置，因為負債累累的一葉知秋只買得起站票。

走到半路碰上銘心刻骨，異鄉遇盟友，兩方老大很唏噓的湊到一起交換情報。

「我們現在是往城中心走，在眾神祭壇那邊有活動的樣子。」銘心刻骨嘆了一聲苦笑道：「一葉會長還不知道吧，皇朝已經沒了……」

一葉知秋驚訝道：「沒了？怎麼那麼快？」難道他終於還是來遲了？這麼說起來的話，莫非水果族領地那裡的賣票就是一個陰謀，目的是拖下他們這些可能成為皇朝幫手的助力？

「我剛花了二十多金問問題，綜合所有回答後才知道，唯我獨尊其實根本沒想打下天空之城。他說的來天空之城看熱鬧就真的是看熱鬧，因為彼岸毒草已經去和皇朝交涉過，唯我獨尊決定帶著皇朝班底和產業併入水果樂園，自己只任個堂主……」銘心刻骨苦笑，他也是被騙的人之一。他忐忑不安的一路趕過來，生怕自己盟友做下什麼無可挽回的錯事，結果一路奔波就是為了幫人家創造收入來了。

好說錢交了，現在也只有順便看看熱鬧，怎麼也不算白來一場。

一葉知秋消化了三分鐘才把消息整理完畢，接受了這個事實，吐口血，悲憤道：「你的意思是，唯我獨尊和蜜桃多多早就勾搭到一塊了。我們以為的所謂敵對根本就不存在？」

「嗯。」銘心刻骨點頭：「聽說升三級公會後會接到一個強制任務，必須拿下一個二級敵對公會的駐地才承認資格。正好借這個機會，蜜桃多多就想到了和皇朝合併。一來是彼岸毒草和唯我獨尊的組合已經很久，兩邊人感情本來就很好。二是順手完成任務，免得無謂的得罪其他公會。」

「臥槽……」一葉知秋愣了許久，終於淚流滿面：「這兩隻禽獸！」

預感成真，他果然是被人當成冤大頭了。唯一值得欣慰的是，蜜桃多多並不是特意的針對他和落盡繁華，而是普遍廣大範圍的一次性大型創造收入，他只是因為關心心切，所以這才跟著被挾裹了進去。

想通的那一瞬間，一葉知秋恨得都想抽自己一巴掌。怎麼就那麼犯賤呢，人家敵對人家的，自己玩什麼英雄、裝什麼豪傑，一路奔波趕來救人，結果就是被人當猴子耍。

「難怪都說無毒不丈夫，難怪都說兒女情長、英雄氣短，難怪……」一葉知秋抹著眼淚，胡言亂語。事實證明好人果然不能當，該狠心時就得狠心。以後再不做好人了，哪怕有人死他面前，自己都不會眨一下眼皮。

又走了沒一會，銘心刻骨那邊的美女導遊笑盈盈的走過來把銘心刻骨請走，帶著隊伍走向了另外一邊。

人家是有錢人，買的是貴賓團隊席，自然待遇比一葉知秋好。

落盡繁華裡群狼騷動，眼冒綠光、惡狠狠的瞪著銘心刻骨那邊的隊伍在美女護送下走入貴賓通道，直到看不見人後，才轉頭跟自己會長咬牙哭道：「會長，您什麼時候能還完債？」然後也帶兄弟享受一次貴賓待遇？

一葉知秋也很悲傷：「這得看蜜桃多多什麼時候能不搗亂……」

債務永遠是越滾越多的。雖然一葉知秋很努力賺錢想恢復自由之身，但是考慮到物價上漲後算入的利息，考慮到層出不窮的花用，考慮到蜜桃多多屢屢不絕的手段……他覺得，自己的還債之路實在是渺然而漫長……

唯我獨尊什麼都不知道，他唯一做的事情就是按照雲千千吩咐，關了通訊直傳天空之城。

能重新和老搭檔共事，彼岸毒草和唯我獨尊的心情都很不錯，自然不知道外面幾乎全創世紀中，那些想來湊熱鬧的公會會長們都被雲千千敲詐了一通的事情。

終於，在無數人火辣辣而憤恨的目光包圍中，水果樂園和皇朝的合併儀式正式舉行……

059 新老聯盟

鬧哄哄的一團熱鬧後，眾會長興高采烈而來，垂頭喪氣回去。

本來以為有大場面可看，還特意帶了人來想幫個忙，撿個便宜什麼的，結果被人誆了，還損失不少錢錢，這事情放誰身上都得想不通。

唯我獨尊倒是意氣風發，很有勁頭的拉著彼岸毒草一起喝酒聯絡感情去了，哥兒倆許久沒在一起，正是需要長談。

雲千千則是閒了下來，吩咐一個帳房去盤算下這次的收穫禮金，自己抱著小豹子，笑咪咪的、心情很好的去和一葉知秋應酬去。

「恭喜會長財源廣進。」一葉知秋現在連看到雲千千的眼神都透著那麼一股子咬牙切齒。

丟人啊，太丟人了！

無數次在這女孩身上吃虧，可自己就總也學不乖，每次人家設完陷阱自己還是乖乖鑽了進去。這是一種什麼樣的精神？這是一種不屈不撓的犯賤精神。一葉知秋都開始懷疑是不是自己智商不夠了，要不然就是隱藏屬性中的幸運值太低，不然為毛每次受傷的都是他？

雲千千笑得舒爽、心無芥蒂，抬抬手，客氣說道：「託福託福，一般而已。」

「妳就盡量使壞吧。」一葉知秋白了雲千千一眼。他都被折騰得快沒脾氣了，很是一副逆來順受、幾乎看破紅塵的樣子。

揭過這篇，他提起另外一件事情：「九哥的變身詛咒還沒解？」

小豹子抬起頭，很無聊的掃一葉知秋一眼，哼了聲再趴回去繼續睡。

雲千千笑道：「他最近下線時間有點多，要線上時間積累滿三天才能解開，大約還有二十多小時。」

「哦……」一葉知秋摸摸下巴：「等九哥詛咒解開了後，能不能請你們抽空過來幫個忙？」

幫忙？為了魔族那塊地，九哥都付出那麼大代價了，回頭一恢復肯定得回去把仇報了，哪有空先去幫別人的幫？雲千千作勢嘆口氣道：「我倒是很想，問題是最近事情實在有點多……如果你那邊不急的話，可不可以等上十天半月？」

「十天半月……要等上那麼久，花都枯萎了。」一葉知秋的嘴角抽了抽，微笑道：「再說我這裡也不用費太大事，就是和其他會有了些小摩擦。新晉的幾家小公會中間有結了個聯盟的，說是要和我們劃地盤。我想著我們幾個公會一人出幾個高手跟人談一談就行了……如果水果樂園那邊實在抽不出人來的話，我們落盡繁華一家承擔也沒問題。」

利益糾紛古來有之，只要有人有勢力的地方，肯定就少不了各種爭論糾纏。

這世界不是一家獨霸後，其他人自然都會俯首稱臣的年代了。人都有野心，憑什麼你坐大了就不許人家也想想發展？

雲千千第一次聽說有公會批量出現的那會，遊戲中其實就已經是蠢蠢欲動的局面。緊接著，幾家老牌公會都忙著發展保持優勢，沒想到刻意的打壓誰，後面的玩家們自然就也慢慢的成長了起來。雖然先天優勢比不過水果、龍騰和繁華這些老公會，但是人家人多力量大。知道自己一家力量不夠，就抱成團，多多聯盟，一來二去之後，竟然組成了不小的聲勢，想和老聯盟分庭抗禮。

幾家老牌會長都忙著各種任務、各種升級，等到注意到時，新聯盟已經發來了交涉函，很「客氣」的說要劃分地盤。在主城還沒有開放成為駐地爭奪區的現在，要和幾家老公會分區而住，南北抗衡……

「那家新聯盟的共有十二家小公會，良莠不齊，把人招得滿滿的，公會成員大約六千人。不計其他的，好歹聲勢算是挺壯大的。他們說要南北劃分，東北和西南兩片區域隨我們挑，挑剩的另外一片就是他們的。平常也不限制打怪、任務、旅遊什麼的，主要就是招收會員和打駐地的時候注意下別越了界。」

一葉知秋刷出大陸地圖，畫了個線，比劃講解了一番對方聯盟的意思：「這事聽起來是沒什麼，反正地圖那麼大，我們也占不完。但仔細推敲，門道就大了。首先別的不說，這要求如果真應下來的話，就代表我們承認那家聯盟和我們有平等的地位實力。但如果不應的話，又顯得我們太霸道，好像有一統天下的野心。別到時候被人家拿住把柄作文章，再發表幾篇評論文章什麼的，直接把我們塑造成反人類、反和平什麼的……」

雲千千呸了一聲：「不要臉，剛冒個頭出來就想玩楚河漢界？有本事叫他們發去，媒體流量大部分都

掌握在小尋尋手裡，我就不信那女孩能更偏向外人？」

「如果是混沌粉絲湯的話，我倒是相信妳對話語權的掌控，但是這默默尋還真不好說。」一葉知秋苦笑了一聲：「就像妳和她交往的同時也沒和混沌粉絲湯鬧翻一樣，她幫妳發新聞的同時也可以幫別人發。如果是混沌粉絲湯，有不利妳的新聞他會壓一壓，再不然至少會提前跟妳打個招呼，讓我們有準備反擊。可是那女孩……我想她巴不得我們咬得越厲害越好，到時候別一不小心陰溝裡翻船。」

雲千千想了想，咬牙嘆氣道：「早該找個人先泡了那妞。」

「……」一葉知秋不知道這句話該怎麼接，只好裝沒聽到，繼續忙著說了下去：「總之這談判不去不行，去了之後該談成什麼樣子也得斟酌。最好是讓他們主動放手……這工作我幹不來，只能妳出面。」

「那你要出人手什麼的，是打算拿出去威懾人家的？」

「就是這樣。」一葉知秋堅定點頭：「要劃地盤到時候我想少不了來個實力、財力比拚什麼的。妳那邊如果真忙不過來的話，其他事情我們公會都擔下來了，只要妳把談判搞定就行。」

小豹子聳聳耳朵，抬起臉，瞇了瞇眼，沒吭聲，再說他吭了也沒人聽得懂。

「您太客氣了，我哪有那麼好的本事。」雲千千象徵性的謙虛了一下。

一葉知秋扯扯嘴角，沒說話。

果然，接下來雲千千緊接著又正義凜然的開口：「不過既然小葉子那麼看得起我，再推脫顯得我不厚道。這次就當是去看看熱鬧也好，順便瞧瞧新十二公會聯盟是個什麼玩意……」香蕉的，以為在拍十二國記呢，弄個那麼風騷的名頭想嚇唬誰？

事情商定，雲千千又召來銘心刻骨嘀咕了一陣，順手再把龍騰扯了進來。雲千千的理由很充分，沒聽人家說是新十二公會聯盟嗎？那麼我們老牌的幾家自然都算是一家了，以前種種譬如昨日死……喝杯酒，大家都是好朋友。

龍騰端著酒杯愣了半分鐘，最後果然咬牙飲盡……其他不說，他是再不想受蜜桃多多算計了，就當紆尊降貴換個清靜。

幾個人重新調整了新聯盟名單，順便對底下人各自宣布了一下。至於歡迎儀式就不必了，反正就是多了個龍騰九霄而已，他們一句話帶過就成，不用做那麼費財費力的事情。

九夜不知道怎麼想的，狠狠線上睡了一天多，終於是擺脫小奶豹形象，重新變為翩翩玉立的小酷哥一枚，剛好趕上談判的日子。

約定好的談判當日，雲千千不小心就睡過頭。等她整理好個人問題上線後，一葉知秋的留言頓時瘋狂刷進，其語氣中滿是催促焦急，大致意思就是大家已經在酒樓等了半天了，臉也笑僵了、吃得也快吐了、天南地北一通胡扯，她再不來就撐不下去了。

雲千千掃了一眼訊息，關上通訊器，還沒來得及抬腳，那邊也許是關注到了她的上線提示，於是又一通呼叫塞了進來，打開就聽見一葉知秋聲淚俱下指責雲千千不該放他鴿子，如果實在不想來不用玩這招，早告訴他也好早準備其他談判選手云云。

雲千千不好意思明說自己沒把這事當回事以致睡過頭，只好慎重表示這其實是一種戰術，在態度上輕蔑敵人，讓他們先晾一晾，好顯示自己老牌公會的身分，也免得人家看自己太把人家當回事，一不小心得意忘形等等等等……

「他們著急沒著急我是不知道。但是我們這邊已經快瘋了，龍騰臉色沉得嚇人，妳家小草草也快瘋了，唯我獨尊罵了半個鐘頭，銘心刻骨反過來已經半小時沒吭聲了……只有九哥還算淡定，剛喝完一罈子酒，下樓去提新罈子……」一葉知秋一把鼻涕、一把眼淚道：「大姐您就別玩了，趕緊過來吧！」

「怎麼那麼多人!?」雲千千嚇了一跳。本以為談判這事就自己和一葉知秋再加片小草，沒想到連龍騰幾個人都到了，用不用這麼大場面!?

「這不是趁機炫耀炫耀嗎？也讓那邊知道下我們這聯盟的實力。」

「炫耀個屁！」雲千千也鬱悶了：「行了，我最多十分鐘就到，你們再頂一下下。」

「嘔……」對面那邊傳出乾嘔聲：「我現在一看到盤子就想吐，我想我已經有了輕度的厭食症。真的就十分鐘，妳可別再拖了……」

雲千千終於羞愧，打開魅影一路飄去……

060 談判

「蜜桃多多會長！」

雲千千剛一走到約定的酒樓門口，立即被一群等待已久、眼冒綠光的記者包圍，場面極其熱烈，各種問題鋪天蓋地砸過來。

「聽說你們聯盟要和新十二聯盟公會談判是真的嗎？」

「聽說談判內容是劃分地盤是真的嗎？」

「請問妳會不會覺得這個談判顯得太霸道？比如兩個聯盟以外的其他公會的態度你們不打算考慮嗎？」

「蜜桃多多會長……」

「蜜桃小姐……」

各種熱情圍堵中，一名記者費盡千辛萬苦的擠進包圍圈內圍，終於有了問問題資格，激動得嗓門都拔尖了：「請問妳和九夜最近感情升溫是真的嗎？」

「切——」記者群中一靜，繼而一片噓聲鄙視。

八卦可以有，但是在現在這個明顯有更具分量的新聞時，這小記者還能問出這麼不專業的問題，擺明在這行就是沒有什麼發展前途的了。

「耶！」旁邊一道閃光燈打過，雲千千反射性擺個剪刀手，甜美一笑，再為難的看著那記者回道：「我個人很欣賞你這個問題，但是你這採訪回去了也不會被採用的，所以我就不回答了……」

「嗯，至於說聯盟的問題，實際上目前我們是被動收到信函，這次只是就這件事情進行進一步了解，所以並沒有制定好什麼方針，對於其他公會的態度也無從了解。」

換句話說，她跟大家一樣也是被氣勢咄咄的新公會聯盟所逼的，有什麼不滿的話，直接去找新十二聯盟公會，別跟她們幾家老公會過不去。

同是天涯可憐人，相煎何太急……嗯，既有古韻文化，又有時代創新色彩，果然好詞，好詞。沒想到自己也能出口成章了。

「那這次老聯盟請妳出面談判，是不是有打算敲詐勒索並訂立不平等條約若干條……你們是打算用身分和勢力強壓新公會聯盟嗎？」記者群放下不上道的菜鳥，再次急急提出問題。

「你這說法很不對，我們只是以前輩和過來人的身分提點一些被他們忘掉的問題罷了。」雲千千不滿的看那提問記者。這人太不上道，問問題都那麼直白尖銳。要知道，話得委婉的說，自己雖然確實有那意思，但也不能這麼喊出來嘛，好說女孩家臉皮還是比較薄的……

不過雲千千從這大概也可以看出默默尋的態度了。就跟一葉知秋說過的一樣，那女孩根本沒打算念什麼舊情，採訪一點不留情面，看來自己真不能指望她，沒準到時候把自己名聲炒臭的人就是默默尋帶頭領導也說不一定……

雲千千分了下心。

旁邊的記者又提問：「您的名聲向來不好，為人行事也是以無……呃，無所顧忌出名。如果不是想威脅敲詐新聯盟的話，為什麼不用更有信譽的和平人士負責談判？據我所知，貴幫的彼岸毒草就是個不錯的人選。」

那個無字後面的停頓讓她好生介意，這人本來想說的是無恥吧？雲千千糾結了一把，笑道：「這當然是綜合考慮的結果，主要是我身分高、本領好、再加名聲顯著……」

「您是指哪方面的名聲？」

「這……」雲千千嘆口氣，故作為難：「其實有些事情大家都明白，講出來就沒意思了，而且撕破臉也不大好……我的意思你明白？」

「嗯嗯！」記者群點頭表示明白。

菜鳥記者學乖了，記得請教前輩，邊參考身邊同行稿件邊唸唸有詞跟著抄襲記錄：「在筆者揭開了血淋淋的事實的同時，惡毒的詛咒威脅如期而至，如影隨形，替這次採訪帶來了不可預知的危險……」

記者群又是一靜，所有人停下筆來，看史前怪獸般看這不在狀況中的小菜鳥。汗，大汗……果然是無知者無畏。

雲千千的臉皮抽了抽，突然眼前一亮，衝著酒樓門裡揮手：「快過來！快過來！」

咦，莫非是其他參與談判的同盟來接蜜桃多多？

記者群集體轉頭，接著聽見耳邊一聲巨響轟過，再轉回來，只見雲千千若無其事背手抱歉。

「看錯了，還以為有人下來接我進去呢。」

「……」

剛才發生了什麼？

大家你看看我、我看看你，都知道有問題，但是目前而言，暫時不知道問題出在哪裡。

只有小菜鳥直勾勾的望著身邊原本站著指導記者、現在卻已無比空虛只剩一枝掉落的羽毛筆處，廬山瀑布汗──太狠了，殺人不眨眼。這可是當眾行凶！

「咳！」雲千千咳嗽一聲，拱拱手抱歉道：「上面人都還在等著我，記者朋友們如果還有問題的話，可以在外面一樓喝點茶稍候片刻，帳單就記在我們包廂，等一會我們談完後再下來接受後續採訪如何？」

眾記者群起回應，十分滿意。這回的蜜桃多多配合不說，還挺上道，居然想得到招待記者，比起以前一毛不拔的時代真的是進步不少了。這樣看來的話，如果一會沒有什麼特殊情況，適當幫她寫點好話也不是不行。

記者們滿意了，雲千千也滿意了。反正她早跟一葉知秋確認過，包廂是新十二聯盟公會訂的，帳單記不到她頭上……

雲千千進了大包廂，一張加大尺碼的大大圓桌邊圍坐了不下二十人。

這是一葉知秋的主意，來開會談判的都是會長、副會長之流，分不出誰上誰下，既然如此還是坐圓桌好，沒有主位之爭，也免得無謂的得罪人。

終於見到雲千千進來，一葉知秋連忙站起來，鬆了大大一口氣的樣子。「妳終於來了！」

「嗯。」雲千千快步走過去。

桌邊那些面生的玩家連忙也站起來迎了迎。畢竟蜜桃多多聲名在外，沒必要的話，誰也不想白得罪人，尤其還是得罪這麼一個小人……

雲千千捧著肚子，一臉痛苦走到收拾得乾乾淨淨的桌子邊，壓根沒看到站起來迎自己的那些人似的，一屁股坐下，連忙叫小二進來：「有吃的沒有，先給我碗麵墊墊肚子。」

新十二聯盟公會盟主吐血，也不好說什麼的強笑道：「哪有我們吃宴席叫會長吃麵的道理……那個誰，上一桌新菜……」

話一出口，旁邊人除雲千千及NPC小二外，無一不色變，臉色鐵青。

據雲千千判斷，這些人一可能是氣的，因為自己沒給面子；二大概應該就是噁心的，聽說有幾個人剛才都吃吐了……

「矮油，這怎麼好意思。」雲千千假笑，分外喜悅真誠的看著那盟主：「就我一個人也吃不了一桌菜……要不然，大家再坐下來用點？」

剛才還死命壓抑的人群中頓時有隱隱的乾嘔聲傳來，但是很快又被壓下。

「……不必，我們早吃飽了，喝點酒就好。」盟主乾笑。

「說到喝酒……」雲千千左右看了看，不解的抓著一葉知秋問道：「九哥呢？不是說他在這裡喝酒？」

「剛剛喝完了，下去取新罈子就一直沒回來，我想可能是去上廁所？」一葉知秋臉色自然，無所謂的

回答。

「……」雲千千靜默三秒：「你玩創世紀好幾個月了，請問去過幾次廁所？」

「笑話，一個遊戲上個毛的廁……呃。」一葉知秋嗤笑到一半終於認識到了自己錯誤，呼吸一窒，繼而想到某種可能性，臉色猛然大變：「妳意思該不會是說，九哥又……」迷路了吧？

「看來是了。」雲千千了然的點頭，一臉的無奈。這可是家醜，還是不當著外人面說了，反正實在需要的時候，大不了動用夫妻傳送……

彼岸毒草身為副手，連忙過來轉移話題：「我們會長已經來了，其他事就先不說了吧。關於這個談判……」

「喂，我還沒吃飯呢！」雲千千不高興。這群人真不像話，自己吃飽就不管別人了。新菜沒上，自己連個油星都沒舔到，哪有心情和力氣談個什麼判？

「會長……」彼岸毒草擦把汗，很無力的樣子：「這個飯可以一會再吃，大家都等半天了，我們還是先開始吧。」

「屁！沒吃飽的話，腦部供血不足，思維反應也會下降，哪能思考問題。」雲千千鄙視道。

彼岸毒草想哭了：「……妳剛才都說知道這是個遊戲。」

遊戲要吃飯，但遊戲裡的飢餓度只關係到體力值，跟思維反應毛關係都沒有。這番言論根本就是無理取鬧，讓彼岸毒草怎能不傷心抓狂。

龍騰在旁邊笑了笑：「蜜桃會長果然還是一如既往的不拘小節啊！哈哈……」

眾人默，這聽起來怎麼不像褒義呢？

「龍哥也在啊。」雲千千眼睛一亮，上前熱情握手道：「說起來我剛在城門的時候，正好碰上你們公會人被人追殺呢！啊哈哈……」

「呃……」龍騰嗓子一噎，笑不出來了。人在江湖飄，誰沒挨過刀。自己公會的人被人追殺沒啥稀奇的，誰都會有這種經驗。問題是，特意在外人面前點出來就有點令人介意了，首先自己面子上就過不去。

默了默，龍騰面無表情的問道：「那妳幫忙了？」

雲千千羞澀的一低頭，回道：「我怎麼好插手龍哥的家事。」

「……」

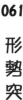

061 形勢突變

上菜，就座。

一屋子人等雲千千這主角開口，誰知道人家眼裡只有雞腿，左手一隻、右手一隻，嘴裡還叼著一隻……咦，一隻雞哪來的三隻腿？看了一圈才發現玄機，原來有兩盤雞……

「咳。」新十二聯盟公會的盟主看不下去了。自己那麼嚴肅認真的坐這裡，不是為了看這女孩吃飯的，既然人家不先開口，只好這邊乾咳一聲，主動進入正題：「既然人都到齊了，那麼就說說地盤劃分的事情吧。這其實也不是真的區分南北而治，強硬說以後大家就不能怎麼怎麼的了，畢竟未來的事情都說不準嘛……這次主要就是確立一下各自的根據地，決定一下聯盟重點發展的位置罷了。如果各位有什麼要求條件的話，可以儘管提出。」

「我有個問題。」雲千千手舉著雞腿，很為難的提問：「比如說假使我們這邊的根據地定在北邊，可是突然有一天不小心遇到了一個NPC，死活要發我一個南明城的城主任務；再或者，我走路的時候一不小心摔跤，撿了個信物正好是城主官印；再再或者……運氣這種東西實在不好說，你也知道，我這人平常淨做好事了，運氣一向都比較好……」

盟主糾結了下：「這個……我覺得這類任務一般應該不會太容易讓人接到，蜜桃會長只要不是故意去找任務鏈，應該不存在這類問題。」

「話不是這麼說啊。」雲千千嘆了口氣，抓緊時間啃完一隻雞腿，抹嘴、擦擦油膩膩的爪子，從空間袋裡排出四顆方印展示給眾人看，一臉的慨然惆悵：「看，這就是東、西、南、北四座主城的城主官印……你們別這副表情看我，對於自己太過強大的運氣我也表示很憂鬱……」

官印？還是四顆？

所有人抓狂。

一葉知秋噴了口血，眼珠子都快瞪出來了，問道：「這些玩意兒妳從哪弄的？」

「這說來就話長了。話說昨天晚上風和日麗，我想到今天的談判就興奮得睡不著覺，於是出去散了個步……」

「廢話少說！」龍騰從震驚中回神，第一時間拍桌打斷雲千千的胡扯，很痛快的開口：「開價吧！」

眾人頓時皆以高山仰止的崇拜表情仰望龍騰。

尤其是雲千千，神色更為佩服。這男人真的是太痛快了。

「痛快，底價5000金一顆往上喊，價高者得。」雲千千也拍桌，好像分外豪爽。

「……」

本來是新老聯盟地盤劃分大談判，結果剛談不出三句，形勢就急轉劇變，一下子變成了城主官印拍賣現場。

在座的都是些什麼人？老牌公會會長一網打盡，全在這裡了不說；新冒頭公會中有點身家的，此時也分外集中。畢竟談判嘛，大家都想著把能炫耀的家底盡量擺出來，這樣才不會在交鋒中落了下風。而出於這種心態，在場的人自然也就可以說是當前創世紀遊戲中排得上名字的頭榜人物了。

哪怕再特意籌辦一個拍賣會，出得起價也願意出價的人，除了在場諸位之外，不會再有其他人了。

「競價前我先說明一下，這官印不是城主的任務鏈，而是有了官印才有接相應主城城主任務的資格。目前城主任務怎麼開啟還不知道……也就是說，我只是賣你們一個可以成為城主的名額，其他人暫時沒辦法跟你們搶奪；但具體能不能成開啟任務，還得看你們自己。」

雲千千提前把醜話說在了前面，畢竟眼前這麼多人如果一次得罪光了也挺棘手的，她可不敢告訴大家說系統智腦現階段還沒開城主任務，如果說了的話，自己東西就賣不出去了。

以前是想著先下手為強，所以才早早收集齊了這些東西，為的就是一開任務後，自己能第一時間搶到先手，免得別人截了自己的……可是到今天這一步，雲千千眼界也開闊多了。城池這東西不是越多越大越好的，自己已經有了一座天空之城，再來座主城領地可就太礙眼了。

現在有新十二聯盟公會，以後說不定還有其他的……把水果樂園推到風口浪尖，被人當靶子可不符合雲千千的低調原則，她還是比較傾向於在暗中陰人。拿了座主城，好處有沒有先不說，單是維護費用就夠她狠狠心疼一把，更不用說其他玩家眼紅搗亂……

所以說，四顆官印還是早早展現了比較好，順便還能炫耀下自己的實力，讓這些人知道，以後要是想做什麼大事的話，說不定還得回來仰仗她的情報力……

現場主題改變了，氣氛卻越加緊張了。如雲千千所料，在場人沒一個是好說話的，都算得上是站在目前眾公會頂點的人物。

四方主城誰不想要？問題是，官印只有四顆，這僧多粥少的……

「1萬。」龍騰皺了皺眉，首先叫價。

銘心刻骨身為在場唯二的富家子，一回神，當仁不讓跟著喊價：「2萬。」

其他人沒來得及搶到先機，一不留神就讓這兩個兔崽子把價錢抬得那麼老高，頓時個個胃疼。

一葉知秋小臉慘白，哆嗦嘴唇，半天才憋出一句話來：「寫借據行不行？」

「你把前面的先還了。」雲千千白了一葉知秋一眼：「不然就三分利，要系統見證的，一年內還不起就扒你內褲、凍你存摺……是現實存摺哦。」

一葉知秋淚流滿面，瞬間萎靡，知道這次自己是沒機會了。

新十二聯盟公會眾會長個個色變，踟躕一會後，申請了暫停競價，聚頭開會去了。他們身家不比人家有錢人，想買官印還得依靠集體的力量，至於買到手後，是誰能分到……那就事後再商量了。

雲千千覺得必要時候，這群人不排除窩裡反或者黑吃黑的可能性。

競價暫停的休息時間，龍騰和銘心刻骨兩兩對視，彼此打量著自己的最大競爭對手。

新十二聯盟公會會長眾人還在緊急籌錢，各自報出可以拿出的家底，飛快計算這些數字的總和一共能有多少，夠買得起幾顆官印，順便還問了聲各自公會裡的其他股東、成員什麼的，看大家可不可以先資助一些。

雲千千對包廂內的狀況表示無壓力，吃飽喝足溜達一圈，下去看了會記者，聊天打屁談笑風生，就是對樓上情報閉口不答。她分外神秘微笑的告訴眾記者：「我們的談判還得要一會，不過內容稍微有些變化……嗯，這些暫時保密，等下你們就知道了，絕對是勁爆的消息哦。」

當然勁爆，角逐四座主城城主的資格……這能不勁爆嗎？

雲千千覺得此時的自己分外有世外高人的風範，彷彿以前的老武俠劇一樣，她拿出了一個什麼絕世武功秘笈，然後逗得全江湖人蜂擁而至、上竄下跳，親情友情愛情、勾心鬥角、江湖仇殺、愛恨交織什麼的一個都不能少，人性在爭鬥中得到昇華或揭露……爽！

當然了，這秘笈必須得不是葵花寶典。

雲千千調戲完記者群後，再溜達回去，籌錢的那堆人還沒搞定。雲千千百無聊賴只好吞顆消食片，把飢餓清零了，重新坐著吃東西。

彼岸毒草和唯我獨尊小聲嘀咕幾句，接著他獨自起身離座走了過來。彼岸毒草開了個隊伍把雲千千加入，皺眉在隊伍問道：「妳到底在盤算什麼？」

「也沒什麼啊。」雲千千抱著一盤蹄膀邊啃邊道：「最近公會開支有所增長，我怕經費不夠……反正這東西放著也不能生蛋，還不如早點兌現，換點銀子用用。」

「為什麼我們不自己……哦，妳怕太招眼？」彼岸毒草反應倒也夠快，剛問出半句自己就得出結論了，曲指敲敲桌子道：「賣出去倒是個好辦法，問題是賣出去以後的局勢就不是我們能掌控的了。萬一拿下主城的那些公會對我們心存不善的話，水果樂園以後的處境會很艱難。」

雲千千嚥下口中的肉塊，擦擦嘴：「首先我得糾正你一下，就算賣出這些官印，局勢我也有自信掌控。其他人有本事一次找到所有官印並拿出來直接拍賣嗎？他們要是不怕以後被我打壓，盡可以試試我的能力是不是僅止於此。」

「這……」

「而且我剛才也說明了，有官印只代表有做任務的資格，並不代表他們就能成為城主。就算做了城主，誰又保證能一直做下去？」雲千千笑道：「最後一點，我的本事已經擺在這裡了，就算這些人能一直做城主，今天過後也得好好想想對待我的態度了。就像龍騰以前被那麼欺負，也沒能下狠心跟我敵對一樣。要想以後能知道更多的事情，能第一時間撈到像今天這樣的好事，他們誰又敢得罪我？」

話說開了，彼岸毒草放心離去。有些事情其實仔細琢磨一下他也想得到，主要是他怕雲千千想不到。

一般而言，前者雖然受人豔羨崇拜，但卻也經常成為後者的目標。人才有兩種，一種是有本事的，一種是會使喚有本事的人的。

所謂懷璧其罪就是這個道理。

混沌胖子的耳目畢竟比默默尋要靈通些，一樓的記者群還正在抓耳撓腮、不知道樓上情況時，混沌粉絲湯的訊息就已經飄進來。

「狠啊，四顆官印……留一顆給我，按妳等下最高的成交價算。」

「哦，你打算改行了？」說歸說，雲千千手上動作倒是一點都不慢，在桌上很自然一劃拉，四顆官印就少了一顆。

「啊！」眾人驚呼。

「啊屁，有熟客預定了，按你們的最高價算。」雲千千不耐煩的回頭說道：「還有三顆夠你們出價了，再磨蹭，等會一顆都不剩。」

現在是賣方市場，她再不客氣，別人只能忍氣吞聲。

龍騰吞口口水，臉色一肅，有點緊張了。他剛想起來另外一個問題，在場有足夠財力的人只有自己和銘心刻骨沒錯，但是不在場的人呢？

剛才不知道誰的通訊刷進來，待賣官印轉眼就少了一方。萬一再來一、兩個熟客的話，這裡現場販賣的官印最後到底能剩幾個？而且現在他最沒優勢的是，龍騰九霄和水果樂園的關係其實並沒新聯盟那些人以為的那麼好……

龍騰咬了咬牙，萬分無奈。在結盟的幾個公會當中，只有他算是後來插進來湊數的。前面幾家和蜜桃多多的關係都還算不錯，有什麼周轉不及的情況，只要說一聲，蜜桃多多多少還是會給點面子。可換成龍騰九霄就絕對沒有這種待遇了。

雖然不知道為什麼蜜桃多多一直看自己很不順眼的樣子，但龍騰自問從初次見面開始，自己對對方的態度都算是比較客氣的了。硬要說的話，可能是八字不合？

反正在他和銘心刻骨之間做選擇的話，如果條件相等或是相差不多，蜜桃多多肯定會偏向銘心刻骨那邊，自己出的價最多算是第二順位的選擇……除非銘心刻骨自己退出競爭。

想到這裡，龍騰再也沒辦法等下去，拍案而起，對新聯盟那群會長不客氣喝道：「磨磨蹭蹭的到底有完沒完，再不出價滾蛋！」

新十二聯盟公會眾會長不滿。盟主出面交涉：「龍騰會長，大家都是在外面混的，所謂低頭不見抬頭見，你這態度是不是有點……」

「回頭沒官印了你湊足金山銀山也沒用！」龍騰怒指圓桌：「你自己看看還剩幾顆？」

盟主回頭一看後，頓時倒吸口冷氣。

就剛才幾句話的工夫，官印又少一顆，現在全桌就剩兩顆官印分外蕭瑟寂寞的擺放著，而這兩顆再過一會後說不定還得減少。

龍騰急啊，就剩兩個機會了，銘心刻骨的優先權肯定在自己前面，如果中間再出個一星半點的意外，比如說又有人預定官印啦，比如說新十二聯盟公會運氣大爆發，突然湊出了比自己只多那麼一點的現金啦……能不能掌握一座主城，現在機會就在自己面前，而且轉瞬即逝，哪怕得罪再多的人也不能繼續耽擱下去了。

銘心刻骨笑呵呵的詢問雲千千：「怎麼別人都能預定了，卻不給我個機會？要不然我也算內定的吧，其他人競價，我按規矩給妳最高成交價就是。」

龍騰的小心臟瞬間提到嗓子眼，接下來就看雲千千搖頭，拒絕道：

「不行啊，現場就你最有戰鬥力可以和龍哥比價，你不玩的話，喊不出什麼高價，搞不好只要剛才喊出的1萬金他就能拿走官印了……」

「……」龍騰吐血，狂吐……

銘心刻骨倒是很想得開，或者說是因為他本性就十分溫和的緣故。反正人家聽完雲千千這番話也沒生氣，只皺眉嘆了口氣道：「原來如此。」然後他就很認命的坐回原位，再不提內定官印的事情，當真準備順應賣家的陰謀要求，和龍騰在競價上一拚高下。

龍騰淚流滿面的看著這個天然呆或者說間歇性腦殘患者，很想不通對方的腦袋構造到底是怎樣的。

在一般情況下，這種時候他們不是應該團結一致，抵制外來奸商，為大家的共同福利而戰鬥嗎？不是應該打擊破壞敵人的卑鄙計畫，捍衛人民的財產安全嗎？不是應該寧死不屈、頑強堅韌等等等等嗎？

這人是傻子吧！絕對是吧！不然為毛那麼配合，讓別人甚至幫別人敲詐自己？

這人絕對絕對是個極品天然呆的傻子吧！

龍騰的世界觀整個顛覆，兩眼呆滯的直視前方，許久都沒能緩過勁來。

雲千千很納悶，懷疑銘心刻骨當真愛上自己，不然為毛甘心當冤大頭？雖然就算他不答應，最後她也有辦法讓他答應，但是連掙扎反抗的過程都沒有的話，也太詭異了。

嗯，絕對有問題！

可能是看著桌上只剩下了兩顆官印的關係，新十二聯盟公會不敢再多拖延時間，點算好目前已經籌備得差不多的金幣，預計著應該有拚下一顆官印的實力，就算拚不下官印也可以把價狠狠抬起一把噁心人家……於是抱著這種要嘛損人、要嘛利己的心態，十二位會長終於舉手表態，示意競價可以再開了。

龍騰紅了眼，在聽到雲千千宣布競價開始後，第一時間狠狠砸出高價：「5萬金！」

「6萬金！」銘心刻骨盡職盡責抬價，雲千千目光欣慰。

「10萬金！」龍騰都快咬牙挽袖子了。

「……呃，11萬金？」

短短四句話在兩秒鐘內刷過，新十二聯盟公會盟主連手都沒來得及舉起就再度抽搐，淚流滿面……嗚

嗚嗚，暴發戶神馬的最討厭了，把價錢一下子拉得那麼高，他們不要跟這兩人玩了啦！

彼岸毒草和唯我獨尊在一邊無壓力看戲。每當這種親眼見到雲千千調戲眾公會的現場，彼岸毒草就會無比慶幸自己和那死水果是站在同一條船上的戰友。雖然從旁觀者的角度來看，這女孩人品惡劣、行事卑鄙，但當自己和對方站在同一個立場上的時候，卻是分外的有安全感。

手段無所顧忌，無所不用其極的只為達到自己的目標，必要時候甚至會毫不猶豫的犧牲一些人或部分……這絕對不是正人君子所為，但這樣的人才有可能成功。

舊時代的熱血小說已經不流行了，那種我是好人、我是全天下獨一無二的好人，所有好事都是別人哭著喊著求我接受的，所有壞事都是別人誤會我的，哪怕我殺了人也是因為各種誤會、各種巧合，還有對方的各種犯賤找死……不是所有人都有主角命的，乖乖坐著就能收到大把功業、大批小弟和滿滿的後宮。

所以彼岸毒草偶爾也會想，其實最適合這個世界的，恰恰是蜜桃多多這樣的人吧？

知道自己最想要的是什麼，然後拋棄掉可以被拋棄的，或者說相對不太重要的那部分，狠狠的往前衝……而最明顯能夠證明蜜桃多多適合新時代的證據，正是這個無恥卑鄙的女孩，現在正把創世紀中的新老公會都收攏在一堆，一起敲詐調戲……

彼岸毒草捂臉。好吧，其實好壞二者本來就應該是並存的。

所以每次在看著雲千千敲詐別人，體會優越感和安全感的同時，其實彼岸毒草也會經常不安的計算一下，看看自己公會的死敵又多了多少了，或者自己公會又得罪到哪個不能得罪的人了。

唯我獨尊扳指頭算了算，倒吸口冷氣驚呼：「這就喊到11萬金了!?夠我原來那皇朝一年的稅務了。」

彼岸毒草有氣無力回道：「是啊，蜜桃……我們會長做的買賣一向都是暴利。」

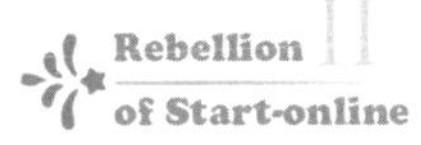

其實拿著駐地乾吃稅務的人很少，一般都是發展經濟。賺錢手段來說的話，招商引資是一方面，操練兵馬討伐山頭或BOSS也是一種辦法，還有經營主流貨物……

「這個我不懂。」唯我獨尊笑呵呵，有點懷念的說道：「以前這些東西就是你負責，我只管搶地盤。」

彼岸毒草也想起從前了，嘆口氣道：「沒關係，以後你也負責搶地盤就行了……」有這麼一個能鬧事的會長在，往後打架的日子多著呢。說不定一不小心還能來個問鼎九州、一統天下什麼的……到時候這遊戲就算是被玩殘了吧……

不一會後，第一顆官印有主，被銘心刻骨以26萬金高價拍走。彼岸毒草小臉慘白、捧著胸口猛做深呼吸。系統剛剛發出警告，說他太過亢奮，要再調節不好情緒的話，只好請他下線了，畢竟身體健康才是最重要的。

26萬金吧！

別說彼岸毒草的臉白了，就連龍騰的臉都白了。

他有錢，但也不是隨便就能調用的。比如說吃頓午飯花五十元叫經濟實惠，花兩百元叫豐盛，花一千元叫情調，花一萬元叫奢華，但要是花十萬元……十萬元只為吃頓中飯!?一般人只會覺得你有病，而且肯定病得不輕。

龍騰捏著錢正在猶豫，琢磨著自己到底要不要病這麼一回。

26萬金買顆官印太不值了，他知道。問題是，有些東西的價值不僅僅是表面問題，要是自己一顆官印都搞不到的話，聲望怕是從此就要從一流公會中落下來了吧。

062

誤會啊誤會

雲千千放了龍騰一馬，也沒重新競價的意思了，直接讓他以剛才喊的 25 萬金，也就是第二高價把官印拿走。

有購買力的人都在這裡，其他人已經是喊不出比剛才更高的價格，除非銘心刻骨自己再出 26 萬金，可是那樣的話，強弱差別又拉得太明顯了。不管是不是認識的熟人，雲千千絕不願意看到有哪家公會獨得兩座主城的事情發生。

「既然如此，我們自己拿下一座主城不好嗎。有另外三家牽制，水果樂園其實並不會太顯眼；而有我們牽制，也可以平衡另外三家的勢力。」

送走眾會長後，雲千千繼續在房間裡等預定了兩顆官印的買家，唯我獨尊趁機問出疑惑。四顆官印自

己沒分兒，雖然聽彼岸毒草解釋後，他能夠理解雲千千的顧慮，但要說一點遺憾都沒有是不可能的。

「主城駐地和其他駐地的差別其實不大，只是主城的地位要比其他駐地看著高級些而已。」彼岸毒草耐心解釋：「公會最重要的還是實力，主城能夠代表一定的實力，但並不是說非要拿下主城才是有實力……這就跟重劍無鋒，大巧不工的意思差不多。我們現在的水準已經不需要一座主城來彰顯了，即便拿下來也沒什麼用處；這些瑣碎而流於表面的東西太過執著，反而會拖累了真正的發展，使公會的強大受到障礙……」

「不懂。」唯我獨尊很老實的搖頭。他不理解為毛擁有一座主城反而會有發展障礙，難道說什麼都沒有才是有實力？

雲千千接話：「比如說吧，你願意娶個相貌一般但是內外一把罩、事事拿得起放得下、能夠在家事和公事都能幫得上你的老婆，還是願意娶個啥都不會但美若天仙、需要你時刻防範打小白臉不說、自己本身還有可能紅杏出牆的、會嚴重妨礙家庭和諧的老婆？」

這就跟胸越大的美眉，穿的胸罩反而越樸素一樣，交叉細肩帶、NU BRA、鏤空蕾絲之類的精美款式一般都是只有A、B罩杯才能穿；C、D則是它們無法承受之重，因為花樣太多，品質和承重量肯定就不過關。如果硬要為求美觀，訂做出大號穿了，結果也會胸部下垂……」

「……」

彼岸毒草嘴角抽搐，唯我獨尊猛咳不斷，兩個男人視線一起不自覺的溜到雲千千胸部……

彼岸毒草沉默半晌後說道：「……妳，挺有經驗？」

「……」雲千千一個酒杯砸過去，比出中指算是回答了他的問題。

買官印的人一個是混沌粉絲湯。這個不稀奇，做情報也能做出情報帝國，誰說只有打打殺殺的公會勢力才能爭奪主城了。可是第二個買官印的人就讓彼岸毒草意外得多了，因為那竟然是無常。

「吶，看在九哥的面子上，這算嫁妝吧！」雲千千沒羞沒臊，很大方的收金卡，丟官印。

無常接過官印，陰森森的差點咬碎一口白牙：「嫁妝？」

「或者你要把這當聘禮也可以，但九哥會不會不高興？」雲千千小心翼翼的問道。

「哼。」無常懶得囉嗦了，收官印，拂袖走人。

彼岸毒草等人走了才驚訝道：「他不是一葉知秋的人嗎？怎麼有錢買得起官印？」而且還是以私人名義。一葉知秋看起來不知道這事，知道後不知道會是什麼感想。

「人家進公會是打工，也可能是無間道，實際上是另有正職的。」雲千千聳聳肩，回道：「那是個隱藏BOSS，別管他……小二，打包了！」

唯我獨尊到現在才明白主城的水有多深。除了競拍那兩個公會外，混沌粉絲湯和無常看起來都不是一般人。要這麼說起來的話，水果樂園沒拿主城反而是好事，反正就算沒有主城，水果樂園本身的實力也一直是凌駕於其他眾公會之上的；而如果再添上這個彩頭，沒準真就要多上不少煩心事了……

群雄逐鹿主城，雲千千一點壓力都沒有，她現在除了操心公會升級的事情外，就只剩一個九夜要照顧了。其實要真說起來的話，這種連下樓拿罈酒都能迷路走失的奇葩拿來做男朋友真的是挺傷腦筋的。

首先，妳不能指望他能在節日生日的時候給妳驚喜。因為這傢伙沒準連約會地點都找不到，除非他提前一個月出發，跋涉千山萬水。而如果要自己一大早主動過去人家家門口等人，再接人，再眼睛不出錯的

盯人護送，一路到達約會地點……這怎麼感覺那麼像幼稚園老師接送小朋友呢？

其次，有危機的時候萬萬不能期盼有英雄從天而降、勇救美女之類的情節。因為英雄會走失，需要公主打敗惡龍之後，再翻山越嶺去把他救回來……

問世間情為何物，直叫人可憐上火……雲千千唉聲嘆氣，刷夫妻傳送，瞅了瞅一臉茫然出現在自己面前的九夜，很是無奈。

九夜左右看了看，對自己出現在荒郊野外很是不解，納悶問道：「談判談完了？」

雲千千手拈菊花一嘆：「完了。」

「結果呢？」

「結果什麼都沒談，大家和和氣氣的啥事沒有，就是做了筆小買賣。」

「……」九夜直覺不想知道那小買賣的具體內容，直接轉移話題：「那妳在這做什麼？」

「釣兔子。」

「釣兔子？」

「嗯。」

「……」

也是九夜脾氣好，想法走直線的人夠淡定。要換成其他人聽到這牛頭不對馬嘴的話跟雲千千，肯定早就翻臉暴走了。

揀了塊乾淨的草地盤腿坐下，九夜平靜的旁觀雲千千拿菊花釣兔子的現場。

突然草叢外一動，一隻玉雪可愛的小白兔手拿著石棍出現，左右看一圈後，盯住雲千千大怒：「是妳把菊花都採了？」

雲千千很鎮定的當著人家面前把菊花丟進空間袋撒謊：「沒見過。」

「……」小白兔的臉上很人性化的抽搐一下，喝道：「還我菊花！」

「訂了契約再說。」雲千千刷出一張紙頁遞到小白兔面前，手裡托著印泥，熱心的為其講解條款：「從今天開始你自願加入我天空之城，成為天空領地NPC，在精靈族領地負責採藥、搗藥，每天薪水三根胡蘿蔔。每天需上交炮製好的草藥三百斤，任務沒達成，按中等草藥價值論斤扣錢；蓄意怠工的話，人道毀滅以及其他條款一……二……三……沒問題的話現在就按爪吧，我很忙，還得去找其他小動物。」

小白兔暴走尖叫，揮舞石棍跳打過來。

可惜它戰鬥力不夠，九夜單伸出一根食指就將其鎮壓，按在地上，回頭疑惑詢問雲千千：「何方妖怪？」

「師父，這乃是……咳咳，九哥，拜託你以後別看《西遊記》這種宣揚暴力、反對政府的小說。」雲千千尷尬乾咳兩聲，介紹小白兔的身分：「你手裡這是搗藥兔，就跟中國神話裡住在月亮上那種玉兔一樣，自備搗藥杵，會採集和加工草藥，對專門修煉藥的鍊金師有很大幫助，一般那一類的生活玩家都願意跟這種NPC訂立契約。」

術業有專攻，各種玩家選擇的契約寵物也有不同。專攻生活技能的玩家就不會跟戰鬥玩家一樣找什麼剽悍寵物，他們更願意尋找對自己生活技能有幫助的NPC。

「妳什麼時候決定改修煉藥了？」九夜皺眉，毫不溫柔的抓著兔耳，拎起小白兔晃了晃。

「不是我，是天空之城要招攬一批生活職業玩家，這是招聘福利。」雲千千無奈攤手說道：「一是為

了日後發展，吸引高等玩家；二是為了儲備各類物資，武裝公會……再過陣子，江湖就要亂了，有備無患提前做好這些，總比以後需要的時候再去臨時張羅的好。」

亂？有妳這個人在，江湖什麼時候沒亂過？

九夜雖然不解，但還是放下了手中兔子。

雲千千一手契約、一手菊花，繼續引誘小兔兔：「聽說你犯痔瘡耶，需要菊花入藥？那還等什麼，趕緊按爪啊！」

小白兔很不屑的鄙視雲千千回道：「幾朵破菊花加三根胡蘿蔔就想讓我幫妳做苦工？」

「其實我主要是看重你的智慧高，可以自行升級，要不然你以為普通搗藥兔哪隻不能搗藥了？」雲千千嘆氣：「反正要嘛就按爪拿菊花上工，要嘛就讓我劈了你，等下一隻更識相的刷新。你自己選吧。」

「……我按。」識時務者為俊傑兔……

搗藥兔搞定，雲千千繼續帶著九夜滿山亂抓。她以坑蒙拐騙、威逼利誘等等各種手段，先後又抓獲了能主動尋找礦脈的穿山甲，自帶釀酒技能的小白猴，品種成謎、可主動播種、種殖農作物的神秘小鳥等等等等。

把所帶獸籠都裝滿後，雲千千拎著一串籠子，攜著九夜很滿足的回天空之城。由於生活職業玩家還沒招聘到位的關係，所有動物暫時放置在水果族領地中開放參觀，經簡單宣傳後，頓時吸引了一批遊覽人潮。

「九哥，你也有個任務。」雲千千安排好收門票人員，轉身拉住九夜說道：「魔族那塊領地……我現在就派船送你過去，你幫我找個東西。」

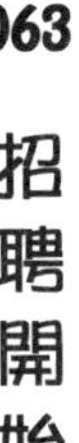

063 招聘開始

招聘生活玩家是一件大事。如果要用一個國家系統來形容的話，雲千千等人算是政系，普通公會會員是軍系；而生活玩家們，就是支撐起商業內政的主力了。

彼岸毒草早早就抱怨過很多次，水果樂園裡的都是人才沒錯，但也總不能叫人家老是分出時間、精力來調整駐地裡的一大攤子事。畢竟加入公會的玩家更多願意PK遊戲，讓他們聚起來刷任務或占地盤還說得過去；但要說靜下心來輔助公會發展、打理財務、建設經營什麼的，那就不是人家的本意了。

所以，生活職業玩家的招聘不僅必須，而且迫在眉睫。

水果樂園已經發展到如今的規模，不儘快吸納進專門的管理及經營建設類人才的話，勢必會有許多的不便。

「招聘會就在明天，我覺得暫定為期一週的公開招聘比較好。這些人也吸收進公會，開個專門的堂口養著，發薪水、分紅、抽成什麼的……」

老網遊裡也有公會專門培養生活玩家的，不過人家那都是進遊戲前已經決定好分工，然後從新手村就開始養成。

雲千千這是半路出家撈散戶，忠誠度肯定不如別人，只能是拿好處來引誘。

「契約分兩種，一種是完全買斷，招來的以後就是自己人，做得好、做得不好的風險都由我們擔著。公會提供生活材料、輔助寵物、專門的作坊、對外店鋪及其他福利。會內使用的和對外販賣的生活成品，可以讓那些生活玩家有一定的抽成。但是這類人必須把自己手頭所有配方上交，不能藏私……不願意提交配方的跟他們簽收購約，沒作坊、沒店鋪，寵物不能訂契，只能借用，生活材料提供多少就要收回多少相應成品。有貨我們出錢買，沒貨血本無歸了也得他自己擔著……」

彼岸毒草揉揉額角：「這個是不是太市儈了？萬一人家聽了條件覺得心裡不舒服……」要配方，這可是直接掏人命根子。除了系統自訂的幾個大眾配方外，生活玩家們的看家本領都是自個兒摸索出來的獨門配方。這人說上交就上交，半點不留後路給人。

「要嘛他們不舒服，要嘛他們舒服了，我們不舒服。」雲千千白了彼岸毒草一眼：「想長久平穩的發展，就得把話說在前頭。我給材料、給錢、給店、給寵物，就等於簽了他們做水果樂園的專屬員工，憑什麼他們配方不能交？我又不是他們老母，難不成他們還指望我無私奉獻？」

合夥買賣最後反目成仇的一般都是因為太要臉。好多事情想著大家都那麼熟了，看在以往的交情上應該不會過分，於是你不說、我不說，都當彼此已經心知肚明，既沒條款也沒合約限制著。如果只是小錢的話，為了面子謙讓謙讓可以不當回事過去了，但利潤一大之後，萬一哪方起了貪心，那這合作可就真的是走到了盡頭。

所以做大事的精髓其實就是一個不要臉。誰都別說兄弟親戚情分道義什麼的，那是虛的。事前小人才能事後君子，大家把車馬擺明，所有話都先說清楚了，你不幹就滾蛋，要幹就聽話。我要額外給你什麼好處那是我大方，但你要是存了什麼不該存的心思的話……拿上契約，我們法院見。

「話是這樣說，可是以前網遊裡玩公會都是宣導兄弟情義什麼的，養著生活玩家的公會也沒說過讓人交出配方的。」彼岸毒草雖然有管理經驗，但畢竟在創世紀之前沒出現過擬真網遊，到現在還是忍不住拿以前的經驗套了套，然後覺得雲千千此舉不妥，很不妥。

「以前那些公會最多一千人。」雲千千笑：「創世紀的公會壯大到最高十級能收二十萬人。二十萬人你以為個個沒私心？到時候生活玩家少說也得占幾千人，我哪來那麼多王八之氣讓人個個死心塌地，納頭就拜？」萬一傾盡資源，養出一個宗師，回頭人家和公會起點什麼小摩擦，一賭氣帶著配方、寵物什麼的到別人家去了，那她還搞屁啊！

留不下你的心，就要留下你的人；留不下你的人，至少也要留下你的獨門配方……要是真有人敢背叛，她就敢把那人上交過的配方都貼到創世時報上去，反正她不好了誰也別想好。看到時候還有哪家願意得罪水果樂園，去收這個已經沒啥作用的普通生活職業玩家。

招聘問題終於得到彼岸毒草的認同，不得不說雲千千的顧慮有幾分道理。彼岸毒草認真想了想後，也覺得這是最好的辦法了。即便真因為這樣招來的人少了些，但的確不能放任不穩定因素留在公會裡，這樣培養起來他也不放心。

而且最關鍵的問題是，他不認同都不行了。

雲千千刷出創世時報，指著頭版頭條讓他看，那上面赫然已經報導了水果樂園不日即將招聘生活玩家的事情，不僅時間、地點、福利等等交代得一清二楚，包括雲千千提出的必須上交配方等要求，更是特意用粗體的大號黑色字體標明，下面附注編者按並開評論樓，對此網遊史上從無前例的條款提出了種種猜疑、種種討論、種種不滿、種種……

當然，贊同意見也是有的，不過新聞報導抓的畢竟是噱頭，罵評終究比好評來得更吸引視線。要不是因為默默尋怕全篇惡評會顯得有作假嫌疑的話，就這寥寥幾條贊同評論她都是不想登上去的。

船隻到位，雲千千親自把九夜送上港口，一大通囉嗦後，很是凝重嚴肅的交代了同船人，不管九夜去了哪裡，至少要保證他身邊有五個人同時跟隨在側，一個貼身的，四個分站東南西北，以確保九夜絕對不會出現不小心迷路走失的事件。

當然，如果人家要是不小心從東南、西北之類的偏門角度溜走的話，這種事情其實也挺不好說。畢竟人家的高敏捷擺在那裡，一般人還真看顧不過來……

在剎那間，雲千千都有衝動直接派出一整個堂口陪同隨行，直接包圍九夜了。

揮舞小手絹終於送走航船後，雲千千下線休息一夜。第二天，就到了招聘工作正式展開的日子。

不得不說，水果樂園的威名還真的是挺大的。儘管雲千千提出的工作條件在媒體中被評斥責為苛刻不合理，但仍是有人山人海的一片片生活職業者前來應聘，將幾個招聘檯包圍得水泄不通，熱鬧場面形似大學校園內的應屆畢業生就業博覽會。

「這裡面至少有60%是資質平庸的，說沒本事，人家也有點本事；說有本事，我又看不上他那點本事，屬於多一個不多、少一個不少的那種基礎員工……」

雲千千對招聘檯前的人潮做指點江山狀，一臉事業有成的老總派頭：「還有 15% 應該是有點成就的，但是悟性不高，純屬長久以來憑藉積累經驗，慢慢提升的成果。另外 15% 基礎牢、腦子活，但沒經驗，培養起來得需要一段時間……5% 各方面都不錯，屬於那種江湖上成名已久的人物，大多是跳槽或暫時投靠，不給個高職位、高福利，人家都不稀罕正眼看你，養熟機率不大……」

孽六身為招聘主管彼岸毒草的副手，在旁邊掰指頭算了半天，忍不住插嘴：「還有 5% 呢？」

雲千千深沉遠目道：「那就是天縱奇才了，有基礎、有悟性、有經驗，但可能因為起步不早，或者是不善交際之類的緣故並沒嶄露頭角，被我們踩狗屎一般走好運踩中……這種人招來最有好處，忠誠度相對較高，不易跳槽，好管理，還對公會有莫大好處。」

彼岸毒草嘴角抽了抽，說道：「……妳的意思是，我們的首選就是招這批狗屎？」

「這……意思是這樣子沒錯，但你說這話是不是有點不大好聽？」雲千千有點鬱悶。

「我還以為我是按照妳的話來說的？」彼岸毒草冷笑道。

雲千千摸摸鼻子，不吭聲了。彼岸毒草越大越不好玩，認識久了之後就一點面子都不替自己留了。想當初剛剛招攬來的時候，他對她這個會長可是很尊重，讓往東不朝西，讓打狗不攆雞……雲千千的思緒飄遠成了天邊的那朵浮雲……

身為招聘主管和公會會長，雲千千和彼岸毒草當然要親自下場去看看這批應聘者，這不僅有親自挑選確認的意思，更關鍵是可以享受身為裁決者的超然地位。

一想到那麼多人的去留都由自己一句話做主，雲千千就忍不住躍躍欲試。

抽出一張寫得密密麻麻的A4紙，雲千千很興奮的建議：「我昨天想了一宿，參照眾家經驗，終於整理好了這些招聘小竅門，一定要為我們公會招攬到德智體群美全面發展的真正人才。」其實她也是很關心公會發展，身為會長，誰會像她這樣親力親為？

064 面試中

彼岸毒草不敢把這麼嚴肅認真的場面讓雲千千攪和，這不僅關係到公會在外的形象，更關係到未來一段時間內有多少生活職業玩家願意投靠過來。

但是雲千千也很識相。人家早說了，她最多只挑幾個人面試一把過過癮，不會去碰其他人。

彼岸毒草左右尋思，總覺得丟幾個人出去保下一窩是個很划算的買賣。蜂擁而至的人潮與被雲千千不幸挑中的幾個……這兩者哪邊比較重要是一目了然。

除非她挑中的全是宗師……

雲千千樂呵呵的帶著孽六出門去面試。後者是監視她的，她不怕，反正已經講好了，最多五個人，之後她就不能再找上其他人；而且她面試中途不能殺人、不能大聲喧譁、不能做出吸引周圍人注意力的舉動、

不能……雲千千本來就沒想犯規，她對其他人還真看不上眼，彼岸毒草愛留誰都隨便。不過，那宗師級的人物自己還非得玩玩看。

「會長，您看中誰了？要不要我去把那人抓過來？」孽六重任在肩，不敢怠慢，主動請纓抓人，以期望減少雲千千出現在大眾面前時可能引起的注目度。

「抓倒不用，我想想。」雲千千捏著自己的招聘測試紙看了幾眼，收好。她往人群中打眼一掃，很快找到早先就注意到的那位鶴立雞群的白衣男子。「唔，先就他吧。」

單弦月，鍊金宗師，手捏獨門配方十數張，工作嚴謹認真；就是有一點不好，愛貪小便宜，以後是個很受爭議的人物。吃請必打包，買物必殺價，連打他門前飛過一頭大雁都要順手捋把毛下來……咦，為什麼她覺得這個性格特徵好生熟悉？

雲千千沒想好這人要不要留。說留吧，那小毛病太討厭了，萬一沒事貪汙點買材料公款什麼的；雖說照他前世記錄看似乎沒耽誤過正事，但自己被人占便宜也不可能痛快不是。

但要說不留？這麼一個鍊金大師放過了真的挺可惜的。以前人家選的那個東家和他合作也挺愉快的，起碼有這人坐鎮，招牌特色都比別家多了不少。

現在關鍵問題就在於，她知道他貪，可是他究竟貪到一個什麼程度？

刷出面具，換了張路人甲的臉，雲千千揹著小籮筐，從公庫裝了滿滿一筐子草藥，把孽六丟在原地，從另一個方向擠進人群，嚷道：「讓讓讓讓，送材料的，借過。」

單弦月本來半閉目養神，自恃身分不願意和那麼多人推擠，想等一會人散了點再過去，結果打面前飄過一筐草藥，滿滿的還掉下來幾根。單弦月眼睛一亮，想都沒想的出腳、踩住，極其自然的瀟灑蹲下，像撿自己東西似的撿起草藥，吹了吹再拍了拍。

一抬頭，雲千千正衝他樂：「謝了兄弟，我手不夠，麻煩你幫我丟回去？」

單弦月怔了怔，繼而極有風度一笑，把草藥丟了回去，末了還很溫和的拍了拍對方肩膀，像囑咐小鬼般囑咐了一聲：「別揹那麼滿，下次小心。」

零頭碎末都不放過，但好面子……這性格不錯，好掌控。只要要臉的人都好應付，有把柄捏著就能安安穩穩把人抓牢了。怕就怕碰上和自己一樣……嗯，不拘小節的。

雲千千揹著草藥回到孽六身邊，隨手把東西丟給人家放回公庫，抽出面試表格，在單弦月名字後面打了一個圈——嗯，第一關還行吧。

雲千千在空間袋裡翻了陣，琢磨半天後，終於拎出一顆在市面上起碼能賣上百金的五級魔晶。雲千千想了想，捨不得孩子套不著狼，就用這個了。

孽六看得心疼，問道：「剛不是試過了嗎，這人連小便宜都貪，妳把這個拿出去不是肉包子打狗？」

雲千千笑：「這你就錯了，有人愛貪小便宜，但不一定敢貪大便宜。前者是性格問題，後者是人品問題。」

這就跟男人走大街上都愛瞄美女，膽子大的還敢衝人吹口哨，但真要明刀明槍的讓他埋伏抓人打野戰，未必有幾個人真有那膽子一樣。

男人也不是傻子，調戲調戲美女是調節心情，做過火了那就是大問題了。

往街角丟個十塊錢，看到的不少人會順手撿了揣口袋裡；但要往街角丟個裝了一百萬的袋子，怕是大多數人躲都躲不及。一是怕麻煩，有可能引來什麼禍端；二是良心過不去，丟了一百萬和丟了十塊錢的焦

心絕對是不一樣的。小便宜占了還可以說句無傷大雅，但天大的便宜砸下來還敢伸手去貪的，那不是人品有問題就是智商有問題。

換了臉做路人乙，雲千千照樣從人群中走過，不動聲色的丟下魔晶。

果然，單弦月又第一時間發現了。他撿起魔晶很是困惑，今天怎麼到處有人掉東西？

迅速藏匿進人群中，還沒等雲千千找好位置觀察，後面已經傳來一聲驚叫。

「啊！我丟的魔晶！」

踉蹌了下，雲千千差點直接撲地上去，鼻子都氣歪了。你丟的魔晶？屁！那明明是老娘丟的。她回頭一看，單弦月面前站了一個氣憤填膺的兄弟，分外理直氣壯的衝人家攤手，要道：「把東西還我。」

「呵呵……」單弦月乾笑兩聲，有種被耍的感覺。

「不能給他！」雲千千顧不上測試了，咬牙切齒的扒開人群又擠回來。「那明明是我掉的！」

如果是單弦月貪下的話，那她還可以跟自己說是花一顆魔晶看清個人的人品，但別人占了這便宜的話……雲千千會感覺自己是冤大頭。

單弦月遲疑的皺眉，問道：「到底是誰掉的？」

「我！」

「我！」

異口同聲，接著雲千千和另外那人一起怒視對方。

「好吧。」單弦月無奈攤手，把魔晶順手丟自己的空間袋裡，說道：「請你們分別回答下這魔晶的屬性和品級，限時十秒作答……你們要不要商量下答案？」

雲千千嘆口氣，回道：「風屬性五級。」

另外一人眼珠子一轉，立刻接道：「我也是這答案。」

「你確定？」雲千千威脅般瞪人家一眼。

「哼！」那人冷哼一聲，別過頭去，表明態度。

雲千千笑道：「那好吧，我改答案，火屬性五級。」菜鳥，跟她玩這一招還嫩了點，別以為她沒見過市面不知道這些損招。

「妳！」這次威脅瞪眼的換別人了。

雲千千得意的笑又得意的笑，拋個白眼給對方，繼而催促單弦月：「宣布結果吧。」

「嗯，這個……」

等了半分鐘沒聽到宣布結果，雲千千狐疑的看了單弦月一眼。

單弦月苦笑，掏出一大把魔晶很無奈的道歉：「我認不出剛才丟進來的是哪顆了……」

「……」

彼岸毒草現在很忙，非常忙。雖然面試生活玩家不用他個個都親自出面，但所有資料他必定是要看過的。這是必須的把關，以免疏漏人才或是有人趁機走個後門什麼。

這種時候，彼岸毒草甚至恨不得把自己一個人分成兩半來用，可偏偏還有人替他惹麻煩、找麻煩。

無奈的孽六身後站了陪笑的雲千千。雖然她換了張臉，但一看那猥瑣的樣子，彼岸毒草還是百分百肯定就是她，絕對不會有錯。

除此之外，還有另外兩個人。一個穿白衣服的看起來風度翩翩，賣相還不錯，或者也可以稱為風騷。另外一個則是很一般，裝備打扮都很大眾化，但是臉卻生得方方正正，很像是電影裡那些專演好人的忠厚正義人士。忠厚君一臉怒氣沖沖、正義凜然的瞪著雲千千，好像對方做了什麼對不起他的事情；再加上之前收到的通訊報告，大致了解事情經過的彼岸毒草忍不住一陣陣的胃疼。

事情不麻煩，就是他家會長想玩面試了，使了幾個小手段測試人家人品。問題是，人品還沒試出來，就被人橫插一刀破壞了計畫，還想騙走面試道具。

誰對誰錯，彼岸毒草一早有底，問題這事情卻不能明說。不然人家得問了：「你憑什麼說她說的才是真的呀？」

「哦，那是我們會長，她丟東西是我們會員親眼看到而且早就知道的。」

「那你們會長為毛要亂丟東西啊？」

「哦，那是為了試驗你旁邊那位仁兄的人品，看他貪不貪這個便宜……」

好嘛，就這麼一來一回兩番對話，就得把眼前這個據說是鍊金宗師的兄弟得罪死了。誰願意沒事被人懷疑人品啊，我又不是黃石公有太公兵法，這宗師也未必是張良那麼好的脾氣，連死老頭的臭鞋都肯撿……

所以要想把事情解決，還得另外找個說得過去的說法。要不然就找幾個人證？唔，怕是也不行。回頭那人再說自己這邊店大欺客，隨便勾結幾個會員來欺負他……

彼岸毒草從胃一直疼到了頭，只感覺眼前一陣陣的發暈。這都是些什麼破事啊！

「快點快點，磨磨蹭蹭的不說話幹嘛呢？」雲千千本來還挺心虛的，覺得自己把事情鬧大了，誰知等半天小草草都不說話，頓時那點心虛全沒了，就剩下不耐煩，一通通訊呼拉就飛了進來。

065 搗亂中

公會戰其實也就是資源戰。

駐地資源、人才資源，各種掠奪、各種搶占、各種勾心鬥角，最後目的無非是踩下別人，自己爬上去。

不僅遊戲，所有戰爭的源頭也莫過於此。資源是有限的，人的擴張欲望卻是無限的。當自己想要某樣東西，而其他人也同樣想要時，那當然只有一戰。

於是雲千千想招生活玩家了，還那麼大手筆，還要買斷配方，其他人自然就不高興了。

尤其是新十二聯盟公會，本來興致勃勃的拉起大旗，以為自己好說也算一霸，可以與老牌公會一拚了。結果他們拉著隊伍去和人叫囂，到場才說了兩句話，連開場白都沒說完，呼啦一下突然直接被雲千千把話題推歪，全部拉進競拍主城官印的局面中……不拍還不行，拍了還沒拍到。

這簡直像是趕著送去任調戲啊！

於是十二聯盟的各會長們回來之後一回想，覺得不對勁了，覺得委屈了。這是怎麼搞的呢，明明大好的局面被人一腳踢爆不說，還被拉到了下風。回頭人家主城一占，老聯盟那更是一個如魚得水，而他們頂多算是出場露個臉就撤的龍套甲、乙之流。

龍套耶！

就是那種淩舞水袖寫小說時連名字都懶得取，要嘛去通訊群，要嘛去書評區隨便拉個人名上來湊數，出場一次就下臺的龍套耶！太欺負人了！新十二公會聯盟會長們悲憤莫名，摩拳擦掌的要再定計畫，這回一定得鬧個大動靜出來才行。

正好在這樣的時候，創世時報如期而至，頭版頭條的招聘消息頓時如同幫諸位會長在黑夜中點亮了一盞指路的明燈。

招聘生活玩家？頭版宣傳？這麼大手筆？

新十二公會聯盟會長手一揮，什麼計畫籌謀都先不管了，瞬間決定初步方針——派他幾十個人出門，我們搗亂去……

彼岸毒草頭大如斗，耐心的跟那兄弟講道理：「在場有人看到那魔晶不是你掉的，而且剛才的對話明顯能看出來你根本不知道那塊魔晶的屬性品階，只是跟在這位……失主後面回答答案。」

「不知道掉的是哪塊也正常啊，要是知道了那還叫掉嗎？」那兄弟鄙視道。

這麼一段時間內，不僅是彼岸毒草在思考，他也在思考。不得不說，幹壞事的人的腦子就是比正人君子活絡，才不一會他就抓到了關鍵點：「如果要說掉個錢包什麼的，我還能跟他們對下錢包款式、內裝金額什麼的，畢竟有數嘛。問題掉的就是魔晶……除非我身上就那麼一塊，不然怎麼可能想得到具體失落的是哪一顆？」

關於這問題，還得拿丟錢包來舉例。丟一整個，數數錢和證件什麼的，說個大概沒錯也就得了。但你要錢包裡面只丟了一枚五元硬幣……誰那麼閒得頭疼還會去記下那五元上面有什麼記號，更或者發行編號是多少？

當然了，如果能不丟最好別丟，蚊子再小也是肉，一毛再少也是錢……

於是事情又回到原點，彼岸毒草如果要繼續堅持指控的話，就得先說明雲千千為毛能記清失落魔晶階屬性的問題。

得罪一個宗師？當然不行，於是彼岸毒草噎了半晌，揮手道：「這事情我不管了，你們自己解決吧。」眼看自己家副會長不高興了，雲千千也只好一揮手：「我不和你爭了。」看那兄弟高興，她趕緊再追加了句：「不過我無法證明這是我的，你也無法證明這是你的，所以見者為主，這魔晶就是單弦月的了……看你的表情好像不滿？要不然我們打一架，誰贏了誰得？」

好小子，只要你敢答應，我就敢往死裡揍，誰叫你撒謊。

這是典型的胡攪蠻纏。剛才講理講不通，於是我們比誰拳頭大吧。

那兄弟猶豫豫的看了眼彼岸毒草，後者正在專心欣賞桌上一盆小花，明顯不打算搭理這事。

再看單弦月，也正在暈暈的茫然中……他是來搗亂的，不是來得罪生活玩家的，要是影響不了水果樂園的聲譽還白結仇的話，這買賣怎麼都不能說划算……

「……行，那這魔晶我不要了。」那兄弟一咬牙，認了，反正又不是沒有其他機會。

倒是單弦月有點傻眼，囉嗦半天就得了一塊五級魔晶，這事情怎麼琢磨著那麼不對勁呢？

送走兩人，彼岸毒草面無表情的看著雲千千，說道：「想不到妳這次還挺重大局。我本來以為妳會為了那一百多金，直接坦白說自己要測試那個單弦月的人品。」

「屁，我有那麼傻嗎？」雲千千白他一眼，取下易容面具左右擺弄。

「本來我以為妳有，現在一看還有救。」彼岸毒草很是欣慰，想了想還是決定表揚雲千千一下，於是又道：「不過現在一百來金對我們公會……尤其是對妳來說，真的已經不算什麼了。妳身為會長，價值觀適當改變一下還是比較好，不然看起來也太小氣。妳看過哪個身家百萬的人天天為了三元五元囉嗦人的，那根本上不了檯面……呃，妳在做什麼？」

雲千千調好面具，刷一下覆上臉去，瞬間變成剛才那兄弟的樣子：「我現在就去找那單弦月，告訴他我剛才良心發現了，其實那魔晶真的是另外一個人掉的……100金呢！夠我吃好幾年的素麵了！」雲千千分外悲憤沉痛。

「……」彼岸毒草終於很痛苦的認識到一個事實，雲千千這輩子怕是都上不了檯面了……

出門左右張望，雲千千還沒來得及發現單弦月，別人就已經發現了她，或者說發現了她這張臉。

「嗳，弄走幾個了？」有一個猥瑣玩家笑嘻嘻的湊過來和雲千千打招呼。

誰啊這是？雲千千沒把那人當回事，直接白了他一眼：「別理我，煩著呢。」她的錢錢還裝在別人空間袋裡，當然煩。

猥瑣玩家一樂，說道：「看你好像不大順利……要不然這樣吧，兄弟組隊糊弄？」

「……何解？」

「意思就是我們倆找著目標，然後一起下手。」猥瑣玩家笑道：「老大訂的目標不完成能行嗎？別說哥哥不幫忙，我已經氣走六個了，都是裁縫。那群妞還免費幫忙宣傳，正跟人說這裡多麼多麼壞呢，我想再一會還能再弄走幾個……水果樂園的名聲越差，回頭老大高興了，給的獎金就越多。」

雲千千是多麼五毒俱全的一個壞蛋啊，聽了這話後，自己再思索一下，很快就明白是有人在自己地盤搗亂了。她笑得分外歡暢，一拍那玩家肩膀，說道：「就我們倆組隊多沒勁啊，把人都叫上，就玩把大的？」

「大的？」猥瑣玩家樂了：「就你自己都搞不定還想玩大的？也行，反正怎麼鬧騰不是鬧騰啊，我這裡差不多了，就陪你樂一樂。」

「走了走了。」雲千千勾肩搭背，拉著人走了。

後面聽完了彼岸毒草囑咐才出門的孽六一看兩人走遠的樣子，頓時冷汗直流，腳步不頓，直接轉身又回門裡報告去了。

「不好了啊，副會長！我們會長又再想壞點子了！」

十二聯盟會長正好親臨現場，視察工作進度。雲千千遇了個碰巧，什麼都沒說就被拉去瞻仰各位老大。等見面了她才反應過來，原來都是熟人。

都說買賣不成仁義在，但人家顯然沒那意思，自己公會到底是礙著別人的眼了。雲千千摸摸下巴，很

安心的坐一邊吃慰問餐，順便傳訊息給彼岸毒草，報告情況，讓他明白目前狀況，同時順便去找自己這臉的正主，能打暈就打暈，反正最好別放出來跟自己來齣真假美猴王。

幸虧這是自己趕得巧，再加上十二家公會畢竟頻道不夠統一，要不然再晚一步，等人家消息發到正主那去，自己當場就得穿幫。

「看，那是聯盟盟主。」猥瑣玩家好像和雲千千扮演的人關係不錯，很熱心的為她指點主座上的一個玩家。

「看出來了，在場就他穿得最風騷，生怕別人不知道他有錢似的；一臉大度寬和相，好像其他人都是小毛孩，就他成熟穩重……」雲千千喝了一口小酒，隨手再拿一壺放進空間袋裡，準備帶回去以後喝。

猥瑣玩家笑道：「話不能這麼說，盟主還是有點本事的，要不是他振臂一呼帶領大家結盟，我們這些小公會哪可能跟那些老牌勢力抗衡!?到時候別說是水果了，就連沒了彼岸毒草的皇朝都未必能拚得過。」

「換個角度想，如果他不搗亂的話，你們早早被滅了，正好可以加進那些老牌公會，直接一步登天……」雲千千也笑道：「能不能揚名是會長的事，普通玩家圖的不過是一個資源便利而已。別人有這便利，你直接取用就是了，何必在乎到底是在哪個公會!?」

猥瑣玩家怔了下，猶豫道：「可是這關係到立場和尊嚴的問題……」

「玩遊戲你跟我扯立場尊嚴!?」雲千千被逗樂了。

066 嚇唬

猥瑣玩家的心理承受能力遭遇很大的挑戰。

關鍵並不是雲千千的言論有多麼犀利，主要是在於她目前的身分太過特殊。猥瑣玩家目光古怪的盯雲千千許久，仔細斟酌語言問道：「如果這話是別人說的也就算了……可你不是前天剛泡上老大他妹？」

「我……」臥糟！雲千千一口小血噎在喉中，死命忍住。原來她現在這身子還是駙馬級別的，那也算個小管理層了哈，這立場確實不能算是普通玩家。

這邊還在聊天，盟主老大的動員演講已經進行到尾聲。長篇大論聽起來很慷慨激昂，其實總結下來的中心點無非就是三條。

第一條是他對大家前半部分的工作很滿意。第二條是希望一會繼續努力，再接再厲，替招聘現場製造

混亂及不良秩序。第三條是現在可以開始吃了，本酒樓已被包場，大家千萬別客氣，什麼不夠儘管點……

「小二，至尊豪華海陸空大套餐來一份，菜品揀最貴的上！」雲千千果然沒客氣，一拍桌，叫了自己垂涎已久卻一直沒捨得吃的大餐……天空之城裡她是地主，要說街頭巷尾無所不知可能是超過了點，但這麼高級的大酒樓裡，招牌菜是什麼她還是記得挺清楚的。

一整個酒樓玩家被驚嚇，集體看史前怪獸般看雲千千。

「……」盟主愣了愣，對身邊一臉尷尬的某會長乾笑道：「你妹夫還真……豪爽啊，哈，哈哈……」

「呵呵……」尷尬會長狠狠瞪著得意忘形的雲千千。給他等著，回頭他不告訴妹妹讓這小子跪洗衣板才怪……

吃完飯當然不能馬上散夥，緊接著是彙報總結工作進度，各會長順便趁這時間研究之後需要指定的具體方針。

雲千千叼根牙籤，笑而不語。聽著一個個站起來的搗亂分子們興奮交換一上午的工作心得，她順便拿出紙筆做記錄。好樣的，這些人的名字都得記住了，她回頭一個都不能放過。

疑似自己大舅子的會長往這邊一看，很不爽雲千千一副悠閒自得、置身事外的態度，再回想起剛才飯局上的尷尬和其他會長們投來的異樣好笑目光，頓時怒從心頭起，拍桌一指雲千千問道：「你說說你一上午都幹什麼了？」

猥瑣玩家一愣，繼而幸災樂禍的看自己兄弟。

雲千千不慌不忙的站起來，牙籤一吐，大聲報告：「泡妞！」

「……」

眾會長默，盟主默，圍觀群眾默。猥瑣玩家身子一歪，差點從椅子上摔下去。

大舅子手指抖啊抖，氣得小臉發白再次問道：「你說什麼？」

「我說我上午泡妞去了……那個，你別這副要吃人的表情，我怕怕。」雲千千樂呵呵的解釋：「其實這是我的計畫之一。女人們嘴裡容易套出情報來，我犧牲自己的美色騙取她們的好感，主要就是為了弄清楚水果樂園目前的局勢，好為我們接下來的制衡計畫提供更充足的情報保障……小小的搗亂並不是我的目標，我的目標是從全方位徹底打垮水果樂園。」

「放屁！」大舅子吼道。

盟主沉吟一會，冷靜反問：「……那你說說你弄清了什麼局勢。」

「其實也沒什麼。」雲千千作為難狀攤手：「研究了半天，我就感覺我們是以卵擊石。」

「哦？」盟主眼一瞇，不是那麼很友好的冷笑了：「照你這麼說，我們還是趁早解散算了？」

「如果你不介意的話，其實我個人很贊同……呃，看起來你好像很介意？」

「你認為呢？」盟主再冷笑。

「是就是，不是就不是，我認為有個屁用啊。」

男人沒事就愛用這句話打太極——「你愛我嗎？」、「妳認為呢？」、「我認為你愛我」、「呵呵……」

雲千千最討厭的就是這種比女人還囉嗦的男人，一副高深莫測的樣子擺給誰看呢？哪怕自己不爽的時候都不願意明說，非要拐彎抹角繞老大一個圈子，夾槍帶棒、兜來兜去、鬧騰半天。

要是雲千千的話就簡單了，直接告訴人家「你猜對了」，或者再痛快點，乾脆甩個雷下去，什麼立場

都表達清楚了，多爽！

大舅子尷尬的看著雲千千，想了想還是不能放任自己妹夫這麼跟人家槓上，或者也可以認為是他不好意思繼續看雲千千這麼胡說八道，於是使了無數個眼色過去，被無視之。他無奈再狠狠乾咳一聲，換來對方莫名其妙一瞥……最後眼看暗示無效，他只好開口明說：「你坐下吧，別丟人了。」

「哦。」雲千千無所謂的坐下。

盟主一看這態度大怒道：「不，讓他繼續說。」

「好！」她再站起來。

「我這手下沒腦子外加口無遮攔，還是別讓他繼續耽誤時間了……坐下。」

「……嗯。」她又一次坐下。

「說。我倒要聽聽他到底有什麼高見。」

「還是算了吧……」

「……」忍無可忍！雲千千拍案而起喝道：「一坐一站你們要累死我嗎？」

本來已經被轉移的群眾視線齊刷刷的再一次聚焦。

猥瑣玩家坐在雲千千身邊，表示壓力很大，一把一把直擦冷汗。他就想不通了，自己這兄弟今天腦子裡到底抽到了哪根筋，怎麼就那麼沒眼色呢？

雲千千抬手再一拍桌，這次帶出一張世界地圖來，自繪的，壓在桌上開投影。「想聽老娘……老子就說給你們聽！」

她一指某處，開始說道：「這是天空之城，主城級別，唯一屬性，有水果族領地，防禦度 24 萬，攻擊指數17萬，就算躺平任調戲，裡面沒人還手你們也得打轟上好幾個鐘頭；更別說這塊駐地還飄在天上，無任何可使用的進攻路線……就這防禦集別主要是防 NPC 暴動的。」

她再一指藍色一片區域中某處。「島嶼駐地，防禦度13萬，攻擊指數10萬，半和平領地。要想打過去，你們還得先造船，還得會海戰。駐地供的寶物是海螺號角，可以召出水族小怪數萬。一片小怪放出來，直接就能埋了你們的船，除非你們打算游泳去打下駐地再游泳回來。」

她刷刷刷又標記幾處：「附屬小島一……二……三……航線一……二……三……友好 NPC 種族神族、龍族、精靈、智慧魚人，屬下魚人型小怪群，城主種族修羅……抱歉，這個不算，一時不小心多算了個資料。」刷刷刷幾筆把修羅二字塗掉，雲千千再刷出一張資料表：「目前水果樂園三級公會，有成員兩千，其中隱藏種族擴充後五百；聯盟公會三家，都是二級公會，總人數五千……」

新十二公會聯盟會長尤其是其中盟主聽得一臉痴呆。

雲千千繼續得意的說道：「你們……呃，我們新十二公會聯盟，都是一級的，滿規模的話，總計人數六千。五千老玩家對六千新手，傻子都知道哪邊更強勢。而且現在老聯盟拍下兩方官印，也就是未來可能擁有兩座主城駐地。我們想拚!?拿什麼拚!?」

盟主臉色鐵青，牙齒咬得咯咯作響。這些資料有點心思的人都能算得出來，問題是有點心思的人都知道不能拿到這種場合來講。

本來就是新興勢力對陣老牌聯盟，規模勢力不如人家強大也是理所當然的，大家憑的不就是一股初生牛犢不怕虎的氣勢!?這傢伙一、二、三、四、五的把各方實力這麼一對比，這就是天壤之別啊，沒看酒樓裡這群人都被震住了嗎?這麼鬧下來還拚個屁啊!?

大舅子臉色也不大好，誰叫這拿圖、拿資料正講解得歡快的疑似正是自己家的呢?最可氣的是，人家還拐了自己親妹子，是自己公會名正言順、正牌響噹噹的駙馬爺……丟人啊!敗興啊!

雲千千還沒完，她得趁勢追擊或者說趁火打劫，繼續再加一把火，截下了剛想重新動員士氣的盟主的話頭：「您也別說什麼人要有尊嚴，不蒸饅頭爭口氣之類的話。其實說白了，就算我們真的拚死拚活爭到人家這規模了，風光的也就那麼一、兩個人，無非是些會長、副會長、堂主、軍師之流……普通會員走在街上頂多人家見了驚嘆一聲『啊!你是某某公會的耶!』……」

盟主怒，盟主大怒：「你……」

「不過話又說回來了，既然反正我們身分最後都是幫眾甲了，那在哪個幫裡還不是一樣，難道說你的公會名字特別好聽!?」雲千千笑，滿意的環視一周，再丟下最後一顆炸彈：「而且我們如果真的和水果樂園敵對，這局面鬧下來別的先不說……聽說蜜桃多多是創世紀頭號陰人，還挺記仇?」

長篇大論一通，最後還不如甩出自己名號好使，當然，前面的鋪墊也是很重要的。總之，雲千千懷著得意又鬱悶的心情，複雜的看著滿酒樓人個個變色——難道自己真的壞到人盡皆知的地步了!?

067 黑洞

所謂人多口雜。

一個成分越複雜的組織中，越容易出現不和諧的聲音。

新十二公會聯盟會長一開始同仇敵愾，各自約束好了手下人，所以後來的臨時混編行動小組雖然不好管理，但也算相安無事，把各自會長吩咐的工作做得好好的。

可是現在代表質疑的不和諧聲音出現了，尤其人家說得還有鼻子有眼睛，一句你們不行，直接把所有人的鬥志打擊消沉，聯盟結合自然出現間隙。

而十二家公會加入聯盟說是為了共同抗敵，但說白了，大家其實在玩的無非是合縱連橫的把戲……交弱攻強，等把那個強的攻下來了，再慢慢考慮要不要對付或者說怎麼對付以前的戰友。

沒有永恆的朋友，只有永恆的利益。

因此，就算雲千千語驚四座，大舅子卻還是只能裝傻……如果是小事也就罷了，可現在話題這麼嚴肅，場面明顯無法善了。自己又不是真的來當小弟的，哪有打壓自己公會人反而吹捧外人的道理？

嗯，不過說歸說，他還是不爽就對了。早知道委屈總是難免的，他又何苦一忍再忍，因為杯具總是難捨難分……臥糟！剛才就應該早點把這傢伙踩成渣！大舅子沉默而憤怒。

盟主幽幽的看了眼大舅子，再看了眼雲千千，冷笑道：「看來貴公會的意思，是要識時務者為俊傑的退出聯盟了？」他才不相信憑一個駙馬爺就敢在這裡大放厥詞，早先分派工作的時候還好好的，現在突然說翻臉就翻臉……哼，肯定是會長本人的意思。

盟主深深的陰暗了一把。

「何必那麼偏激捏。其實我真的是為了大家好……」雲千千還在嘆息。

「住口！」大舅子悲憤的私下傳訊息，企圖阻止場面進一步惡化：「你還嫌事情不夠大嗎？」

「什麼？」正牌駙馬接到消息後莫名其妙回，對這天外飛來的指責表示分外委屈：「我又做什麼了我？」好傢伙，眼看午飯時間都過那麼久了，聯盟不解決伙食問題不說，自己大舅子還莫名其妙吼人？

這日子沒法過了。

雲千千依舊滔滔不絕，盟主臉色依舊呈現越來越差的趨勢。

而依舊沒發現自己妹夫其實不是真貨的大舅子在收到回信時異常憤怒，心裡已經替正主打上了死不認錯、不識時務的標籤，忿忿切斷通訊，只能以殺人目光怒視在場的假貨……

餐會結束後，本來其樂融融的局面變得暗潮洶湧，懷小心思、各自盤算者有之，義憤填膺者有之。

雲千千笑傲酒樓，超凡脫俗、不懼世俗眼光的瀟灑打包一桌菜，攜外賣，步出會場。

眾目睽睽之下，盟主臉色鐵青變色之時，大舅子再也忍耐不住，淚珠奪眶而出，刷通訊，飛訊息，一聲大吼：「踏馬的！」

水果族領地裡，雲千千大方派送酒菜慰勞招聘工作人員，順便對彼岸毒草感慨道：「不過是一幫烏合之眾罷了。從封建時代起，所有聯盟就沒一個有好下場的。要嘛靠利益維繫，要嘛靠強勢鎮壓，其中合約說白了也不過是守則合、不守則散……新十二聯盟公會的理想倒是很不錯，很有創意，可惜他們自己人之間的利益矛盾都沒調和好，怎麼和老聯盟鬥？」

彼岸毒草拉過一盤白斬雞到自己面前，冷哼鄙視道：「所以妳就把人家小朋友調戲了一把？」這人做事太陰損，連無間道、擾亂軍心的把戲都出來了，還是以堂堂會長的身分親自下場。這如果傳揚出去的話，自己公會的面子絕對跌到谷底。

「這……其實你的想法很不好，凡事我們都得換一個角度去看。本來你完全可以把我這行為歸納為成大事不拘小節……」雲千千承認彼岸毒草的反應很犀利，但她十分看不起對方這口才。

「哦？」彼岸毒草意思意思的扯了下嘴角，算是捧場笑一個。

水果樂園的水果族們就近聽八卦下飯。剛剛才得知一上午時間中有新十二聯盟公會的人在自己地盤搗亂的事情，頓時群眾們個個義憤填膺，順便強烈譴責雲千千光顧自己玩樂而不帶他們玩樂的吃獨食行為。

雲千千謙虛接受意見，表示下次做案一定組團，外加提供自己深入虎穴得來的搗亂者名單一份，這才算堵住了眾人的意見。

彼岸毒草就看不慣雲千千這副得意樣子，啃口雞腿，擦擦手，雲淡風輕的歪了下樓：「說起來，妳的魔晶要回來了？」

「……」雲千千的笑容僵住，三秒後大驚失色、悲憤捶牆：「馬的我忘了！」100金啊混蛋！

於是彼岸毒草舒坦了，分外滿足的重新啃雞腿……

一顆五階魔晶失落，雲千千心中無比惆悵。哪怕是熱鬧的招聘場面和水果族們摩拳擦掌準備伏擊天空之城中新十二公會聯盟的計畫，都沒能引起她心中的半分波瀾。在這樣一個舉眾同悲的日子裡，她已經是心如死水……特別是彼岸毒草堅持不肯將那顆魔晶報入公帳，嚴肅表明絕不承擔她這個人損失之後。

於是寂寞惆悵的雲千千出海去找九夜去了，她要用廣闊的大海來撫慰自己那受傷的身心。

當然，夫妻傳送也是可以用的，但那樣不利於散心。為了避免讓自己造成依賴傳送的思想，更為了可以偷個懶而避免早日被拉進任務，雲千千決定一路游過去，而且一個人都不帶。

大海啊，都是水……

雲千千寂寞游弋，划著划著發現一孤島。其島半徑不足十米，中心一棵椰子樹，是典型漂流氣質的孤島。

這種島就是讓玩家玩漂流用的，出現地點隨機，滿大海緩慢漂浮移動。萬一玩家在航海中船沉了，游累了，碰到這種地方的話，可以上岸休息個幾分鐘，也算是調節身心喘口氣。其存在意義和智慧魚人族的海龜差不多，只不過後者可以主動駕駛，前者只能漂到哪裡算哪裡。

「救命啊～」孤島上有人喊道。

無寶藏、無BOSS、無帥哥……雲千千瞬間鑒定完畢，十分淡定的繞過小島，堅定的向前繼續游去。

「那個死女人沒聽到這裡有人喊救命？」孤島非自願漂流人士咬牙切齒的指著雲千千吼道。

裝備普通等於身家平平，身家平平等於沒有油水，沒有油水等於救了也沒酬謝金……雲千千再次鑒定完畢，繼續游，游啊游。我是一隻小小小小魚，想要游啊游……

「臭女人想回大陸不會自己游啊？」雲千千大怒。

這人太過分，自己都難得的善心大發不想敲詐她了，她居然還敢撒漁網，當自己是魚？雖然雲千千也承認自己確實挺有美人魚的氣質……

孤島漂流女孩抓住漁網，死死網住雲千千往回拖，咬牙切齒、格外憤怒道：「見死不救妳算什麼英雄好漢!?」

雲千千摳著漁網眼掙扎挺胸：「給老娘看清楚了，妳有的我也有，兩顆眼珠子是幹什麼用的？妳從哪看出來我是個男人了？」她是腫了兩塊，又不是多了一條，跟英雄好漢扯得上毛關係？

女孩吐血，自入遊戲以來她就沒見過這麼不要臉的人，見死不救就不說了，還分外有理：「妳幫我回大陸，我就放妳出漁網。」

「靠！」雲千千怒舉法杖喊道：「天雷地……」

「慢！」女孩臉色煞白，一聽這技能名稱立即猜出網中人身分。難怪她那麼不要臉，原來是名滿江湖的陰人。「妳答應幫我回大陸，我就告訴妳一個秘密。」

「……」雲千千琢磨三秒後收回法杖。「妳先說說看。」

「這……」女孩有些猶豫。這個人信譽度不高，自己要不要信？可是不信，對方肯定得翻臉，看來目

前也別無選擇，誰讓自己運氣不好又手賤，撈誰不好非撈到這個水果。於是她終於狠下決心一咬牙道：「我在前面一塊島嶼附近的海域下發現一個黑洞……」

「黑洞？」雲千千沉吟會後一揮手命令道：「收網，帶我去看看。」

「可是我餓了，剛剛又活動劇烈，現在體力直接見底。」女孩收起漁網哭道。

雲千千沉默，終於知道這人滯留孤島的原因了。要說大海雖大又容易迷失方向感，但有座標、有海圖、有毅力的話，早晚還是能游得回去的。可是飢餓度見底就比較麻煩了，沒食物就等於沒體力，沒體力就要COS潛水艇，還是不能浮上來的那種……

好傢伙，原來她那點體力全留著捕抓自己了？雲千千黑著臉上島。翻找著空間袋，半天後她終於勉強拎出半隻啃過的烤羊腿。「只剩這個了，吃不吃？」

女孩嫌棄的拎著羊腿問道：「吃剩的？」

「廢話。」雲千千白了女孩一眼：「我本來就是打算自己吃的，哪來那麼講究？」自己空間袋裡全是剩菜，整盤的剛都慰勞水果族了，現在實在是沒存貨。

女孩還是嫌棄，她猶猶豫豫的抽出一把小刀，就著另外一邊沒啃過的部分片羊肉，秀秀氣氣的往小嘴裡塞。

雲千千看那進食速度實在燒心，等這傢伙飢餓度補滿，天都得黑了。於是她二話不說再拎出一盤吃剩的炒肉片，扒開女孩的嘴，將肉片直接往裡頭倒，接著無視後者驚駭的眼神，丟了盤子，把對方嘴一捂，下巴一抬，襲胸……

「啊……咕咚！」

女孩眼淚與鼻涕齊飛，被嗆得劇烈咳嗽，好一會後才終於把喉嚨裡的食物都嚥了下去，緩過勁來大哭道：「妳想做什麼？」

這年頭的女色狼比男色狼猖狂多了，後者侵犯還有女玩家保護條律，可以跟系統告狀；前者才叫肆無忌憚，就算被襲胸，系統也只當是女人玩家家酒的打鬧……不是這麼欺負人的吧。

女孩悲憤莫名只感覺生無可戀，哭得驚天動地，深恨自己一不小心居然誤入魔爪。

雲千千不耐的翻白眼：「號什麼號，看看自己飢餓度滿了沒？」馬的，自己又沒強姦她，哭什麼啊？

哭號聲戛然而止，女孩驚訝的看著個人面板，好一會後才抬頭回道：「滿了……妳剛只是想餵我吃東西？」

「不是餵，是灌。」雲千千鬱悶道：「我還得去接老公呢，妳在那裡囉囉嗦嗦的什麼時候才能完。」

「妳就不能溫柔點？」女孩噎了噎，一口氣上不上、下不下，堵得胸口發悶。

「妳又不是男人我溫柔個屁？」

「……」

女孩體力恢復，雲千千趁機也吃了幾口，保證最佳狀態。飢餓度滿了後，她接著把剩菜丟回空間袋，一抹嘴面朝大海揮爪喊道：「出發！」

「……嗯。」

兩個人先後下海，女孩帶路，一馬當先游在了前面，雲千千跟隨其後。

海域中的黑洞，這東西第一次見著的時候不知道是怎麼回事，玩家們當然會覺得新鮮。其實說白了，

那就是一個異空間通道，而且還是 NPC 專用的。

神、魔兩族都有入侵大陸的任務，這是智腦規定的，不可能跳過；而其各自也有理由，神族是尋找失落的聖器，魔族是單純吃飽了玩侵略……反正事情怎麼樣不重要，重要的是玩家強大到一定程度，或者觸發一定條件後，他們就肯定得來。

至於小說裡那些什麼掠奪生存空間之類的純屬屁話，這樣子的理由根本不嚴謹。

比如網路小說裡都愛說魔族世界沒太陽，生存環境不好，所以要占領陸地。可是如果他們以前都能在那樣的環境生存的話，為什麼偏偏主角出世後就憋不住？

再說，就算環境真的不好，千百年進化適應後，身體條件也肯定會調整成適合的狀態，再回到春暖花開、陽光普照，那不叫享受叫折磨。比如你把魚從水裡撈出來，找個冬暖夏涼的百坪別墅將牠放著，肯定不出幾分鐘就得翻白肚，這難道也叫良好環境？

北方人嫌南方太濕熱，南方人嫌北方太乾燥。自己認為好的，別以為所有人都會覺得好。

雲千千和九夜去魔島的一通搗亂後，雖然鎩羽而歸，但也算是觸發魔族進程了，於是魔族對大陸的入侵即將開始。如果沒料想錯的話，雲千千判斷，這個神秘黑洞應該就是魔族入兵的兵道……

068 搬救兵

黑洞是在距離魔島不遠的一處深海中，雲千千跟著女孩到達的時候，黑洞正在散發著幽冷的黑色光芒。

「不好，隱蔽！」雲千千太熟悉這情景了。異空間通道運作時都有這樣子的光，就跟玩家使用的傳送陣工作時會發出白光一個道理。

「隱蔽？」女孩無語，上下左右四周觀望一圈，硬是沒發現能供隱蔽的遮掩物。這片海底太荒蕪，放眼望去連個大一點的石子都沒有。

雲千千很快也發現問題，為難一會後，抓著女孩迅速落到海沙上。她試了下柔軟度，還不錯，在海水長年浸泡下，這些地面顯得格外軟和。

雷霆萬鈞砸在地上，刨出個大坑，再把還不知道發生什麼事的女孩往裡一扔，埋土……

「妳想做什麼？」女孩終於回神，開始劇烈的掙扎想爬回來。有沒有搞錯，這人想把自己土葬？

雲千千一腳把人踹回坑裡踩穩，手下不停的繼續刨沙埋人。「別鬧，魔兵要傳送出來了，被發現妳必死無疑。」

「呸呸！」女孩吐幾口沙子，悲憤道：「那妳也不能埋了我啊！」

「不埋了妳妳說怎麼辦？」雲千千很無奈的看著女孩，說道：「要嘛好死，要嘛賴活，妳自己選吧。」

「這……那妳為什麼不順便把自己也埋了？」女孩語塞了會後問道。

「我？」雲千千刷出面具，一個響指後，變成一尾剛剛游過兩人身邊的五彩斑斕小小魚，甩甩尾巴，迴旋一周，讓女孩能看清楚。「關我什麼事，我只是一條路過的魚。」

新升級的易容面具花了雲千千無數材料，初級面具三十六變，只能變玩家和 NPC，儲存形象共三格。中級七十二變，可變物、變人、變獸，百般幻化自由，儲存形象五格。

高級一百零八變，不僅可變化已知的參照形象，還可以自己勾勒形象，或者僅憑一個模糊名稱就自行變化……不過初級升中級已經是耗費無數人力、財力，要不是雲千千為了預備以後需要，舉公會之力，咬牙狠下血本，以普通玩家的能力根本搜集不來那麼多貴重材料。

如果要升高級……雲千千數了數前面數列神級材料，料想如果遊戲有倒閉那天，物價大跌、泡沫經濟的時候，還是有可能達成這個宏偉目標的。

「……」女孩無語，三秒鐘後認命躺下，雙手合十的放在胸前，一臉視死如歸的開口：「來吧。」

不一會後，雲千千成功讓女孩入土為安，自己重新變成小小魚，游到黑洞前好奇觀望，不知道出來的魔兵將會是誰帶隊。

話說魔族有魔王路西法，那是個超級大帥哥。雖然正宗神話裡應該是撒日當家，但人家名氣明顯沒有小路大。於是由此可以得出結論，會作秀才有市場……

路西法之後，座下有三大魔神，魔神下又是七大魔將，魔將再往下的就是些魔族官職人員，有替換、有升遷，地位並不是很固定，於是雲千千記住的也不是很多。

第一次踏足大陸，魔族肯定會派些有分量的人帶團，就是不知道這個分量具體是重到哪一步。

現在這情況可以說好也可以說壞。說好，是因為明顯可以看出魔族現在才開始動作，這代表之前的日子裡對方並沒有下什麼伏手，戰局布置之類的一切還沒開始。雲千千還來得及攔截對方的動作。

說壞，則是因為現在已經可以確定魔族是真的要開始動作了。本來應該再過一段時間才開啟的劇情活動被提前，這會給玩家造成多大的損失和困擾是顯而易見的……當然，雲千千並不是大義凜然到先天下之憂而憂，她只是情不自禁的想了下，如果全體玩家知道這局面是自己造成的話，將會有什麼樣的反應……

不行，絕對不能把這消息洩漏出去！光是想像一下都連打好幾冷顫的雲千千痛下決心。

閃了半天光，黑洞裡終於開始往外吐人。一隊隊魔兵魚貫而出，十分有紀律的在黑洞邊集合列隊形。

雲千千慚愧的發現自己實在是考慮不周，讓女孩選擇的埋屍地點離黑洞不夠遠。只出來了一個方陣後，很快女孩的埋地就被魔兵們踩在了腳下，也不知道被踩死了沒……不過看那片海沙下一直沒有白光出現，想來應該是還有口氣在。

真堅強……雲千千甚感欣慰。

終於，在魔兵全部被黑洞吐出來後，帶隊人也出現。雲千千興奮的發現此人正是魔族目前頭號偶像派高手——魔王路西法。

路西法抬眼一掃周圍魔兵，冷聲下令：「上岸。」

魔兵呼啦啦跟著魔王一起朝外走去。雲千千眼睜睜看著女孩藏身的海沙被無數魔兵踩踏而過，難得同情心大發了一把。

在看到路西法率大軍走遠後，雲千千才變回人形，蹲在坑邊，很猶豫的拿根棍子衝女孩埋的沙下捅了捅，問道：「嗨～還有氣嗎？」

「……」沒人應答。

雲千千想了想，丟木棍捏拳，喊道：「雷霆萬……」

海沙被猛的揚起，女孩從沙底坐起，大出一口氣後哭道：「妳怎麼能這樣!?」她感覺自己像被壓路機輾過，那麼多隻腳踩在自己身上，滋味絕算不上好受。尤其可能是自己墊在沙子下，使得這片地面比起其餘沙面來顯得格外堅實的緣故，有幾個魔兵還很欣慰的多踩了幾腳借力。

雲千千最看不得女孩哭，心煩。要是碰上其他人的話，搞不好她已經一個雷甩出去了；不過現在這位女孩是因為自己的過錯才顯得格外狼狽，所以她也不好意思再落井下石，很慚愧的連忙安慰：「別哭了，是他們不對。回頭我幫妳報仇？」

「呸！」女孩越哭越傷心：「明明就是妳非要把我埋在下面。」要不是她心細，提前含了一把藥在嘴裡的話，現在早就已經死回陸地。被殺死好還是被踩死好？這個問題太讓人為難，女孩哪種都不想選。

心虛之下，態度極其良好的雲千千耐心撫慰，最後以 PK 要脅，終於止住女孩哭聲，帶著人重新回到黑洞邊，研究這個傳送通道。

路西法都來了，這次事情肯定是鬧大了。雲千千摸摸下巴，怎麼想都覺得此黑洞威脅太大。這裡就等於是魔族的大後方啊，真要開始打仗的話，人家兵源一不夠，往黑洞裡再拉幾個團出來，那就是源源不斷的生力軍……此洞不除，桃心難安……

想了想，雲千千傳訊息給銘心刻骨：「眾神遺址中使者尚在否？」

三秒後，她收到銘心刻骨回音：「最近沒去，又要做什麼？」

她再發：「今天風和日麗，我在海中漫步，突然間遊興大發，想去神界一觀。」

銘心刻骨又回：「等等，我去問問。」

雲千千安心坐下來等回消息，心中很是安慰。銘心刻骨這人雖說有時候死腦筋，但是對朋友那真的是沒話說。只要一句話，他刀山火海在所不惜，哪怕自己事情再忙，也要硬擠出時間來完成朋友的囑託……雖然人家對好朋友、壞朋友都一個樣，有點識人不明，但是這性格卻是真難得。

起碼雲千千自認自己是做不到對方那一點的。她可以為朋友兩肋插刀，但是前提她得先判斷這朋友值不值，還有朋友拜託的事情值不值。

自己雖然做不到，但自己絕不討厭有這麼一個做得到的朋友。當然了，這樣子有好處也有壞處。好處是比如像現在，雲千千可以什麼都不解釋，一句話就把人使喚去幫自己跑腿；要換作別人的話，追根究柢可能會把黑洞的事情問出來。但是壞處則是，這樣的朋友一交上，他身邊那層出不窮的利用和欺騙，自己就不好意思放眼不管當作沒看到了，為人操心跑腿也是少不了的……這麼一來一去，實際上自己費的力氣也沒比銘心刻骨少多少。

半小時左右終於傳回消息，銘心刻骨道：「使者說通道不能再開，時機未到。」

雲千千回消息：「問他，魔兵入侵大陸，這時機算是到了還是沒到？」

那邊大驚，就算不明白具體原因，一聽魔兵兩字也知道事情小不了。他把話轉達過去後再回道：「使者說要和妳面談。」

面談？自己這邊正守著洞呢，萬一這一來一回間又出來幾個師的兵卒怎麼辦？

雲千千鬱悶，但是使者那邊似乎也異常堅持，無奈，雲千千只能應了下來。切斷通訊後雲千千看著女孩，問道：「我現在回大陸，妳有什麼打算？」

女孩很是疑惑：「我當然是和妳一起回去啊。妳不是答應過我的？」她跟著跑前跑後就是為了雲千千答應過自己，會帶她回大陸，要不然誰有耐心跟著她滿海底潛水？

雲千千嘆口氣解釋道：「妳還沒弄明白。現在事情是這樣的。」她一指黑洞：「看見那個了嗎？妳發現的這個是魔兵通道，魔族入侵大陸時才會開啟的異空間傳送出口。」

「嗯？」

「魔族入侵是全遊戲的大型活動。但是這個活動對於現階段的玩家來說難度太大了，所以我們要提前遏制魔族的動作，把影響範圍控制到最小。」雲千千很有耐心的跟人解釋：「現在我要去神族搬救兵，用句俗點的話來說，此時正值江湖危難之際，正是分秒必爭的時候，所以……」

「所以妳快點動身啊，我們快點游不就能早點回去？」女孩很順口的接話，不知道這跟對方帶自己回去有什麼衝突。

「……」雲千千想了想，覺得這個說法似乎解釋不清楚，於是委婉的暗示了一下：「遊戲裡有個居家旅行的道具，叫傳送石，我身上剛好只剩一顆……」自從有了夫妻傳送後，傳送石的利用率在雲千千這裡也變低了。因為這東西不能打包帶，一顆就要占一個格子，所以雲千千一般只在身上放一顆以備不時之需，

其他格子則放藥品，或者空著準備撿值錢東西。

反正傳送石連小村莊都有得賣，隨便在哪裡都可以補充。

女孩把這話狠狠消化了一番，終於明白了對方意思，頓時大驚：「妳要把我丟下不管？」

「這……主要我剛才已經說過了，現在實在是江湖危難，分秒必爭……」香蕉的！話要不要說那麼難聽？一般人聽到這裡不是應該大義凜然，說妳去吧，為了天下蒼生，為了世界和平，妳去吧，不用管我……

女孩花容失色問道：「妳難道真的是想食言？」

「……這不過是權宜之計，要不然我把剩菜都留下來，妳自己慢慢往回游？」

「誰要吃妳的剩菜！」女孩大哭道：「妳怎麼能這麼欺騙我的感情？」

雲千千滿頭黑線：「妳不如說我欺騙妳的身體。感情這東西我向來嫌多。」

女孩越哭越大聲：「妳還吼我？」

我不是妳老公也不是妳老母，為毛不能吼妳？不對，自己明明沒有吼她，只是有點不耐煩……雲千千鬱悶。先是害人被踩在先，又是食言在後，現在她想說些不客氣的話也實在是不好意思，自己可是女孩子，臉皮薄著呢。「那這樣吧，我還是把剩菜留給妳，然後找個人過來帶妳回去？」

「妳、妳要找誰？」女孩哭得都快抽筋了。

「這個……」

要找人，現在最快的當然是召喚九夜，再怎麼說人家也有戒指，一個夫妻傳送就能拉過來。換作其他人的話，就麻煩得多了。

可問題是，九夜的天賦屬性太過強悍，把他丟城裡都能迷路，放在這茫茫大海，還是讓他帶路領一個

女孩回家，到時候兩人越走越荒蕪……雲千千想著想著，忍不住哆嗦一下。雖然她確實不大耐煩應付這女孩，但也狠不下心這麼折騰人家，回頭萬一穿越到伺服器外怎麼辦？

有九哥，一切皆有可能……

「再要不然這樣吧，妳在這裡等等我，回頭我談完事情就回來，順便幫妳帶一顆傳送石？」雲千千和女孩好聲好氣的打商量。

「……大概要多久？」

「嗯……快則一、兩小時，慢則一、兩天。」

女孩沉默許久後，終於抬起矇矓淚眼答應：「嗯。」

「那就好，我現在馬上……」

「如果妳回不來讓我餓死的話，我回去就把黑洞的事情告訴記者。」女孩幽幽的又加一句。

「……我一定儘快回來！」雲千千咬牙，一字一頓……草泥馬，看來真的是不能小瞧女人。

有傳送，一瞬即是千里。

雲千千嗖一下出現在主城，踏進傳送陣，一口氣連傳幾下，拍翅直飛眾神遺址中心，很快見到等候在那裡的銘心刻骨和神族使者。

她降落後，銘心刻骨快步過來，壓低聲音問道：「到底怎麼回事？妳剛說得不清不楚的，魔族怎麼會突然出現？沒聽說最近有類似活動啊？」

「這個我回頭跟你說。」雲千千喘口氣，笑呵呵的越過銘心刻骨，走向神族使者打招呼道：「老頭子，你兒子最近混得不錯吧。」

「還好還好。」神族使者一愣，像是沒想到雲千千會蹦出來這一個開場白，不過也很快反應了過來，含笑點頭：「多虧天空城主幫忙，我兒子這才能順利回到神族……這麼說起來的話，聽說城主的解綁令也買到了?這樣就好，恭喜妳達成心願。」

「嘿嘿……我們明人不說暗話。」雲千千一笑：「我帶你兒子回神界確實是有私心的，不過不管怎麼說，我幫了你這個大忙也是真的。而且這次魔族入侵可不單是玩家的事情，你們神族難道不應該有點什麼表示?」

神族使者嘆氣：「神界本來確實不該放任這樣的事情發生，但是我們有我們自己的規矩要守。現在通道未開，進程也沒有啟動，如果強行進駐大陸的話，神界也會被算成上入侵者……妳覺得是應付一個魔族容易，還是應付神、魔兩族的夾攻容易?」

雲千千倒吸口冷氣：「你的意思是你們會同流合汙?」

「同流合汙說不上，我們遇到魔族的話也會痛快宣兵。問題是，在規則之下，我們和魔族的兵道絕不會開在同一個地方，最有可能的就是一南一北，或一東一西……總之一定是大陸的對立兩端。」神族使者無奈道：「換句話說，如果我們神族和魔族能在大陸上相見的話，那一定是在大陸中心，一路城池已被踏平的時候。」

神、魔當然不兩立，但誰也沒說過神族就一定是好鳥。其他不說，單說信仰問題，嚴格說起來其實已經可以算是文化侵略，先同化人民思想，再掌控言行，在精神領域上徹底收服民眾……

雖然神族進入大陸的理由並不是侵略而是尋找聖器，但是會到別人的地盤找東西本身就已經代表了不

尊重。比如說鄰居聲稱自己家丟了存摺，非要開你家門進來翻抽屜，你會答應？這當然是不可能的事情。

所以神族手段雖然相對和平，但仍然是侵略。

雲千千嘆口氣道：「好吧，看來你是不打算改主意了。那如果我說你們丟失的聖器在魔族……你怎麼說？」

★

069 再進神界

怎麼說？打了再說。

神族使者懷疑的看著雲千千，問道：「我們的聖器怎麼會在魔族？」

雲千千在撒謊和坦白之間猶豫了半分鐘，最後決定半真半假道：「是這樣的，有一個愛好探險的有為青年到了你們神界，在閒逛中深深的為神界之繁榮而震驚，接著機緣巧合下，她無意中得到了你們的聖器……當這位有為青年回到大陸，又去探索了魔島，卻受到萬惡的魔族攻擊，經過艱苦的戰鬥之後，雖然她僥倖脫身，但聖器卻被一個不小心遺留在那裡……」

「我們神界近千年都沒收過外來人，唯一一次開放通道就是妳帶著我孫子回來，怎麼可能……啊，是妳！」神族使者怒，大怒：「妳什麼時候把聖器偷走的？」

「說偷多難聽，我只是看它孤零零的擺在祭壇上好像很可憐的樣子，於心不忍之下，才帶它出來見見世面。本來我還打算找十二個美妞陪它玩一把水果十二釵，再找人著書立說，名字都想好了，就叫青樓夢……」

「妳這個……」神族使者咬牙切齒，想罵都不知道該先從哪裡罵起。

「卑鄙無恥的小偷？」雲千千好心的幫神族使者提詞。

「對！」

「喂，都說了別亂罵人。熟歸熟，小心我叫律師找你要精神補償金啊！」雲千千不高興。

銘心刻骨在旁邊聽得一頭冷汗，拉了拉雲千千，想叫她不要繼續刺激NPC：「妳不是有正事要說？」

「對了。」雲千千總算想起這事，詢問神族使者：「別老說閒話了，你到底什麼時候打開通道？」

「我什麼時候說過要打開通道了？」神族使者一時沒決定自己是該衝雲千千吐口水還是該踹她一腳。

「那你這意思是說聖器不要了，送給路哥哄孩子玩？」

「我……」

偷聖器的人是雲千千，照理來說，第一件大事應該是通緝她奪回聖器；問題是，現在聖器已經換了主人，被放在了魔島，而雲千千恰巧又是與魔島任務相關且迎擊魔族最有力的玩家支柱之一。

魔族入侵開啟，照理來說神族不應該干涉；就算真要敵對，也要先在大陸晃上一圈，在收集齊聖器或聖器線索後才會最後發兵，以免過快結束活動進程。可是現在人家已經明說了聖器就在魔族手上，在這種時候還繼續裝聾作啞的話似乎有貶低神族智商的嫌疑，另外也容易引起玩家不滿。

面對這無比糾結的局面，神族使者感到了淡淡的無奈。

「要嘛打魔族，要嘛聖器不要了，正好可以給玩家當作最後的獎勵，誰打勝了誰拿，這樣也可以刺激大家的活動熱情……創世紀全體玩家都會感激神族的奉獻精神的。」雲千千世外高人般，慨然拍了拍使者肩膀。

銘心刻骨默默低頭，傳訊息給糾纏自己多日的離騷人：「小離，過去的就過去了，妳和青鋒做過的那些事情我不想計較，你們也別逼我出賣朋友……說句實話，妳實在是玩不過她，真的，我現在正在親眼見證蜜桃多多調戲 NPC 的現場……」

「呸！」神族使者終於忍無可忍，乾脆果決或者說自暴自棄的劃開通道：「去吧去吧，快滾，這次拿回聖器之後別讓我再看見妳！」

「那我就先走了哦。」雲千千扒著通道口，看了眼神族使者：「我們可是受你拜託，特意去幫神族尋回聖器，回頭你別恩將仇報、卸磨殺驢啊！」

「……」神族使者不想再看雲千千，眼不見、心不煩的把頭扭向一邊。

「小心心，出發！」雲千千一招手，攜銘心刻骨一起踏入神界通道……

又是陽光普照，百花齊放。

現在的神界比起雲千千當初第一次來時又熱鬧了不少，建築之類的格局沒什麼太大變化，但是街上的神族居民卻多了不少。

「站住，什麼神？」一隊士兵路過。

雲千千扭頭一看，樂了。這還是上次自己帶偽神使者來時碰到的那支小隊，熟人啊。

「天空城使者，向神主報告魔界入侵消息並請求出兵的。」雲千千掏出自己的城主令牌讓對方看了看。

「魔界入侵？」問話的巡邏士兵大驚：「魔界居然又開始不安分了。可是為什麼我們沒有收到消息？妳是誰引薦來的？」

「通道是眾神遺址那裡的使者幫我開的，我覺得應該算是他引薦的吧？」雲千千想了想，回道。

「使者大人？」

一干巡邏士兵湊著腦袋嘀咕。好像每次在街上碰到什麼情況時，他們都會這樣開個小會，彷彿沒有小隊長官的樣子，討論發言倒是挺民主的。

不一會後，走出一個士兵對雲千千二人做出請的手勢：「我來為您帶路，請跟我來。」

「不用，這裡我來過，路熟。」雲千千客氣。

士兵公事公辦，一副凜然姿態：「不是怕您不認識路……是這樣子的，前次我們這裡也有人來過，但是當那個冒險者拜訪離開神界之後，我們竟然發現有一件聖物失竊了。所以為安全考慮，我們特意在很多地方加強了防禦，如果不小心觸動的話，會引發大型攻擊陣法，其威力之大，眨眼工夫就能把一群軍隊都射成篩子……所以為了避免不小心造成傷害，初次進神界的外來者都會由我們引領。」

銘心刻骨一愣，接著一臉譴責的看著雲千千。

雲千千擦把汗乾笑：「這樣啊？那確實是得多注意下了，哈哈……呃，請帶路吧。」尼馬，以後誰再和她說神愛世人她和誰翻臉……這狠毒勁簡直連魔族都不遑多讓啊！

不過總體來說，雲千千還是感覺挺幸運的，明顯這些巡邏士兵已經不記得她就是上次帶偽神使者回來歸案的那個人了，不然剛才就能把她以凶手身分逮捕歸案，到時自己哭都沒地方哭去。

跟隨帶路NPC一路經大道進神宮，神主老人家還在大殿裡面擺姿勢等待接見可能來訪的NPC或玩家。

「神主老大好久不見啊。」雲千千笑嘻嘻的跟神主抬爪打招呼：「多日不曾拜訪，您老人家英俊如昔，一點兒改變都沒有。別的不說，單是這坐姿和托腮的角度都沒偏移半分，果然好功夫。」

神主微微一怔，往下一瞟，笑了：「又是妳。」

「可不是嗎？」雲千千拉過全身僵硬的銘心刻骨，很大方介紹：「這是我兄弟，叫銘心刻骨，以後也請多關照下啊。」

「呵呵……」銘心刻骨乾笑，都快傻了。他倒不是被神主所謂的尊貴氣場所壓的，那畢竟是NPC，再威風在玩家眼裡也不算什麼。他主要是被嚇的，因為人家就算再不算什麼，那也是實打實的一界之主，終級BOSS，隨便抬根小指頭都能把自己碾死……不是這麼刺激人的啊！

神主頗有深意的看了雲千千一眼，頷首道：「妳的朋友哪用得著我來關照……對了，那聖器玩的可還順手？」

銘心刻骨聽這話後第一反應就是想溜，被雲千千一把抓住。

後者被神主一句這麼夠分量的暗諷刺下來，那臉皮愣是不掉HP的，跟沒事人一樣，仍是笑嘻嘻的回話：「還行，可惜沒玩幾天就落在魔島了，我想著那群孫子肯定也不會還，於是這不是就想找您來幫忙取回了嗎？」

「……妳這樣的冒險者，我還真的是第一次見到。」雲千千沒被噎住，神主倒是被狠狠的噎了一下，怔了怔後，低嘆道。

「別說我這樣子的，其他樣子的您也沒見到過啊。」這老頭子明明就只見過自己一個活人，現在還在

這裡裝什麼見多識廣……

就如同神族使者顧慮的那樣，為了聖器著想，神主也不得不對雲千千妥協。雖然明知道對方就是害聖器失落的罪魁禍首，可是同時對方也是目前唯一接觸到了魔島任務，最有可能第一時間進入前線劇情，並且最有力的冒險者助力。

於是如此這般的，再加上神主本來就比一般人寬宏大量，也就不再計較雲千千的罪名了，直接揮手進入正題：「現在妳有兩個選擇。一，我幫妳發布尋回聖器的任務，神族不參與這件事。如果妳能把東西拿回來，我就賜予妳進入神界的許可權並獎勵若干。二，神族出兵，妳協助我們尋回聖器，聖器找回之後我們立刻就會回來，而妳在神界正式開放前也不能再進入這裡……」

要嘛給人手，要嘛給骨頭。就看雲千千是想吃獎勵還是想吃便宜。

如果要換個為國為民的人在這裡的話，肯定就是選擇第二條路了。這能得到神族助力，操作好的話，雖然不能直接引動神族和魔族開戰，但還是能替魔族帶來一定打擊，從而減緩玩家的壓力。

可是第二個選擇明顯沒什麼好處，出半天力只是幫別人吶喊助威，根本沒自己什麼事。

而選第一個的話，自己倒是有莫大好處。問題是，神族不會出手幫忙，那等於這趟也就是白來，什麼幫手都帶不回去，只領了一個任務……

070 黑洞VS光洞

「話不能這麼說。」雲千千絞盡腦汁，想占點便宜：「您老人家是誰啊，那就是神界之主。小小魔族敢來挑釁，我們當然得堅決把他拍回去。」

「哦？」神主似笑非笑說道：「可是魔族入侵的是大陸，我們神族還沒到非出兵不可的時候，何苦去惹這個麻煩？」

「老話說，未雨綢繆……」

「你們冒險者的老話我也知道一些，聽說其中還有一句是君子有不戰？」

雲千千生氣。一個外國老頭居然把孟子研究那麼透澈，這真的是太不像話了；尤其是他還拿這句話來堵自己這個正牌炎黃子孫，這就更不像話，太沒面子。

「神主老大，我覺得你沒事可以去看看自己本土的神話，比如說老耶大戰路哥那段……」雲千千很真誠的建議。

「呵呵，據我所知，他們也沒太怎麼折騰。哪怕是路西法反叛，席捲全天堂的戰爭只不過持續了七天七夜而已，之後全是政治和思想的碰撞，以及一些小規模的鎮壓、反鎮壓……事實上，我覺得這個記錄不大真實。無論如何，歷史上哪一場革命戰爭都沒聽說過可以在這麼短的時間內就奠定勝負。所以這個基本上當成神話看看就好，哄小孩的，做不得真。」神主托頷，很是淡定的分析。

「這……聽您這個現任神主說神話有假，老實說我的心情真是挺複雜的。」雲千千乾笑，接著臉色一正：「反正說到底，您的意思就是不打算幫忙了？」

「我說過了，我可以幫忙。只要妳決定選擇讓我幫忙的話。」

「……」可是那樣會沒有獎勵的，大哥……雲千千糾結。

銘心刻骨旁聽半天，第一次親眼見識到這樣獨特的談判現場及攻守雙方的剽悍對話，讓他心底對NPC世界的認知產生了翻天覆地的變化。

但是說句公道話，銘心刻骨認為雲千千勇氣可嘉，可惜似乎仍然不是神主的對手。起碼目前來說，她還未能說服對方，始終處於頑強掙扎的階段，革命尚未成功……

「那好吧，我選第一條。不過我趕時間回去接一個女孩，你們開通道的時候能不能直接開她那裡去，或者直接先幫我開通連接神界的許可權？反正任務沒完成，你們還可以收回嘛。」

革命尚未成功，雲千千也不打算繼續努力。

銘心刻骨大驚，覺得這似乎和自己印象中的蜜桃多多死纏爛打的性格不符。

神主對這要求沒意見，反正多的都賠了，也不差這一項。於是神主丟了一個傳送神界的雙向地圖去，讓她自己勾選座標。

該地圖專供神界通道未打開前的玩家使用，可以在神界設定三個座標，外界設定三個座標。六座標間隨意切換，主要用於各種趕路。

雲千千笑咪咪的在神宮前使用了一個標記設定，攜銘心刻骨嗖一聲消失，出現在海底。

女孩正寂寞得發狂，在海底堆沙玩。一座經典城堡眼看完成一半，突然天外飛來兩人強行拆遷，兩人四腳正好將城堡踩得稀爛……

「啊！」女孩抓狂，眼紅的瞪著雲千千與不知所措的銘心刻骨怒吼：「你們幹嘛踩我的城堡！」

「……」看來寂寞果然是最容易引起心理變態的誘因。雲千千覺得女孩已經有精神病的前兆，而且對方心智年齡顯然已退回到三歲半。「那妳的意思是，我們應該晚個幾天，等妳建設完成之後再出現？」

女孩一愣，隨即想起自己的注意力不應該在沙堡上，而是應該指望眼前人儘早帶自己離開。於是她終於醒悟，抓了雲千千袖子大哭道：「妳怎麼現在才來嘛嗚嗚嗚……」

雲千千尷尬的拉回袖子，對銘心刻骨解釋：「她主要是因為一個人待著太寂寞了，這裡面絕對沒有任何百合、蕾絲姦情什麼的……另外我也沒有欺負她。」

銘心刻骨勉強笑笑，轉移尷尬氣氛：「妳不替我先介紹介紹？」

「哦，這位是……」雲千千說到一半卡住，比剛才還尷尬。對了，這女孩叫什麼名字？一路搭伴混了半天，自己連人家是誰都沒問過，人家倒是好像很清楚自己是誰……現在才問會不會不大好？

「我是考拉。」女孩鄙視了雲千千一眼，也知道她為什麼突然頓住，抽泣著主動做自我介紹：「考拉熊的那個考拉。」

「嗯，她是熊熊。」雲千千心理狀態良好，果斷恢復鎮定，做熟絡狀對銘心刻骨道。

「呃……」銘心刻骨為難，這暱稱自己叫了會不會顯得太隨便？

「是考拉，不是熊熊。」女孩怒。

「這樣顯得比較親切。」雲千千問道：「要不然就是妳比較喜歡被叫成拉拉？」

「……」妳才拉拉，妳全家都拉拉！女孩怒瞪雲千千，腮幫子氣得鼓鼓的。

「好了好了，妳不是有正事？」銘心刻骨頭大的出來打圓場，主要還是有點看不下去雲千千這麼調戲女孩。

他身邊出現過的女人，有過深交的只有雲千千和離騷人，一個是刁蠻驕橫，一個是卑鄙無恥……需要聲明一點的是，刁蠻驕橫絕對不是褒義詞。

雖然很多電視劇都愛吹捧野蠻女友型的美女來增加笑點，但是實際上那樣的女人出現在現實中絕對是一個杯具，沒有男人會喜歡不講理或胸大無腦的女人。一個成天只會對身邊人拳打腳踢還自以為是親密無間的表現，另外還加沒腦子到處闖禍，視禮法尊重規矩等為無物的女人，不管在哪裡都是一個讓人頭疼的存在。

帶不出手啊……

至於卑鄙無恥的蜜桃多多就更不用說了，雖然很合得來，但銘心刻骨從來沒認為過她是好人……

冷不防的出現一個這麼標準的女孩，會撒嬌、會害怕、會賭氣……關鍵是還會哭，銘心刻骨自然覺得很是新奇。

當然，目前也僅限於新奇。

「見色忘友說的就是你這樣子。」雲千千搖頭嘆息。一看銘心刻骨那樣子，就知道這少年春心蕩漾了，雖然還在懵懂中，但也不妨礙他以關切目光打量熊熊……呃，或者拉拉？

銘心刻骨乾咳一聲，也發覺到自己心緒中一些微妙的不對勁了，連忙再轉移話題：「自我介紹就到這裡吧，我們現在……呃，蜜桃？妳在做什麼？」

「定座標，開通道，多明顯啊。」雲千千白了銘心刻骨一眼，繼續在黑洞面前比劃丈量距離。最後她選中距離魔界黑洞一個巴掌外的正對面，在神界傳送地圖上很痛快的劃定記號，地圖一甩，通往神界的光明入口即被打開，光暈凝成的入口在黑洞面前靜靜的旋轉著，溫和而穩定。

「……」銘心刻骨看著那近在咫尺的一光一暗兩個異界傳送口有些暈，想了想，小心翼翼的問道：「開在這裡的話，我們好像進不去吧？」

兩個通道口間的距離太近了，別說成年人，連個小孩都擠不進去。一個巴掌的距離，頂多能過些小魚小蝦。

「這才好啊。我們進不去，通道裡的人也出不來。」雲千千笑呵呵的摸著下巴，滿意的看著兩個通道口：「魔兵再出來的話，只能直接進神界，不然就原路返回……我就不相信路哥還能再召出魔兵來。」

神族人不願意到大陸來和魔族為敵，但如果魔族人主動跑到神界去，和神族人為敵的話，那就不關她的事了……雲千千很滿意。

正好就在此時，黑洞又是一亮，一個人影從黑洞中被吐出，穿梭而過，直接步入神族通道……他似乎

根本就沒發現一閃而過的環境變化，所以也沒發現自己其實已經走在了另外一個通道中，直到感覺周圍突然變亮……

「剛過去的好像是薩麥爾，很暴躁的一個漢子。」雲千千向銘心刻骨和考拉介紹。

「薩麥爾？」

「嗯，如果這名字你不熟的話，他的另外一個名字你應該聽說過了，就是撒旦他老人家。」雲千千笑道：「七宗罪是驕傲、貪婪、貪食、貪色、嫉妒、懶惰、暴躁……薩麥爾是最後那個。」

「妳知道的還挺多？」銘心刻骨瞬間對雲千千印象大改觀，沒想到她還能有這份學識。

「其實也沒什麼，西方神話和東方的一樣不可靠。比如就說撒旦，新約說這只是一個代稱，可稱為撒旦人選的有包括路西法和薩麥爾在內的九個人。可是聖經中說到七原罪時，撒旦又變成了人名……」雲千千不置可否的聳聳肩……知道的多？當然知道的多，如果銘心刻骨也有在任務中被七魔將虐得欲仙欲死的經歷的話，他肯定也能記得這些NPC的。

反正她沒精神去研究神話，遊戲裡怎麼設定她就怎麼記。

天下神話皆胡扯……本身飛天遁地一揮手海裂山崩就是不可能的事情了，何必再去斤斤計較誰是誰？說到底不過是故事需要而已，在不同的故事中，誰是主角誰就厲害……就這麼簡單。

兩人說話中，光明通道中一聲怒吼，不一會後，薩麥爾被一群神族士兵攆兔子般攆回了黑洞。

071 魔族將領

薩麥爾非常無辜。

頂頭上司要發兵大陸了，還頗有興致的親自率兵，這件事在魔族眾人眼中怎麼都算得上是一件大事了，得慎重對待。要換作歷史劇裡的話，這情況就叫御駕親征……

而既然頭頭都出馬了，下面的三魔神、七魔將自然也得跟著過來。反正魔界還沒對外開放，也不怕有人直搗他們老巢。眾魔跟來雖然不說能出上多少力，起碼搖旗吶喊是要的，好歹表現一下身為人家小弟的謙恭和誠意。

可問題出就出在這裡。

老大率著大軍先走一步，駐營炫耀。其他人負責打理魔界的政務兼幫老大擦屁股，料理好雜七雜八的

事情之後才能放心跟出來。

地位比較高的三位魔神仗著下面還有小弟使喚，責任一推卸後，跟在路西法出現之後沒多久也先後出來了。那時候雲千千人已經是身在神界，還好考拉女孩不傻，一見黑洞放光就自埋，又鑽了三次沙地，硬是沒被魔發現。

而被三魔神使喚了的七魔將還得可憐的跟大堆檔案比拚，一時半會脫不開身，於是黑洞好一會沒了動靜。等到薩麥爾終於第一個搞定出現，正好趕上雲千千賤者歸來……

「怎麼回事？」神主聽說神界特別是神宮面前驚現魔族事件，親自過問。

要知道兩界互不侵犯已經許久了，突然出來這麼一下誰也受不了啊……這刺激可是太大了，莫非魔族竟然狂妄到這種地步，覬覦大陸的同時連神界也一併肖想上了？

饒是神主多麼寬厚慈藹大方，在聽說有魔族踏入神界領土的消息之後，也忍不住深深的陰暗了一把。

眾天使你看看我、我看看你，半天後站出來一人吞吞吐吐：「來的是薩麥爾，七魔將之一。不過我們發現他時，他的表情似乎比我們還要震驚，這……」

當然得震驚，冷不防的發現自己孤身一個魔族出現在神界的中樞機構神宮，周圍還有一群群天使圍觀……薩麥爾沒當場瘋掉已經是心臟十分強悍了。

「……」神主默了默，第一次有擦把冷汗的衝動：「到底是怎麼回事，說說看吧……我記得我剛才似乎給了那個冒險者一張魔法地圖……」看著下面的人欲言又止的便秘表情，神主久經高位又哪能猜不到是怎麼回事？

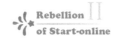

不過他實在是不願意往那方面想去，一是覺得太震驚也太不可思議，二就是覺得太丟臉……那地圖可是他親手賜予的耶。

「這……其實我們也猜想是這麼回事，大概、也許、可能、好像……應該是那個女冒險者做的吧？」天使們小心翼翼的揣摩自己老大的表情。

神主臉色忽青忽白，許久後才一聲長嘆：「你們下去吧。」他頓了一頓，不甘心的再加一句：「注意把守通道，有魔族敢進來的話，就當場擊殺。」

海底光暗兩通道旁邊，雲千千毫不客氣的拎著從銘心刻骨那刮來的一壺酒，邊喝邊道：「其實你們不用擔心，神主可能確實會有點生氣，但是身為NPC，他地位哪怕再高也不能幹違反規定的事情。」

比如說從玩家身上沒收道具，這就是絕對不允許的。要知道擬真NPC的智慧化不是一般二般的高，他們有各自的思考、情緒和各自的背景故事。如果要是隨便來個NPC都可以從玩家空間袋裡往外掏東西的話，萬一出來一個憤世嫉俗的NPC看玩家不順眼，一生氣把人家的底掏空了……那這個遊戲也早就玩不下去了。

網路條律中早有明確規定，任何虛擬財產均與實體財產同樣受到保護，這一點還是從二十世紀中就已經被確立下來的。

哪怕是神主給雲千千的地圖，也不過是只能設下一個「如任務失敗或神界通道開通，地圖自動銷毀」的限制。要是他想搶回去？那除非是想被無常申請銷毀。

銘心刻骨擦把冷汗，聽了還是心有餘悸，問道：「那畢竟是神主，妳就不怕他陷害妳？」

「就算玩家不惹NPC，NPC也會主動刁難玩家。」雲千千斜睨銘心刻骨一眼，笑道：「你看過哪個NPC

發放任務是順順當當的了？找東西和殺小怪要分批次，哪怕那些都在一個地圖裡也得重複跑好幾回。尋物也是，先找A，再找B，最後要C……調戲玩家對NPC來說是理所當然的，官方把這叫做遊戲樂趣。以為自己乖乖聽話他就會對你另眼相看、照顧有加？小心心，你天真了……」

「我哪裡不知道這些，只是不想在麻煩之上再惹更多麻煩。」銘心刻骨也拎壺酒出來嘆氣：「算了，反正做都做了，隨便妳吧。」

考拉看看雲千千又看看銘心刻骨：「你們在這裡討論這個做什麼？我們不去做任務或是回大陸？」

「做是要做的，我只是等等看神主有沒有其他辦法強行關閉通道。」雲千千又看一眼穩定旋轉中的神界光洞，站起身，酒壺一丟：「看來他是沒辦法了。OK，走吧。」

魔族後援大軍的問題解決，雲千千也放下了一樁心事。根據考拉的說法，三魔神似乎已經順利出現了，被擋回在魔界的只有七魔將和後面可能出現的增援。

雖然並不盡如人意，但雲千千對這結果還是很滿足了。

大軍也是要NPC將領統帥才能發揮最大作用的。路西法當然是毫無疑問的強悍，三魔神也不是草包；但少了七魔將，最起碼魔界大軍分兵搗亂的可能性就少了不少，即使在大陸上再怎麼搗亂也都有了局限性。

比如說以前，雲千千記得最混亂的時候，似乎是十一路魔軍分布大陸，同時襲擊了十一座城池。那時候的玩家真的是疲於奔命，有人主張救援這裡，有人又偏向增兵那裡……每個公會的駐地都各有不同，關心的重點自然各有不同。

人心散了，隊伍就不好帶了。直到幾個月後，神界通道也被打開之後，神族的軍隊出現在大陸尋找聖器，與四處肆虐的魔兵對上，這才緩減了不少壓力……

魔王與三魔神只有四個人，少了七個率兵將領，這之中減了多少壓力自不用說。

可是壞處當然也不是完全沒有。魔族不分兵，也就代表著每一支魔軍的實力都更要強悍上了不少……用個簡單的例子來打比方，如果魔族還是分兵搗亂的話，每一處的數字比較以前來說，分子沒有變化，分母卻由十一變成了四……

這就相當於每要應付一路大軍時，難度就等於以前的三倍。

雲千千掰著指頭算了下。四個魔將，四大主城……如果沒有意外的話，戰場應該就在這裡了。只是不知道這些主城中各自固守的勢力有沒有那麼高的威望能聚集起人群。

「這麼說起來，銘心刻骨你的主城任務怎麼樣了？」想到這裡，雲千千忍不住關心了一把未來城主之一的近況。

銘心刻骨一愣，隨即苦笑：「妳不說我都快忘了。那個官印確實是開啟了一條任務鏈沒錯，但是剛做完第三個環節，在第四個環節上我們就被卡住了……有個道具怎麼都找不到，妳是不是留了一手？」

雲千千乾笑：「這個……可以說有，也可以說沒有，你猜到底有沒有？」

「……我猜絕對有。」銘心刻骨很篤定的看著雲千千：「說吧，妳開多少價？」

「保密，等過幾天再告訴你。」雲千千做個鬼臉。她要先去探探魔營，如果路西法那邊好糊弄，戰事可以拖一拖的話，趁這機會敲個竹槓也沒什麼。

但如果那邊拖不下來的話，自己保不住也得大公無私，免費奉送情報一次了。畢竟大陸混亂的話，經濟也會跟著混亂。戰爭財雖然好發，但駐地受到的影響更也是不可忽視。

囑託銘心刻骨護送考拉女孩回大陸，雲千千一個夫妻傳送直達九夜身邊。出現時剛好趕上吃飯時間，

分到烤肉一份……

神主因為通道的關係煩心了，雲千千因為魔界的事情煩心了，魔王路西法此時也因為七魔將的事情煩心了。

魔島上，路西法坐在大營主座聽著三魔神的彙報，面色不虞：「你們剛才是說，七魔將還要處理政務，不一定馬上能到？」

魔神甲站出來回稟道：「是的，雖然沒有外敵入侵可能，但魔界中也有不少內政需要分派負責人。出兵大陸恐怕不是短時間內可以完成的，這段時間的工作不交接好的話，可能會出現不少問題。」

「那你的意思是說，我也許要在這裡等上幾天……說不定幾個月？」路西法心情很不陽光。

「這個……我想最多一天就差不多了吧？」幾個魔神預計了一下自己留下的工作量，怎麼算都覺得應該花費不了多少時間。

「哼。」路西法冷哼一聲：「只是交接個任務而已，從你們出現到現在，已經過了將近大半天了，這點事情都做不好，要這些廢物有什麼用？」

072 議事

路西法從沒想過自己手下的辦事效率居然會這麼低，本來照他的預算，這時候應該是所有將領都出現到齊，然後他再簡單說個幾句，就可以開始按計畫各自出兵動作了。

可是沒想到出師未捷，第一次傳送集合就遭遇手下遲到……到底怎麼回事？那麼長時間了，七魔將一個都沒露面，這情況實在有點不正常啊。

路西法很不爽，正要派個魔去海底看看怎麼回事、順便接人時，外面傳來一陣喧譁聲。

一個小魔進大廳報告，很踟躕的樣子：「報——薩麥爾大人來了……」

「來了就來了唄，看看你那是什麼表情？」三魔神剛才被盯著訓得也不爽，眼看有個可以撒氣的，連忙開口斥責。

小魔憋了好一會，抬眼看了看大廳裡幾個老大，沒吭聲。

魔王路西法留意了一下小魔古怪的神情，卻猜不出來是怎麼回事，索性抬手擺了擺：「你下去吧，把薩麥爾叫進來。」

不用叫，薩麥爾自己進來了。他站在屋裡後，先衝三魔神笑嘻嘻抬爪「嗨」了一個，再對路西法號啕大哭道：「老大，我們的通道被神族那群混蛋堵上了，就我一個魔奮勇擠了出來，你一定要幫我們做主啊嗚嗚嗚……對了，千萬別忘記我的撫卹金……」

「……你也先下去。」

路西法揮退薩麥爾，扶著太陽穴努力鎮靜了下，遲疑的詢問三魔神：「過傳送通道會出現人格分裂的後遺症嗎？」

「這……」三魔神也頗受刺激。剛才那一剎那，他們都覺得自己眼前看見的不是薩麥爾，七宗罪裡什麼時候有無賴這一則了？薩麥爾確實應該是「暴躁」沒錯吧？

「以前倒是從來沒有聽說過異空間傳送會讓人性情大變，也許是薩麥爾最近遇到了其他的一些什麼事情？」

「哦？比如說……」

「比如說……」

三魔神絞盡腦汁想了半天，小心翼翼的試探道：「失戀？」

「……」這也是三個智商不夠的。路西法閉了閉眼，深呼吸後再睜開：「還是把薩麥爾再叫進來，先問問他剛才說的神界是怎麼回事。」

薩麥爾沒一會又回來，一副很狗腿的樣子：「嘿嘿，老大你找我有事？」

「你剛剛說的神界通道，再仔細講清楚。」路西法略帶嫌棄的皺了皺眉才開口問道。

「事情是這樣子的……」薩麥爾臉色一正：「魔島上不知道是從哪裡漏了一些消息出去，現在冒險者中已經有人知道魔界的存在了，而且甚至還察覺到了我們在這裡聚兵的事情……」

「嗯。」路西法想了想，聯合剛才自己先行到達時聽到的彙報，確實是聽說前幾天就有人探過魔島的樣子。雖然其中一人被詛咒拍了回去，但是這麼長時間，該傳的消息肯定早傳出去了。

「而且這還不算，我們魔族通過傳送通道時，不知道是誰不小心被冒險者看到了；那個冒險者恰好又是和神界有來往的，於是火速趕去神界找到了神主，請他設下傳送通道，把後面魔族出來的人都直接連通到了神宮面前……」薩麥爾邊說邊意味不明的往三魔神身上掃過去一眼。

路西法一凜，深以為然。神界那邊不可能知道大陸這邊的情況，如果目前情況確實如薩麥爾所說的話，還真的只可能是自己這邊人現了行蹤才走漏的消息……而路西法帶大軍入境，自認當時方圓十里是絕無人蹤的，那麼洩漏行蹤的人自然只有三魔神之一。

三魔神先看薩麥爾以下犯上那麼意味深長的一瞄，還沒來得及生氣，就發現了自己老大不善的神情，怔了怔之後頓時滿頭冷汗：「冤枉啊，殿下，不是我們……」

「殿下英明神武、智慧絕倫，如果當時有冒險者的話絕對不可能發現不了。而我出現時，神界通道已經在醞釀中，顯然神界已經做好布置。」薩麥爾一本正經的福爾摩斯中：「從以上可以推出，案發時間是在殿下出現之後和本將出現之前，這段時間通過傳送通道的只有三位……三位大人。我個人認為除了喊冤外，你們最該做的事情是指出真正的犯人。」

路西法冷笑斜睨三魔神。

三魔神廬山瀑布汗，顧不得薩麥爾了，紛紛怒視另外兩人……他們都覺得自己絕對是無辜的那一個，所以替大家帶來麻煩的只可能是另外兩人中的一人。

「好了，這件事情可以暫時放下。」路西法以精神震懾威脅過三魔神後，將話題拉了回來：「責任的問題等戰爭結束之後再追究……薩麥爾，既然七魔將只有你成功脫逃了出來，那麼以後的事情就要多麻煩你和三魔神了。」

「願為殿下奉獻一切。」三魔神連忙表示忠心。

「這個……」薩麥爾抓抓頭，問道：「能不能先說一下具體是什麼事情？」

路西法微訝。三魔神驚嚇過度。

「……你的意思是你還要挑選工作？」路西法反應過來後瞇了瞇眼，有些不大高興：「冒險者中有句話，叫君要臣死……」

繼熟讀孟子的神主之後，另外一個精通三綱五常的魔王也出現了。

所以說文化是全球共通的，能如此熟悉中國古史的神主、魔王是多麼與時俱進的存在啊！

薩麥爾腆著臉笑道：「君要臣死，臣多沒面子……您就算要分配任務，最起碼也要考慮下屬下的承受能力和具體才幹……」

「我很相信你的才幹。」路西法皮笑肉不笑。

「事情是這樣的，主要是我自己不太有自信……」

三魔神中認不出是誰飛起一腳把薩麥爾踢出大廳，向路西法冷汗請罪：「屬下一定會好好教導魔將薩麥爾，請殿下放心。」

「嗯……」

雲千千趴在魔族營地的議事大廳外，憂鬱拔草。所以說她討厭魔族不是沒原因的，這群人太不知道忌諱了，說踢就踢真是半點不給自己面子。

吼！老娘可是黃花大閨女！

雲千千怒。

「薩麥爾大人，三位魔神請您直接去第六大營點兵。」雲千千鬱悶中，一小魔走近忐忑道。

「點兵!?」雲千千眼睛一亮，翻身而起：「你說的點兵該不會是那種點兵吧!?」

「請問那種是哪種？」

雲千千摸下巴想了想，命令道：「不說了，直接帶我過去看看！」

小魔應聲，帶雲千千左拐右繞，走了五、六分鐘停在一處石壁後，下方滿滿當當的一群魔兵整齊列隊，隨時準備聽命出發。那場景，看得雲千千心潮澎湃，沒想到我現在也混上了帶一群小怪出門刷玩家的日子。

「請大人發兵，魔王請您帶著兵士去島前集合。」

「……」

「大人？」小魔疑惑的抬頭看雲千千。

後者一副世外高人睥睨天下狀，沉默許久後揮手道：「不，現在不能發兵，你先下去吧。」

「可是大人……」

「下去！」

小魔茫然離去。

雲千千轉身淚流滿面……

發兵!?馬的，怎麼個發法!?

她剛剛才發現，自己能冒充NPC，但卻不能冒領NPC的許可權。比如說在人前點個名什麼的，人家看著她那張臉自然是不會懷疑；但如果真到要具體使用NPC許可權的時候，她卻沒有這個資格了，滿屏統帥指令都是灰色的不可使用狀態，她發個屁啊!?

所以說，有時候高等NPC未必比低等NPC來得有智慧。最明顯的例子，前者身為魔王都沒認出她是假貨，後者只是一群炮灰群眾演員，卻很有原則的說不甩她就不甩她。

雲千千嘆口氣，看了眼巍然不動的一片魔兵，轉身躲到石壁另外一邊去傳訊息給九夜：「土豆土豆，我是鹹魚，你那邊情況如何？」

「……」九夜沉默好一會後答道：「魔王出現，但是他身邊的NPC太多，不好下手。鑒定術也鑒定不出他的等級，我想憑我們這群人還動不了他……順便問句，土豆、鹹魚是什麼意思？」

「嘿嘿，比較有氣氛……」雲千千訕笑後語氣一肅：「我這邊也有問題了。路哥讓我帶兵，可是我這邊統帥指令全是灰色的，到時候要是一直沒動作的話，不是他看出我是假貨把我滅掉，就是他沒認出我是假貨，但是以我不遵守軍令的理由把我滅掉……」

「沒關係，玩家死亡還可以復活。」九夜無所謂道。

雲千千抓狂道：「問題是這樣我的身分就沒用了。」

「那妳想用這身分做什麼用？」

「這……怎麼也得把三魔神先糊弄死一個吧……」

雲千千的理想不怎麼遠大，沒指望著可以一次就搞定魔族入侵的劇情；但她總覺得憑自己這潛力，怎麼也能幫人家添一個麻煩才是。好不容易抓了薩麥爾的臉出來搞破壞，一點具體成績都沒做出來就路人甲了，這實在是不符合利用原則。

「說到這裡，讓你來魔島找的東西找到了嗎？」腦子一轉，雲千千想到另外一件重要事情。

「外面沒有。」九夜道：「如果真有妳說的那東西的話，只可能是在魔族駐地裡面了。」

073 與魔王的親密接觸

雲千千要找什麼？

當然是神族丟失的聖器。

本來以為那玩意兒被自己弄丟後應該是遺落在哪個荒郊野外，沒想到等九夜回頭來拿時，東西已經找不到，這說明只能是已經被魔族撿去了。

有人問這東西會不會是被刷新？

一般道具會，聖器不會。身為神族特產的富有精神象徵意義的聖器，其獨一無二的地位決定了它不會被系統刷新的特殊屬性。

不過話又說回來，從由神界偷渡出聖器後直到現在，除了丟到地上不會被刷新以外，雲千千也再沒發

現聖器還有其他什麼特別的地方。

嘖，虧她上輩子還曾經那麼心癢癢的期待過。

現在她這副樣貌倒是可以在魔族地盤裡隨意行走，問題是時機不對。路西法還在前島苦苦等候她帶兵過去，放魔王鴿子需要很大的勇氣……

路西法攜三魔神與四路大軍在魔島前部不耐煩的等待薩麥爾，從派出魔兵傳信到現在已經過去快半小時了，後者一直沒有帶兵過來。想起剛才在大廳裡議事時的對話，路西法開始忍不住懷疑，自己手下這個魔將是不是在過通道的時候被擠壞了腦子？

「魔王殿下——」

一魔兵驚慌失措的向大軍駐紮中心跑來。

路西法挑挑眉，等魔跑到近前才不耐煩的開口：「什麼事？」

小魔兵匆忙報告：「薩麥爾大人被冒險者綁架了。」

「噗——」

三魔神齊齊吐血。

旁邊的路西法也有吐血衝動，但身為魔王不能這麼不鎮定，於是他強忍了下來，只是臉色有些猙獰，問道：「你……再說一遍？」

「薩麥爾大人被冒險者綁架了。」小魔兵不怕死的重複，還主動補充了細節：「剛才有一個冒險者突然從天而降，挾持薩麥爾大人。雖然薩麥爾大人奮勇反抗，但那冒險者在混戰中居然趁大家都沒注意的時候打開了神界通道，把薩麥爾大人丟了進去。他威脅我們，如果不交出神族聖器的話，他就不打開通道，讓薩麥爾大人被神族抓去……」

「……」路西法第一次深刻感受到了被人打耳光般的屈辱感。那個薩麥爾……他還不如乾脆壯烈算了。

「聖器是怎麼回事？」沉默了許久，路西法還是不得不開口。事情總得解決，他總不能讓人殺到家門口了還沒反應。

而且問題更關鍵的是那個聖器……

神族聖器的規則，路西法當然也不陌生，那東西將是神族降臨大陸的直接原因。聖器之於神族，就像飛盤之於狗……如果聖器真在自己地盤的話，神族到時候蜂擁而至，自己發兵大陸的計畫肯定會受到不小的阻礙，沒準中途夭折也說不定。

「這個……」魔兵聽完長官問話後，很遲疑的樣子：「駐地中並沒聽說有神族聖器的存在。但是那個冒險者一口咬定……」

他還沒報告完，遠處慌慌張張又跑過來一個魔兵：「報——那個冒險者又從神界通道直接接應來一個同黨，據說薩麥爾大人已經被神界成功抓獲……」

三魔神面面相覷，連話都不敢說了。

路西法再也壓抑不住怒氣：「神界要與我魔族為敵嗎？」

這事情太突然。直到剛才為止，路西法的注意力都還在聖器上，以他的認知來看，只要聖器不是被確認在魔族領地上，神族就不應該發兵。哪怕是確認了，只要他們把聖器再丟出去，後面的事情也就跟魔族無關。

總之規則就應該是這樣，魔族攪和魔族的，神族攪和神族的，等大家一南一北攪和得差不多了，在大陸中心相遇時，才是最終的決戰……

可是現在是怎麼一回事？

魔族還沒來得及踏出小島就被神族找上門了？

眼看老大氣得全身發抖，三魔神沉默不下去了，其中一魔神叫道：「殿下，我們這就回去問問，如果神族要宣戰的話，我們魔族也不會怕了他們。」他臉上一副熱血赤誠的樣子。

另外兩個魔神也附和：「殿下，回去看看吧。先破壞規則的是神族，大不了我們討伐完神族再來清洗大陸。」

路西法很酷的將披風一甩，冷冷下令：「收兵回營。」

雲千千帶著九夜一起坐在魔族議事大廳裡，仗著自己手中有「被關在神界的薩麥爾」為人質，很不客氣的正在吩咐魔兵幫自己準備酒菜；而低級魔兵們當然不敢不顧七魔將的死活，很聽話的忙得熱火朝天。

正熱鬧著的時候，路西法帶著三魔神回來了。他瞥一眼忙著端菜倒酒的幾個魔兵，冷哼一聲，頓時那幾個低級 NPC 都萎了，捏著碟子、酒壺什麼的，乖乖站到一邊。

雲千千看一眼，很驚喜起身：「路哥！」

「……」路西法嘴角一抽，半天才冷冷的開口：「你們來找本王究竟有什麼目的。」

三魔神帶著魔兵退到一邊，不敢加入這高等對話。他們只是負責警戒防衛的，如果這廳裡的兩個冒險者敢對魔王不利，就就地擊殺。如果沒有其他情況，那自然是交給魔王做判斷。

至於薩麥爾是死是活，對神界究竟要採取何種態度……這都是路西法才能決定的事情。

雲千千很自然的幫走到桌邊的路西法搬椅子，端菜倒酒，服侍得格外殷勤：「那個不急，都是小事……路哥您坐啊，千萬別客氣。我崇拜您很久了，全創世紀長得最帥的就您老人家了，好多女孩都想到魔界和您合影……呃，我能不能跟您要幾張簽名照？」

路西法看雲千千一眼，扯扯嘴角問道：「妳來找我就是為了要簽名照？」

九夜也忍不住看了雲千千一眼，他覺得自己印象中的蜜桃多多不應該那麼花痴才對。

「那當然。」雲千千激動的刷出一把小算盤幫人家算帳：「您的照片在黑市上最高價曾經炒作到 100 金，是您拿著深淵之瞳血戰屠城的場景特寫。另外普通照片是 10 金，每張照片加簽名就多加 50 金……」

路西法微微皺眉打斷：「我的武器確實是深淵之瞳，但是血戰屠城……」他什麼時候幹過這事了?這還是魔族第一次踏足大陸，他屠哪座城了他?難道是有奸細造謠?

「當然，那是以後的事情。」雲千千算盤一收，根本沒打算解釋：「現在最重要的問題是，你到底願不願意幫我簽名?」

「哼！」

看來是不願意了。雲千千很失望。「那好吧，我們進行下一個話題。」

「在此之前，請先向我介紹一下。」路西法看了一眼九夜：「抓走我七魔將的是這位冒險者?」

「是我。」九夜掃一眼路西法，手中酒壺都沒放下，淡淡應了一聲。

路西法眼一瞇：「果然是英雄人物。」

「過獎過獎。」九夜沒回答，雲千千就再次搶過接話，十分謙虛的羞澀了一下：「這是我男人，能得

路哥誇獎實在是榮幸。」

「咳。」九夜嗆了一下。

「……」路西法抬眼將視線轉回雲千千身上，沉吟片刻後，不解的皺眉問道：「為什麼我覺得妳身上有種熟悉的感覺？」

三魔神在旁邊插花跟著點頭……是啊是啊，他們也覺得這種無恥的風格似曾相識，好像不久前才遇到過一次，是在誰身上？

雲千千欣喜道：「難道這就是傳說中的緣分……」

「……還是說聖器的事情吧。」

「OK。」雲千千刷出一張地圖晃了晃：「路哥您也應該認得出來，這就是打開神界通道的魔圖。說句坦白的，您魔界通道口前面那個通道，還有剛才推進薩麥爾的那個通道都是我開的……神族有一件失落的聖器落到您的魔島上來了，現在我們懷疑魔族中有人私藏那個東西。如果您不介意的話，能不能幫我們找一下？」

這是威脅，赤裸裸的威脅。想要你的七魔將，就把神族的東西交出來，不然大家一拍兩散，反正我們還賺了一個魔將。

路西法冷笑道：「妳是代表神界和我們魔族宣戰？」

「呃……確實是這麼回事。但是您也別生氣，事情還是有轉圜的餘地。」雲千千不甚誠懇道。

「我怎麼知道妳不是故意想挑唆魔族和神族之間的紛爭？」路西法不失精明的提出關鍵：「畢竟你們的身分是冒險者，也許這只是你們故意找藉口，想讓我的注意力從大陸轉到神界？」

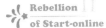

「說得好！」雲千千倒吸口冷氣，抬出魔圖，很誠懇的請教：「那麼請問，您能不能解釋一下，我手裡為毛會有這東西？」

「……」他沒辦法解釋。

路西法疑惑的地方也正是在這裡。

要說神族想與魔族在此刻宣戰，路西法覺得不大可能；而且如果真的是那樣的話，來的也不應該是冒險者。

但要說神族沒有這意思的話，這個冒險者手上的魔圖又是怎麼來的？

雲千千等了一會，見路西法沉默，主動開口道：「反正現在情況就是拿聖器換薩麥爾。找出聖器，我放人。找不出聖器，我也沒辦法拿您怎麼樣，頂多就是賺個魔將 BOSS 砍砍……」

074 戰前雙邊和平交流

魔島熱火朝天的全魔總動員。

彼岸毒草接到七道通訊急召趕來，在海邊找到正在戲水玩沙、無比悠閒的雲千千，有些意外的挑眉問道：「妳說叫我來有重要事情，就是陪妳玩沙？」

「不是。」雲千千穿著小泳衣站起來，腳踢踢，把剛堆好的沙堡雛形踹掉，對彼岸毒草招招手，示意他過來。「以前不是已經說了一些了嗎？遊戲裡最近馬上會有個大型活動，是關於魔族侵略大陸的。」

「魔族侵略大陸我明白，但是妳不是說會阻止……」

「阻止不了了。」雲千千嘆息，抬手劃拉一圈：「看，這片島嶼就是魔族踏足大陸的立腳點。島上有五級營地一座，兵窟裡至少塞了召喚駐兵三十萬名，現有魔王一隻及魔神三隻。他們的計畫已經準備妥當，

隨時可以對大陸發兵。」

彼岸毒草驚訝道：「事態已經緊急到這個樣子了？這樣的話，光憑我們公會肯定不行，必須儘快通知聯盟及其他玩家做好防禦準備。不知道創世時報肯不肯幫忙登個通知……」他說完突然回神：「對了，既然這裡是魔島，那妳怎麼還這麼悠閒？魔族目前有什麼動作？」

正說到這裡，一黑長髮紫瞳的冷酷型帥哥從遠處走來，發現彼岸毒草後，面色不虞的看了眼，再轉回雲千千方向，冷哼道：「妳倒是玩得開心……神族的那個聖器我們找不到，妳確定是落在這裡了？」

「他是誰？」彼岸毒草很有求知欲的提問。

「哦，介紹一下，這位是魔王路西法。身為一位偉大的領導人，他親手建立魔界，收服三魔神、七魔將，和神界對抗糾纏近千年，是神界最忌憚的對手……其勇猛事蹟在整個大陸家喻戶曉，乃是一代梟雄人物。」雲千千熱情介紹，想了想又補充了一句：「而且他還是創世紀中玩家公開投票，選出來的第一帥哥……嗯，隱藏種族除外。」

修羅族長大人也是很有色相的，可惜就是曝光度不夠，根本沒幾個人見過。

「……」彼岸毒草吐口血，被這段話震撼半分鐘，終於艱難開口：「你們……很熟？」這傢伙該不會是決定和魔王合作，正式準備反人類了？

「說熟也不算熟，說不熟卻還是打過一點交道……」雲千千為難道：「單就目前來說，我們暫時是合作關係。」合作一起找聖器。

「……」彼岸毒草徹底失聲，呆滯木然中……

能從神界反叛下來，還能從無到有組織起一支反抗軍，逐漸壯大勢力直到能和神界正面叫囂……顯而

易見，路西法同學絕對不可能是一個簡單的人物，甚至是可以用狡猾多智隱忍來形容的。

神界的聖器丟失在魔島，這對路西法來說絕對不是個好消息。目前來說，他最大的目標就是侵略大陸，根本不願被其他的事或人……比如說神族，打擾到自己的預定計畫。

只要儘快找到聖器，再儘快把這燙手山芋丟回去，路西法並不介意暫時和自己打算侵略的冒險者合作，尤其是在那個冒險者還極有可能是代表神界立場的前提下。

而且除此之外還有最最關鍵的一點，自己手下的七魔將薩麥爾還捏在人家手裡……

彼岸毒草憂心忡忡的來了，又一臉恍惚的走了，腦中各種困惑、各種震驚、各種茫然不可思議。

因為魔族搜索不夠力，雲千千特地要求彼岸毒草另外派些閒散的人手過來，一起幫忙進行全島搜索。而且戰鬥力最好是越高越好，畢竟這不是安全地帶，雖然暫時和魔族保持著某種微妙關係，但誰也說不準對方會不會完事後就直接翻臉。

不到半小時，水果族們憑藉銘心刻骨的雄厚財力支持，傳送至最近島嶼再取出快艇數艘，一路飆速直抵魔島。

雲千千和前來幫忙的眾玩家熱熱鬧鬧的打個招呼，寒暄一陣後，大概說明了目前狀況。她當然隱下了自己和九夜聯手糊弄路西法的事情，只將欺騙路西法的謊話當成真相宣傳了一遍，接著分配任務，每組一片分擔區，打散到整個魔島上，徹底搜查全島……

九夜托著一盤烤龍蝦過來，淡淡道：「無常說妳太胡鬧。」

雲千千回頭看他一眼，不意外的回問：「你跟他報告了？」

「嗯。」

雲千千嘆口氣，拍了拍九夜肩膀，安慰並威脅道：「沒關係，你也是公職在身……不過玩家也有隱私權。雖然是網警，但我還是覺得無常插手的事情太多，有濫用公職侵犯玩家合法權益的嫌疑。」

「……」九夜不語，沒贊同也沒反對。

不過雲千千看他這態度，不反駁已經是有些隱隱同意的意思了。

這話雖然是小小的挑撥離間，但其實認真算下來也沒說錯。網警本來做的就是資訊控制類的工作，對於個人隱私的保護更要嚴格，權利不代表特權。除非是某確定案件的嫌疑犯，不然網警也是沒資格隨意調查並侵犯他人私人資訊的。

水果樂園目前在創世紀中的地位舉足輕重，認真說起來的話，已經算是創世紀代表玩家的支柱之一，其內部的資訊更是件件有著非比尋常的意義，如果洩漏出去的話，絕對是破壞規則的行為。

無常在規則內打擦邊球，派九夜來美男計，以個人身分來說的話，這只是公會間和玩家間的競爭計較。但如果他是以仲裁身分出現的話，單就這些行為，雲千千想告他都是沒什麼說不過去的……

「如果是以收集訊息備檔的角度來說話，這些從你口中得到的消息無常就不該洩漏。當然，他現在也確實是沒有洩漏，不過是暫時……」雲千千煽風點火：「我只希望這個情況能繼續保持。另外，無常既然一直收集我們水果樂園的消息，他本人再繼續待在落盡繁華會不會有點不大好？」

九夜皺眉，仔細斟酌了一下，遲疑道：「……這個我會跟他說下的。」關於這一點，在之前根本沒人想起來過。

很多事情就是這樣，不計較的時候就是約定俗成，大家都這麼幹，也沒有誰會特意提出來。但是如果真計較起來的話，很容易就可以找出不當的地方……再說直白點的話，這種行為就是傳說中的找碴……

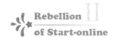

拐彎抹角的又替無常抹了把黑，雲千千滿意了，帶著九夜一起去視察搜尋工作。

魔島上本來NPC就蹲了滿坑滿谷，四處彎腰翻搜地面，現在再加上嘰嘰喳喳的玩家，頓時更是熱鬧。

「兄弟，你讓讓，我是生活職業礦工，這種地形我順手。」一個水果族很有禮貌的跟某魔兵商量。

該魔兵感激萬分：「真的？那正好，我總感覺這裡面應該有點東西，可是試了好多辦法都掏不到裡面。」

「我來我來。」水果族呸呸兩下，衝掌心吐口水，再搓了搓，準備好後舉起鏟子，一邊挖地面一邊跟魔兵免費講解生活知識：「像這種地方不能硬用兵器砍，先不說砍不砍得動的問題。最關鍵我們是要找東西，如果東西真在裡面的話，用兵器很容易掌握不好力道而把物品破壞掉，所以在此時應該如此如此……這般這般……OK，你懂了嗎？」

「懂了懂了。」魔兵邊記筆記邊點頭不迭。

「呃……」雲千千鬱悶，沒想到自己公會裡的人和魔族居然相處這麼和諧。難道說這是物以類聚、人以群分的暗示？

晃到礦工兄弟處，雲千千探脖子往裡看了看。挖洞業務果然熟練無比，那洞口叫一個圓，那洞壁叫一個直……

「會長也來了啊。」礦工兄弟熱情的招呼了一聲。

「嗯。」

旁邊礦工玩家剛認識的魔兵兄弟也笑得和氣：「妳好。」

「……你好。」雲千千訕笑下，拉著九夜趕緊走了。

呸！這叫什麼事啊，感覺像自家會員在跟自己介紹他兄弟似的……那可是魔族。

雲千千對目前狀況有點適應不能，左右四下看了看，剛才那對玩家和 NPC 的情況還不是特例。也許是因為執行著同項任務的關係，水果樂園的水果黨們和路西法手下的魔兵慢慢開始出現交流，進而分工合作。一派和諧的勞動場景，看得雲千千覺得刺眼無比。

「兄弟，聽說你們回頭要打大陸？」不遠處，還有一個水果族心無芥蒂的和魔兵聊天。

「是啊，我們魔界準備好久了，本來馬上要出兵，沒想到薩麥爾大人被你們會長綁架到神界了。」魔兵也很大方的笑道：「後來魔王殿下和你們會長協商了下，才知道神族聖器落在了魔島，我們把它找出來之後就可以走了。」

「喲，真的？」玩家興奮：「第一個地方打算打哪啊？我覺得西華城不錯，那附近有幾座大港，很適合你們登陸做第一進攻點，而且商業度也夠，打下來就發了啊。」

「是嗎？這就得看魔王殿下的了，希望是西華吧。回頭打下來了，我去找你們喝酒慶祝。」

「沒問題，我請客。」水果族很豪爽的拍胸脯……

075 戰前局勢

創世時報當然不可能放過魔族進駐大陸的新聞。

默默尋不僅特別加刊報導了，而且報導的是雙面正反新聞。

正面是記者在魔島對蜜桃多多進行的訪談，其中詳細講述了魔族準備侵略大陸的計畫目的，分析此事件將對創世玩家造成的深遠影響，蜜桃多多甚至高瞻遠矚的預見了大陸被侵略後將會引發的經濟危機。到時候四處有魔兵肆虐、屠殺玩家不說，單是吃碗麵，價格都要比以前高上四、五倍……而且玩家任務薪水不漲。

而反面新聞則別出心裁，由磚家叫獸組成的玩家評論團對魔族侵略事件進行了分析。全體評論員一致認為，以蜜桃多多的人品來看，其所發表言論的真實性實在有待懷疑。雖然魔族現世不假，但一口咬定人

家是來侵略的就有點不大友好了。在新聞旁邊，附上玩家和魔族士兵有說有笑、共同合作勞動的照片數張，以此為依據，評論員大膽猜測蜜桃多多是在說謊。

至於為什麼說謊？那理由可多了。也許是魔族手中有什麼好處，蜜桃多多想獨吞啦；或者她想侵占魔島，唆動玩家驅趕魔族啦；再要不然純無聊了，閒著想糊弄大家一把也是有可能的……總之，磚家們一致呼籲玩家不要上當，要與魔族和平共處，否則小心中了小人的奸計……

雲千千拿到新出爐的時報後吐血：「這群磚家是從哪請來的？腦袋被驢踢了吧？而且默默尋發這新聞確實是有噱頭了，但她就不怕等魔族真的入侵後，自己報紙的信譽受損？」

人品受到質疑這沒什麼，反正她也從來沒在意過。問題這是自己難得一次大義凜然、正氣浩蕩的想救民於水火，免費把這麼大的消息透露出去讓大家提前準備耶！太傷心了，這些人簡直是不讓自己從良啊。

「呵呵。」混沌粉絲湯特意帶了份時報過來，就是為了看蜜桃多多這德性，一時間頓感分外舒坦。「別激動，這些磚家是我特意收買了安排的。」

「你？」雲千千冷汗一下：「和一個小女孩不需要這麼斤斤計較吧？人家本來就是內部家屬，踢你下臺也屬正常，再說你又不是混不到飯吃了。」

「這還真不是出於私心。」混沌粉絲湯拍了拍大肚子，呵呵笑得跟彌勒佛似的。「雖然是雙面新聞，但妳已經把風聲放出去了，有見識的人就算不完全相信，肯定也會提前做些準備。所以預防目的已經達到了……而至於說再放個假的反面新聞出來，主要就是為了讓大家疑慮的。」

賣情報的最高境界不是把消息完全保密，而是半遮半掩。

玩家買情報一般都是想知道什麼的時候，主動去找情報販子接頭，然後再從對方手中獲得具體的消息。

對於做情報的人來說，這屬於被動經營。

而適當的放出一些語焉不詳的消息，或是主動羅列出可出售的情報標題，吸引玩家產生興趣，從而購買，這才是主動經營。

就還是拿魔族這件事情來舉例，如果玩家完全不知道有這麼回事，當然不會想去打聽魔界的消息。混沌粉絲湯就算把路西法內褲顏色都調查出來了，這些情報握在手裡也是無法換成利益。

而反之，如果玩家已經知道了這件事情，這已經被公開確認的消息自然也就沒了販賣的價值。

最好的情況就是像現在這樣，透出風聲，但是讓玩家摸不清具體情況。接著他們就該急了，就得找門路打聽詳細情況及確認新聞真實性。而這時候，也就正是混沌粉絲湯的天機堂能夠大賺一筆的好時機。

這叫商機。最笨的人不懂得利用商機，聰明人懂得利用商機；而像混沌粉絲湯這樣比聰明還要聰明一點的奸商，則已經開始知道要自己主動製造商機了。

雲千千聽胖子一、二、三、四、五跟自己解釋了一遍，終於明白是怎麼回事，笑了：「沒有你這麼欺負人家小女孩的。」要說胖子一點私心都沒有的話，她頭一個就不信。雖然是出於生意考慮，但這死胖子絕對是很樂意的順手陰了人家默默尋一把。

「嘿嘿，怎麼說我也是一個大男人，還是資深元老，被一個小女孩頂了位置趕出報社，適當小報復一下也利於抒解抑鬱心情不是。」混沌粉絲湯也不否認：「另外我主動來告訴妳這件事情，就是想問問妳後面還有什麼計畫，別為了讓我報仇打亂妳的算計。」

「算計倒沒有，我就是想著一個人頂不下來路哥的威猛，所以才放出消息，想找點火力援助。雖然被你弄得曲折了點，但等你賣出情報後，其他人總能知道真相，到時候人手自然就有了，不急。」雲千千笑

道：「認真說起來的話，我們這邊來的人和魔族相處確實不錯。九哥還找到些小頭目，領到幾個小任務……要不要在魔島逛逛？有我帶著，保證沒 NPC 動你。」

「不用了。」混沌粉絲湯謝絕對方好意：「我就是來和妳通個氣。圖書館裡馬上就有生意要忙，我得回去準備準備了……」

送走混沌粉絲湯，水果樂園和魔族的合作搜尋聖器工作仍在持續進行中，關於聖器的消息一點都沒有得到。

路西法已經開始懷疑自己是不是被變相拖延發兵時間了，派來幾個魔使委婉詢問雲千千關於聖器消息的真實性。

雲千千義正詞嚴的以人格作保，保證自己絕對沒有撒謊，聖器一定是掉在了魔島中的某處角落沒錯。至於路西法透過魔使委婉質疑的「為什麼找不到」這個問題，雲千千認真思考後，更加委婉的暗示也許是有魔族人見寶起意，偷偷藏起來了也說不定……

路西法得到魔使回報後大怒，在他看來，這簡直就是對魔族人格最深刻的侮辱；但是可悲的是，對於這一點他還不能提出嚴肅的反駁。

畢竟人所共知，瑪門的貪婪也是七宗罪之一，如果對方硬要咬死說是魔族昧下了神族的聖器，在拿不出確切證據之前，身為魔族統帥的路西法實在是無法理直氣壯的抗議……在這裡可沒有什麼疑罪從無的說法。雖然指控方雲千千也拿不出證據，但是人家只是委婉的暗示，並沒有上門找麻煩，所以路西法除了咬牙裝沒聽見，另外再更加嚴厲的督促手下尋找聖器以外，什麼都做不了。

時光飛逝……好俗氣的過渡詞。

魔島上的搜尋持續了一週的時間。在這一週裡，大陸上關於魔族的討論漸漸升到了一個高潮。一部分玩家認為雲千千是在撒謊，刻意企圖挑起混亂局面，以達到自己某些不為人知的、且不可告人的目的。

另外一部分比較謹慎的保守派人士則認為，不管消息是真是假，也不論蜜桃多多以往的名聲、人品如何，總之有備無患，做好抗爭準備總是比不做的好。如果結果是沒有事情發生的話，被人糊弄也就糊弄了，除了提心吊膽一段時間以外，自己沒有什麼實質損失。

但如果真如蜜桃多多所說，魔族開始侵略大陸的話，那麼玩家這邊也好有個準備，不至於被 NPC 殺得措手不及。

除此之外，另外還有少部分則是已經從天機堂確認了魔族入侵真實性的玩家。這部分人保持沉默，雖然不參與外面轟轟烈烈的大討論風潮，但卻默默的安排一項項任務下去，不動聲色的指揮自己身邊的小團體做好戰前準備，想要在戰爭狂潮中憑著這份先機掌握到一些好處，趁機發展壯大自己的勢力。

雲千千訂購了創世時報，躲在魔島上，一副與世無爭的姿態笑看外面被自己放出的消息攪和得天翻地覆。她甚至有幾次遇到路西法，還好心的把報紙遞過去，與魔同樂的請對方也看看，順便詢問感想什麼的。

魔王路西法一目十行看完報紙，嗤笑一聲丟回去，一句話沒說，瀟灑的轉身離開，對魔族侵略大陸的消息被洩漏一事不發表任何意見。反正玩家有沒有準備他都侵略，這是明殺，又不是暗襲，計較個鳥啊。

雲千千對路西法同學的灑脫大為感慨，拿著報紙又唏噓偷樂了一陣，接著轉身也走了。

聖器在哪裡啊？聖器在哪裡，聖器在那小魔島的角落裡，都已一個禮拜了，這島早就被翻遍，怎麼還

是沒有聖器的消息捏？

「這就是你們所說的最後一個沒有搜尋過的地方了？」雲千千探脖子往洞裡面看，黑漆漆的什麼都看不到。

「是。」魔族嘆氣道：「已經搜尋這麼多日子，魔島上絕對沒有任何一處躲過檢查，只有這裡我們不能隨意進來。魔王大人說，如果聖器真落在魔島的話，那只有可能是在這裡了。

「這是哪？」雲千千好奇。

「這是魔獸世界！」

靠！還 WOW 呢！

076 魔獸窟

魔獸世界，顧名思義就是魔獸橫行的地方，跟那個有名的古早網遊一點關係也沒有。

創世紀中，其實是有玩家寵物這個設定的。比如說雲千千在天空之城招聘生活玩家之前，就特意去捕捉過一批可以輔助加強生活技能操作的小動物。

但是就戰鬥職業而言，現在擁有寵物的玩家還是太少。這一點主要是緣於創世紀中關於寵物的一項設定，玩家只可擁有三隻寵物，而且不可放生、更換……

不可以更換耶！

這事情的重大性就跟娶老婆一樣，還不准許離婚。三個名額收了就是一輩子的事，萬一自己這邊剛一收滿，那邊系統更新，放出來其他更有能耐的寵物怎麼辦？

而且更關鍵的一點是，目前玩家們所遇到過的寵物實在是太少了……

小怪溝通不了，自然無法簽契約；溝通得了的個個都是BOSS級別，那叫一個寧為玉碎，不為瓦全……唯一辦法就是去找蛋蛋。問題是，除了少數需要機緣才能進入的秘窟、隱地外，其他地方哪來那麼多寵物蛋讓玩家挖？

雲千千一進洞就發現自己走大運了，因為這裡居然遍地都是魔獸蛋。

一把拉住身邊的魔族，雲千千萬分激動的淚眼哽咽問道：「我能不能帶點紀念品回去？」

「可以。」魔族很爽快的點頭：「魔王殿下吩咐過，只要不打擾魔獸，妳想從裡面拿走什麼都可以。」

雲千千本來剛聽前半句時還很高興，聽完後半句才知道自己的希望又落空了。踏馬的，想要不驚動魔獸拿走蛋蛋談何容易？

「我要求組織人手進行全方位搜查，請容許我和自己帶來的人開個會。」雲千千退而求其次……

在海灘上臨時圈了片地，雲千千召集所有目前仍在魔島上的水果族進行緊急會議。

會議主題很明確，就是關於魔獸蛋的事情。

雲千千振奮的發表演說：「兄弟們，目前有一大批寵物蛋等待我們去收穫，主要的關鍵點在於要求大家眼明手快臉皮厚，而且還要聽指揮同時行動，以免有人過早出手暴露，害得其他還沒得手的人一併被趕出的情況發生……我的要求是保一爭二衝三，每人最最少也要搶到一顆蛋，能有多的話更好。各自選好自己看中的下手位置後，全體準備好就統一行動……」

「我有個問題。」有水果族舉手提問：「這樣做的話會不會引起魔族不滿？萬一他們跟我們翻臉怎麼辦？」

「魔族來大陸本來就是為了跟全創世紀玩家翻臉的，只不過現在被我們稍微拖延了一下而已，大家的立場其實一直沒變化。難道你還指望我們能結盟並達成雙邊友好外交？」雲千千耐心解釋。

「可是聖器要怎麼辦？」

「什麼怎麼辦？」雲千千很有氣勢的一揮手：「你要搞清楚，聖器玩家是不能使用的。我之所以找它，是為了交任務；魔族之所以配合我找它，是為了避免神族殺上門來。那東西如果找不到的話，我頂多是廢掉一個任務，魔族卻要承受神族一波又一波的攻擊……現在是他們求我，不是我求他們，愛怎麼辦怎麼辦！」

方針確定下來，雲千千拉拔著大隊人馬再次來到洞前，把守候在洞外的魔族嚇了一跳：「大人，你們這麼多人進去找聖器？」

「是啊，萬一地方太大，搜查難免會不夠仔細，我還是一次把人手帶齊了，也省得後面麻煩。」雲千千正色道。

「可、可是，這麼多人進去會驚動魔獸群的。」魔族結結巴巴：「我們只是進去找管理者地獄三頭犬，詢問一下關於聖器的下落……」

「那萬一那隻狗狗沒看到呢？我個人覺得還是徹底搜查一遍比較放心。」

「但這麼多人……」

「放心。」雲千千和藹微笑：「我們會很溫柔的。」

「……」

魔獸窟中有一大片的智能寵物，每個種族都只有一公一母兩隻家長，以家庭為單位分開築巢，互不相犯。寵物蛋自然就是被擱在那一個個巢中，個頭大小及蛋殼上的花紋皆不盡相同，單從外觀上很難分辨出這些寵物蛋各自能孵化出怎樣的寵物；而且最噁心的是，鑒定術對這些寵物蛋居然也無效，打上去就是一串串的問號……

唯一相同的一點，就是這些蛋蛋都屬於暗屬性，明擺著是魔界出品，絕無偽冒。

魔族很小心的邊走邊回頭叮囑眾人：「走路的時候一定不要走岔了，不要離開大路……有些小魔獸體型過於嬌小，一不注意就會踩到它們……」

話沒說完，魔族腳下「吧唧」一聲，接著一串急促尖銳的幼獸悲鳴從其腳下傳出。

魔族下意識的連忙抬腳，一臉尷尬。

雲千千很認真的教育對方：「走路要小心看前方，別東張西望的。」

一對魔獸夫妻飛奔而來，衝魔族威脅的齜牙低咆，看對方連連認錯之後才勉強哼了一聲算是原諒他，然後低下頭叼起小獸遠遠的跑開。

魔族分外臉紅，吶吶解釋：「這裡是我們的獸場，一般只有打仗的時候才會有魔進來挑選戰鬥夥伴，平常都是放養的，大家沒事不會進來騷擾它們……」

「我明白，我理解。」雲千千點頭，順便嘆口氣：「對了，聽說你們上次幹架是和神界，已經是千年前的事情了吧？」

魔族臉紅更甚，乾笑：「是這樣沒錯。」

換句話說，大家對路都一樣不熟……

一路小心翼翼的走到獸窟正中心，水果族們分外安靜，偷偷摸摸的照進洞前得到的吩咐暗中記路，順便觀察決定自己一會的站位。哪個窩和哪個窩離得近，站在哪裡可以最有效率摸到最多的蛋蛋，哪條路方便獸口逃生等等等等……

如雲千千所說，這裡就是一個寶藏。這麼一大批高等寵物蛋能帶回去的話，增強自己公會實力就先不說了，單是拿出去拍賣都能得到一大筆的意外之財。

獸窟中心是一片和周圍隔開的空地，空地中心是熾熱岩漿組成，地底伸出鎖鏈，鎖住一隻體型龐大的趴在地上的黑色三頭巨犬。

魔族走到空地外十米左右就不肯再進去了，只站在外面和雲千千商量：「裡面是地獄之火，一般生命體進去後都會受到灼燒傷害，妳就在這裡詢問關於聖器的事情好了。」

雲千千還沒回話，地獄三頭犬已經醒來，抬起中間一顆腦袋看了看這邊。

「來者何魔？」

「我是代表神界來……」

雲千千手作喇叭還沒喊完話，地獄三頭犬一團黑火從口中噴出。

「靠！」

魔族苦笑的看雲千千狼狽閃開，還一臉氣憤的瞪著自己，連忙開口先制止地獄三頭犬：「住口！」君子動口不動手，人家雖然不算君子，但人家確實只動了口……

攔下地獄三頭犬下一波差點噴吐出的黑火之後，魔族這才無奈的跟雲千千解釋：「妳不能一上來就說自己是神界的，小三根本不了解情況。妳這麼一喊話，它當然得誤會。」

「小三？」

「嗯，它有三個頭……」魔族指了指地獄三頭犬：「所以叫小三。」

「……」雲千千無語，跳過這讓人頭疼的話題又問道：「那也不能上口就吐火啊？難道它看不到你也在旁邊？」

魔族想了想，解釋：「這就好比你和隔壁鄰居家一見面就打架，結果某一天你在家裡坐著，你家裡人突然領著隔壁家百來個人一起衝進你臥室……」

「……」這比喻更讓人頭疼。

地獄三頭犬鼻子噴煙，沒什麼好氣的問道：「神界的人怎麼會來我們這裡？」它的問話顯然是對著魔族進行的，眼睛卻是瞟向雲千千的方向。

雲千千抓了抓頭，回道：「我們主要是來找個東西……」

「哼！到魔族的獸窟能找什麼東西？妳該不會是想偷魔獸蛋？」

答對！

雲千千嘿嘿傻笑道：「怎麼會呢，我們來找的是神族聖器。」

魔族出面打圓場解釋：「小三，這些人進來是魔王殿下允許了的。神界的聖器遺失在魔島上了，但我們在外面什麼都找不到，所以想著是不是哪隻魔獸出去散步的時候順便把它叼了進來……」

「就算是又怎麼樣。」地獄三頭犬不屑道：「既然是落在了魔島上，那就是我們的東西，憑什麼要還給她？」

「這……」魔族為難的看了眼雲千千和眾水果族，尷尬道：「主要是我們馬上要與冒險者大陸開戰，不適宜在這時候生出其他事端。」

馬上要被開戰的冒險者們望天看地欣賞風景，就是不看魔族和地獄三頭犬，做出一副什麼都沒聽到的樣子，態度很是無所謂。

雲千千笑嘻嘻的安慰魔族：「沒有關係，戰爭是人類進步的推進器，我們自己人閒著沒事的時候也愛殺著玩玩，你不用不好意思。」

魔族一聽，頓時更加尷尬：「真不好意思……」

「沒什麼，能說說聖器的事情了嗎？」

077 魔獸之亂

地獄三頭犬很欣賞雲千千不要臉的玩奸素質。聽說魔族要與大陸開戰，身為大陸一分子的此人居然還能如此淡定自若、棄明投敵，單是這一點就叫它這個魔獸都自愧不如。

抬起前爪拍了拍岩漿地面，一條火舌猛的竄起，繞著地獄三頭犬巨大的身體向上捲去，最後消失在半空中。再往腳下看時，岩漿已經平息冷卻，變成了普通地面的樣子。地獄三頭犬一副老大派頭，對雲千千點點下頷：「妳可以過來了。」

「過去幹嘛？」雲千千莫名其妙的問道。

「……」地獄三頭犬噎了噎：「當然是過來談談關於聖器的事情。」

「在這裡你聽不到？」雲千千更奇怪了，轉頭問身邊魔族：「你們家的狗狗耳背？」

魔族汗如雨下：「這個……小三邀請妳過去，意思就是允許妳和它說話。」這主要不是距離的問題，而是態度的問題。

地獄三頭犬已經不耐煩一聲怒吼：「妳到底過不過來？」

「來來來，這就來。」雲千千無奈。

據判斷，她覺得此地獄三頭犬應該正在叛逆期，耐心不好、脾氣差就不說了，說話的時候還喜歡用音量壓人，好像不咆哮就不足表達它感情之澎湃。

走進中心地帶，雲千千揮手讓其他人忙他們的去。等她這邊談完了，水果族們應該也決定好各自的站位了，到時候一起動手閃人，爭取效率最大化。

「那些冒險者去做什麼？」地獄三頭犬自恃過高，根本沒想到居然會有人敢在自己眼皮子底下做小動作，於是只是瞥了一眼，並沒阻止的問道。

「好不容易來這麼風景秀麗的地方轉轉，這群沒見識的兔崽子們當然要好好參觀一下，您別介意。」

九夜轉頭，看四周陰風慘慘、雜草叢生，空氣中還瀰漫著一股野獸身上的腥臭味道……風景秀麗？淡淡嗤笑一聲，九夜跟進雲千千身邊，懶得發表意見。

「嗯。」地獄三頭犬高傲頷首，滿意的對魔族吩咐：「既然如此，你就帶那群土包子去開開眼。」

你才土包子，你全家都土包子。雲千千鄙視，長這麼大都沒見識過這麼不要臉的狗。現在她不跟它計較，等到時候摸光了蛋蛋閃人，看這死狗還有什麼面目繼續守護獸窟。魔族的懲罰制度之森嚴可是雲千千見識過的，小錯殺，大錯也殺，區別只在於是死得痛快還是死得淒慘。

總之一句話，犯錯你就死。反正魔界人口爆炸，不管魔還是獸的數量都極度膨脹，根本不缺這麼一、兩個。哪像神界生育困難，一年到頭都添不了幾個新人口……

魔族領命去帶領水果族參觀獸窟。

說是帶領，其實水果族們老早在收到雲千千命令時就一哄而散，呈放射性、無規律的布滿整個獸窟，根本沒集中在一處。

魔族只好從東跑到西，從南竄到北，四處亂轉警惕，讓水果族們不要驚擾到魔獸。結果水果族們找好各自位置就不動了，反而是他在奔走途中不小心又踩到幾隻幼獸，被生氣的成年魔獸父母聯爪趕出了獸窟。

雲千千見其他人那裡已經準備OK了，自己這邊也連忙直切主題：「我們來的目的剛才已經說過了，主要就是神族的聖器不小心落在了這裡……如果你能找到還給我們呢，那當然是最好。如果說你沒有頭緒的話，那我們也免不了只有自己動手了。」

「妳威脅本犬？」地獄三頭犬冷哼。

「這不是威脅，是陳述句。」雲千千一笑：「實話往往都不怎麼好聽，其實我真沒招惹你的意思。」

「哼！」地獄三頭犬再哼，看表情好像很不高興：「神族的聖器和黑暗力量格格不入，獸窟是魔獸們生活和孕育下一代的秘地，黑暗力量格外濃郁，如果妳說的聖器真在這裡的話，我絕對不可能會發現不到。」

雲千千小心翼翼的問道：「那你的意思也就是說，聖器不在這裡？」

「沒錯。除非有什麼掩蓋了它的氣味。」

「這……」雲千千語塞。

地獄三頭犬當然不會撒謊，可是魔族顯然也不會撒謊。路西法絕對不可能故意想隱瞞下神族的聖器，

那玩意兒對他和魔族來說就是一個燙手山芋。所以魔族說島上找不到，那就肯定是找不到了。

可是現在居然連獸窟裡都沒有……這是怎麼回事？雲千千納悶。

九夜看了一眼雲千千，皺眉道：「妳確定聖器不會被刷新掉？」

「這……」繼續語塞，雲千千苦笑：「本來我很確定，但是被你們這麼一說，好像又不大確定了。」

神族獨一無二的聖器耶！

這玩意兒如果真被刷新掉的話，她上哪去變出一個來還給神族？到時候神界大怒，神、魔二族拋棄千年恩怨聯手進犯大陸，沒準自己還能得個和平使者稱號。畢竟能消滅那麼深刻的種族仇恨，這得是多麼具有代表意義的一個重大貢獻啊！

不行，如果真找不到的話，一定要咬死是魔族偷藏下了聖器，絕對不能承認是自己的失誤害得聖器消失。

雲千千打定主意，眉毛一豎，搶先翻臉：「好你個死狗！居然敢藏下神族的聖器，還滿口謊言欺騙本使者……如此冒犯神界威嚴，就算本使者只是一界冒險者都看不下去了，難道你們就不怕神族一怒出兵，討伐你們嗎？」

地獄三頭犬生平頭一回被人指著鼻子斥罵，一時間有點精神恍惚，完全反應不過來。等到把對方的話在腦子裡思考了幾遍之後，這才明白眼前的死女人到底說了什麼，「吼──」的一聲，整個獸窟都跟著抖了三抖，滿壁塵土刷拉拉的往下掉。

地獄三頭犬憤怒站起，三顆碩大頭顱上都睜開了眼睛，憤怒的盯著雲千千，口吐黑煙，怒極道：「妳再說一遍？」

「好話不說二遍，好比好女不嫁二夫！」雲千千一哼甩頭，揚起嗓門吼道：「別以為你聲音大我就怕了你，老娘身後代表的可是神界，你敢殺我就是向神界挑釁……等著被路哥燉成佛跳牆吧你！」

「……」九夜滿頭黑線：「如果不怕，妳跑那麼遠做什麼？」

剛才地獄三頭犬一聲怒吼的那會工夫裡，蜜桃多多已經眼明手快的瞬間啟動魅影，一個眨眼就飄出了至少五十米開外，這會遠遠站在外面，溝通基本上是靠吶喊的……最最可氣的是，這女人要閃之前都不知道事先打個招呼，只留他一個人站在地獄三頭犬的火力面前堵槍眼……

馬的，謀殺親夫啊這是！

「咦？九哥快過來，那裡危險。」雲千千這時才發現他，對他猛招手。

九夜無語，實在跟她計較不起這個勁，乾脆什麼都不說的也退了出去。

地獄三頭犬氣得拍爪，狗軀一震，就要再說些什麼的時候，雲千千已經氣憤填膺的一嗓子又喊了出來。

「今天這事我記下了，你的意思我也已經明白，回去之後一定稟報神主……哼！大家走著瞧！」她說完一揮手刷出一個擴音器：「情況不好，快走！大家跟我撤——」

「嗷！」早就在等暗號的水果族們一聽，頓時群起響應，一個個身影刷刷刷在獸窟中四處穿梭，一路順手撿蛋抱幼獸，只要沒成年的魔獸，甭管孵出、沒孵出的一律偷走。

雲千千帶頭衝出獸窟，後面一個個水果族們緊隨其後，串葫蘆似的跟了出去。

地獄三頭犬只一晃神的工夫，獸窟裡已經被洗劫了一道，四處冷冷清清，大部分巢穴中的蛋蛋都消失不見，只剩傻眼的成年魔獸們還反應不過來是怎麼一回事……它們都被地獄三頭犬和那個女冒險者的衝突吸引去目光了，哪能想到下個眨眼間，自己窩旁邊的那些冒險者居然會突然發難？

衝出獸窟，雲千千擦把冷汗，都不敢休息一下就連忙揮手命令道：「都滾都滾，趕緊捏傳送石回天空之城去找副會長。」

水果族們當然知道情況緊急，現在確實不是分享洗劫心得的時候，取出各自早就準備好的傳送石，捏碎後一道道白光升起，從魔島上消失，不一會就只剩了雲千千和九夜兩個人。

三秒鐘後，魔獸窟中傳來驚天動地、此起彼落的一片怒吼，震得整個魔島都為之顫抖。

雲千千一縮脖子，拉著九夜刺溜一聲向魔族駐地奔去。

魔獸集體暴走啊，這真不是好惹的……

魔王其實不是一個輕鬆職業。

擁有多少權力，就要盡多少義務，這是真理。

從坐上魔王寶座的那天開始，路西法就開始不斷協調處理魔界和外界的一切糾紛。雖然他本性是嗜喜侵略的魔族，但身為新一代有為侵略者，和哪裡打架都不是憑著一股意氣埋頭就可以衝的。

比如說敵人過多的時候，先攻打誰，後攻打誰；目前哪一方是軟柿子比較好捏，哪裡又比較棘手可以先緩緩……路西法不僅要侵略，還要最大限度的保證自己侵略能夠獲得足夠多的利益，而不是帶著手下去送死。

比如說現在，在入侵大陸的當口上，對著這麼一塊硬骨頭，路西法就絕對不會再有招惹神族替自己惹麻煩搗亂的打算。

這一週來，他之所以督促手下全力尋找神族聖器的下落，甚至還允許那些冒險者進入獸窟搜索，也正是為了能儘快把神族的手擋回去，不讓他們有阻礙自己的機會。

老實說，路西法都覺得自己的脾氣最近在不斷的磨練中實在是好了很多，要是換作以前的話，要是沒有這麼多顧慮的話，要是……

正思索間，一片震徹雲霄的魔獸怒吼在島中響起，路西法猛的起身，肅目凝視獸窟方向，冷聲詢問身邊下屬：「怎麼回事？」

「回殿下，這……」這他怎麼會知道？下屬魔猛擦冷汗，實在不知道這問題該怎麼回答。自己一直跟在魔王身邊，對外面的事情也是摸不著頭腦啊。

還好路西法也沒真打算從他這裡得到答案，一甩身後披風走下王座。「跟本王去看看。」

「是！」

九夜被雲千千拉著往山下跑，本來還以為對方是要帶他找地方隱蔽，反正自己不記路，就跟著這桃子也沒什麼。但是跑了一陣後，九夜發現不對勁了，就算他再不記路，也認得出來這眼熟的石牆是魔族駐地的外圍啊。

於是九夜終於不淡定，腳下雖然沒停，卻主動開口：「妳想去哪？」

「去找路哥。」

饒是九夜心理素質過人，聽到這答案後還是忍不住被震得滿頭黑線。他猶豫一會後又問道：「去找路西法？做什麼？」

「廢……呃，那個，我想著那群魔獸在自己老大身邊總不敢撒野吧。」雲千千本來想吼人，幸虧及時

想起身邊這位是自己男人，於是強忍了下去，換了個比較溫和的語氣解釋：「再說聖器沒找到，他家狗狗還有隱瞞他人財物的意思，身為主人，路哥怎麼也得給我一個交代吧？再怎麼說也要賠點精神損失費啊。」

「……我是不是可以這麼理解。」九夜想了想，壓低聲音道：「妳的意思是，妳罵了人家的狗，搶了人家的魔獸後代，然後還覺得意猶未盡，想去再敲詐路西法一筆？」

「這不叫敲詐，叫賠償。」雲千千很認真的糾正。

「……」九夜一頭黑線：「妳覺得魔王會認為這是敲詐還是賠償？」

「這我也不大清楚，要不然你猜猜看？」

猜屁！九夜差點憋不住出口傷人。

正在這時，兩人又轉過一堵牆後，正好和帶了小弟準備出駐地查看獸窟情況的路西法撞了個正著。

「站住！」路西法一愣一皺眉，開口對二人道。

「已經站住了。」雲千千本來就沒打算再跑，停下來喘了幾口氣休息，不等路西法開口，先搶過主動權，沉痛悲呼：「路哥，你家狗狗太欺負人了，你可要幫我做主啊！」

路西法叫住人，本來是想問問外面什麼情況，獸窟中的群獸從未出現過這樣的騷動，事有反常即為妖；再聯繫到自己剛才派人帶這個神界使者去獸窟的舉動，於是他斷定，肯定是雲千千做了些什麼，這才會惹出這麼大的動靜……

結果沒想到惡人先告狀，他還沒來得及喝問什麼，對方已經先行指責地獄三頭犬，言辭之中頗有一副她是受了它欺負的意思……

路西法皺眉，聽著遠處還在不斷接近中的、越來越大聲的、由自己家地獄三頭犬所率領的群獸憤吼，不滿質問雲千千：「妳到底做了什麼？」

「冤枉啊！」雲千千抹眼淚，委屈做可憐兮兮狀：「人家我只是一個纖纖弱女子，肩不能挑、手不能提，哪能對你家魁梧強壯的狗狗做什麼？再說那裡又不只它一隻獸，還有那麼多強大的魔獸也在呢。」

「小三的實力確實很強大。」路西法緩了緩臉色，想起雙方的實力對比，也認可雲千千的說法。但他還是有些半信半疑：「既然妳沒做什麼，那為什麼獸窟會暴動？」

「事情是這樣子的。」雲千千臉色一正，告黑狀。

首先她著重聲明了自己很有誠意的進入獸窟，請地獄三頭犬幫忙尋找聖器的下落，接著強調了地獄三頭犬態度是如何惡劣，一口咬死聖器絕不在洞口。述說中間，雲千千隱晦表達了地獄三頭犬對魔王判斷的不信任，以及她是如何堅定的站在他這一邊，義正詞嚴的反駁地獄三頭犬的說法，三句兩句就將魔王也扯了進來，把焦點轉移到地獄三頭犬和魔王之間。

最後，雲千千十分著重講述了自己是如何向地獄三頭犬懇切陳述聖器下落中包含的利害關係，以及可能引起的神族插手介入後的嚴重後果。可惜儘管她一再聲明，地獄三頭犬卻依舊一意孤行，堅持己見……

「……於是，最後那隻地獄三頭犬理虧就怒極想對我動手。我當然不肯束手就擒，連忙逃了出來找您主持公道。」雲千千最後以鏗鏘有力的語調結束講演，星星眼崇拜看著路西法：「路哥，您一定會為我做主的是吧？」

路西法聽完整段敘述同時，地獄三頭犬帶領的魔獸大軍已經追至駐地，被把守的魔兵擋在大門之外。雖然義憤非常，想要立刻把那個膽敢盜走魔獸蛋的女人拉出來碎屍萬段，但在路西法的威勢震懾下，眾魔獸依舊不敢擅闖駐地，只好低咆著在大門外徘徊，等待魔王出面接見，替它們做主。

路西法聽完後想了想，再問道：「妳說的是真的？」他當然不會只聽一面之詞，所以對這個說法依舊抱持懷疑態度。

不過如果對方所言不虛的話，那麼那隻地獄三頭犬真的是該好好教訓一下了。在現在跟神界戰爭一觸即發的狀況下，即使稍微有些隱忍也是應該的，大局為重，它怎麼可以在外胡亂挑釁？

雲千千正義凜然回道：「我可以和地獄三頭犬當面對質。」

078 一面倒的審判

由於神族代表使者，也就是雲千千表示自己和地獄三頭犬共聚一室甚是沒有安全感。

理由很簡單，對方是獸，她是人，對方可以獸性大發，但是到時候她堂堂一個頂天立地的六尺女兒，難道還能和一隻畜生計較不成？可是不計較她又委屈，白被咬一口，這得多傷自尊？所以根據原告意見，被告地獄三頭犬被迫接受封印，由地獄三頭犬瞬間萎靡成三頭犬……

名稱上的細微不同，直接造就了狗狗的天壤之別。前者是威風凜凜的深淵惡魔、地獄大門看守者；後者是畸形變種殘疾狗，連觀賞價值都沒有。

雲千千滿意了，爽快的答應和地獄三頭犬對簿操場。

九夜有點擔心，皺眉發去消息給無常求解。

聽完事情的簡短敘述後，無常只問一個問題：「是那爛桃子自己要求對質的？」

「是。」

「那就不用擔心了。」無常冷笑。

「嗯？」九夜的眉皺得更緊：「可是這些事從頭到尾都是她的錯，我實在想不出路西法可能偏向她的理由。」難道只是因為蜜桃多多有著一個代表神界來尋找聖器的幌子？

雖然路西法確實會在想到神界時有所顧忌，但如果人家直接把他面子丟到地上去踩，再是想要顧忌也得發火了吧？畢竟人家也是有底線的。

「事實是不是她錯不重要，重要的是路西法認為她錯還是沒錯。」對面的無常很淡定，看在是自己親弟弟提出的疑惑，難得很有耐心的補充了一句：「不要以為在所謂的對質中就一定會真相大白，你什麼時候看她吃虧過？」

「這……」倒是真沒看到過。

不過這次跟以前有點不一樣。

以前蜜桃多多一般是直接耍無賴，當事人都知道自己吃了虧，也知道是人家搗的鬼，只是抓不到錯頭……這次看這架式，好像她要來個顛倒黑白？萬一被路西法發現什麼不對勁的話，這堂堂終極 BOSS 之一可不會忍氣吞聲，像以前那些吃過暗虧的人一樣好說話的放過她……

因涉案人關係重大，路西法決定公開審理此案件。九夜被帶去旁聽席，路西法親派魔族高級將領負責審判，雲千千原告，地獄三頭犬被告。

各自就座後，魔將居高臨下的小錘子一敲：「帶原告！」

錘子一敲，雷鳴轟響……

要嘛說神、魔兩族的家底就是豐厚呢，千年多的傳承，沒點壓箱底的寶貝是不可能的。單看這審判錘敲下來的動靜，拿來當武器都夠了。

「有。」雲千千連忙舉手：「大人，我就是原告。」

魔將早得到路西法指示，一絲不苟的按流程問話：「很好，請原告宣讀起訴書。」

雲千千準備萬全，當著地獄三頭犬的面，臉不紅心不跳，以大義凜然之姿，膽大心細臉皮厚的將在路西法面前說過的話又重複了一遍，重點主要聚焦在地獄三頭犬對魔王判斷的質疑和其抗拒配合搜索神族聖器的事件上，對於自己帶團強搶魔獸蛋的事情隻字不提。

地獄三頭犬的狗臉憋得通紅，要不是魔王路西法在座，它都有心跳上去活撕了那個女人。

魔將聽完點頭，再轉向地獄三頭犬，說道：「被告請針對原告陳述答辯，如有反駁的地方須具體講明理由。」

「我抗議！」地獄三頭犬早就等著這一句，迫不及待咆哮：「這個無恥小人，她剛才在獸窟……」明明搶了好多魔獸蛋，這事情為毛不講？

雲千千連忙舉手反駁：「我抗議。被告對我進行人身攻擊的言辭。」

「這……」魔將踟躕了一下，小眼神忍不住瞟向路西法的方向。

地獄三頭犬嗆得半死。

路西法頭痛了一下，說道：「抗議有效。」

九夜憐憫的看著地獄三頭犬，不語。

地獄三頭犬則淚流滿面，哀怨無助的看向路西法……老大，沒有人像你這麼幫外人的。

「我認為被告不應該混淆視聽，指東打西，企圖模糊視線。」雲千千義正詞嚴的繼續抗議，轉頭看向欲張嘴的地獄三頭犬：「別解釋，解釋就是掩飾。」

「我……」

「別我，現在是回答問題時間。你自己說，剛才在獸窟你是不是親口說過如果聖器在，你絕對不會發現不了這樣的話？還說就算聖器在，落到了魔島上就是你們的東西，憑什麼要還給我？」頓了一頓，雲千千友情提供證人一枚：「關於後面這句話，有帶我們去獸窟的魔族可以作證。」

「……是說過，但是……」

「別但是。在你說話之前我是不是告訴過你，聖器在獸窟是路哥經過深思熟慮後才做出的成熟判斷？」

地獄三頭犬咬牙，它好想咆哮，可是魔王老大坐在上面，這樣子是大不敬。再可是，眼前的女人太難纏了；再咬咬牙，地獄三頭犬很喪氣的點頭承認，它可不敢在這當口否認……否認的話是否認什麼？否認深思熟慮還是否認成熟判斷？

人家說沒說過不重要，重要的是這是個馬屁，自己不拍就等於不識相。

「路哥，審判長大人。」雲千千一副正義使者狀，站出原告席，凜然道：「被告已經親口承認它說過那些大逆不道的話。當時此狗神情蔑視，語氣不恭。別的不說，單說我是路哥特派過去搜找聖器的分上，它就算看在路哥的面子上，也應該老老實實的即刻帶我去找東西，而不是隨便兩句話就企圖逃脫職責，對路哥指派下去的任務百般推委。」

路西法瞇了瞇眼，眸光冷凝掃了地獄三頭犬一眼；後者頓時萎靡成一小團，耷拉著耳朵，低下腦袋去嗚咽。

魔將一看，很識相的連忙順著頂頭老大心意跟著指責了兩句：「小三你太不像話了！」地獄三頭犬不聰明，但對危險的直覺還是很敏銳的，察覺身周有不善氣息，急急抬頭想扳回一局：「殿下，你不能聽這個女人的啊！她剛才在獸窟……」搶了我們好多的蛋蛋！

「住口！」雲千千不知道什麼時候挪到了審判檯旁邊，拿了魔將擺在桌上的小錘子狠狠一敲，「轟」的一聲炸開巨響，直接把地獄三頭犬的音量死死的壓了下去。

「現在是公開審理時間，豈容得你搗亂？」香蕉的，她怎麼可能給它反告狀的機會？

雲千千的處事原則向來是不動則已，一動動死，絕對不給敵人反撲的機會。眼下魔王在上，她就不信這狗敢直接上來咬自己。而如果要單論強詞奪理的話，她無恥認第二，現在就還沒找到敢認第一的……

魔將被突然的巨響嚇了一跳，瞪著眼睛看小錘，再看雲千千，剛剛才發現到這女孩不知道什麼時候移到自己桌子旁邊來了。

雲千千視而不見的再敲一個，又是一聲雷鳴。

「你既然承認我剛才說的話，還有什麼好解釋的。顧左右而言他，讓路哥不要聽我的，難道你是想左右路哥的判斷？」

「混蛋！」地獄三頭犬終於忍不住亮出小獠牙，從被告席一躍而起就想咬人。

路西法終於看不下去，好好一個公開審理被弄得像是潑婦打架，這真的是太不好看了。隨手一個禁錮鎖住了小型地獄三頭犬，魔王老大決定速戰速決，親自上場，寒氣森森的問道：「使者講述的事情你是否承認？」

「……是。」魔王威懾下，地獄三頭犬瑟瑟發抖，不敢放肆。

「你是不是親口否認了聖器不在獸窟，而且還不肯帶人搜查？」魔王臉色有些不好看了。

「……也是。」

魔王冷笑：「既然如此，你還有什麼好說的？」他一揮手：「帶下去，烤了！」

「魔王殿下！」地獄三頭犬悲愴淒號：「你怎麼可以聽信小人讒言？」它太傷心了。

「你都已經親口承認，還叫讒言？」

「可是她還……」

雲千千打定主意今天要搶盡地獄三頭犬鏡頭了，絕不給它說完臺詞的機會。她一邊氣憤狀的小錘子連敲，一邊另隻手撈個擴音器在電閃雷鳴中吼道：「沒聽路哥說話嗎？拉下去烤了！想抗命？」旁邊小魔甲、乙被連番雷霆巨響震得小臉發白衝上來，架著地獄三頭犬就拖下去了。

路西法也被震得眉毛皺了又皺，狠狠瞪了魔將一眼；後者這才想起來要收回失物，連忙掰開雲千千的手，把小錘子摳了出來。終於結束了一操場的打雷閃電，之後魔將才大大的吁了一口氣，臉色鐵青的猛擦冷汗。

這誰家跑出來的女人這麼生猛？簡直跟瘋了似的！雷神錘是能拿來這麼用的？

九夜始終一臉淡定，至此時也終於無語抬頭望天。他很是不能理解，為什麼壞人就沒有壞報？這樣都讓她蒙混過關了，這世界真的是太瘋狂了。

雲千千戀戀不捨的看了眼魔將手裡的小錘子，在後者嚇得把錘子趕緊揣回口袋並死死捂住腰包後，這才意猶未盡的轉回頭來，笑嘻嘻的跟路西法攤手：「路哥，現在我們可以談下關於精神賠償的事情了不？」

精神補償費？

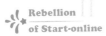

沒有，有也不給！賠了隻看門狗，還得再賠錢，這虧吃得可是太大了。路西法很有個性的酷酷冷哼一聲，拂袖而去，看也不看雲千千一眼。

雲千千躍躍欲試的挽起袖子，想把魔王大人抓回來再好好嘮叨嘮叨。

九夜眼看這女孩太囂張，連忙把人抓走。

「妳還嫌事情不夠大？過了這關就可以了，小心把BOSS得罪狠了直接KO妳。」拖著雲千千邊往外走，九夜邊冷眼道。

雲千千不高興的說道：「堂堂魔族老大怎麼能這麼小氣！」

「再是不小氣也不能這麼來，妳自己想想妳做的那些事。」他的心好痛，身為一個執法者，在看見邪惡行為時沒能挺身阻止也就罷了，居然還和這種小人同流合汙……這女孩到底是好啊，是壞啊？明明前陣子覺得她其實並沒他想像那麼卑鄙。

雲千千低頭想了想，確實不能這麼趕盡殺絕，萬一把這金母雞得罪狠了，往後不替自己下蛋了怎麼辦？文明社會更要懂得可持續發展的道理，適當替人家留點家底，這樣才能在以後獲得更豐厚的油水。

更重要的是，她冷眼瞅著路哥的臉色確實有點不大好看了，這時候往人家傷口上撒鹽實在是有點危險……

「好吧，那就以後再說。」

九夜哼了聲，總算滿意。

「對了，九哥。」

「還有什麼事？」

「你這是打算帶我去哪？」

月黑風高，夜深人靜，荒郊野外……雲千千站在一片看起來挺有肅殺蕭索氣氛的林子裡，十分想不通她和他是怎麼走過來的。

明明剛才不還在魔族營地附近？

九夜左看一眼，右看一眼，沉吟半晌後，瀟灑坦然曰：「迷路了。」

神出鬼沒，行蹤縹緲，這向來是九夜的專長。化不可能為可能，迷路於有路之地，更是其秘不外傳的獨門絕技……雲千千心中了然，幽幽長嘆：「好吧，是我的錯。」

她一開始就不該放任他帶路拖著她走，香蕉的……

歷時一週都沒能在魔島上搜出聖器，雲千千已經有點不抱希望了。畢竟這次的情況不屬於系統任務，不會在東西丟失後派出知情NPC甲、乙、丙來透露線索，不可能讓偷竊嫌疑人A、B、C吸引注意，更別說能在現場留下什麼線索如腳印、手印、脣印……

前者屬於天災，可雲千千這會卻明顯是人禍，而且還是她自己弄出來的人禍。

為了治癒自己受傷的心靈，以期未來更有效的投入尋找，更為了暫避魔島風頭、以免路西法事後從其他知情魔獸口中得知獸窟真相後，可能會對自己展開的殺捕行為，雲千千帶著一個打劫滿滿的荷包，慢慢悠悠的晃回了天空之城。

彼岸毒草在面見了一干打劫獸窟的水果族後就吐了半桶血，聽說雲千千攜九夜歸來，立刻風風火火的第一時間趕到，異常火大的吼道：「妳怎麼就敢帶人去打劫魔島？雖然帶回那麼多魔獸蛋是好事，但妳想過以後的後果嗎？而且根據最新消息，好像妳還欺騙了魔王，讓他把真正的受害人，也就是那隻無辜可憐的地獄三頭犬烤了？」

雲千千莫名其妙的詢問旁邊喝茶看報的九夜：「你通風報信？」不然哪來的最新消息，這事情她根本還沒來得及跟別人說。

九夜冷嗤一聲，丟過來自己手中正在看的創世時報：「妳自己看。」

創世時報最新頭版頭條……話說這個詞用過多少回了，從創世紀遊戲開始運行以來，占據頭版頭條最多的就是蜜桃多多其人。此人以一女當關、萬夫莫開之姿，悍然保衛了八卦女王的威名，任憑多少英雄豪傑、風流人物以及各路實力派、偶像派多番掙扎拚死鬥爭，也仍舊沒能把她的風頭稍減一、二……本期頭版頭條上，不僅全程報導了魔族此次公開審理雲千千狀告地獄三頭犬一案的詳細經過，更附說明文字，詳細解說了事件真實黑幕，徹底曝光地獄三頭犬帶領獸潮奔襲追殺雲千千的真相。

不僅自己守衛的子孫被拐，這獸販子還沒有道德，硬是顛倒黑白，替人家扣上屎盆子，趕盡殺絕的把大家長滅口……地獄三頭犬的遭遇引起無數善良人士的同情。當然，更多人關注的重點還是集中從獸窟盜……或者說搶出來的那批魔獸蛋上。

寵物蛋耶！第一次看見那麼多的數量。

還是魔族的耶！第一次看見那麼高級的貨色。

所有玩家都不淡定了。報紙只是平面報導，只敘述事件，無法及時反映出群眾的呼聲，可是遊戲相關論壇上的討論卻已經開始瘋狂了。

鄙視者也好、羨慕者也好，知道消息的玩家們無不摩拳擦掌等著水果樂園下一步的動作。這批寵物蛋如果是人家公會打算自己內部消化，全部分配下去給會裡骨幹成員的話，那他們也就不說什麼了。可如果要是拿出來賣的話，那所有人可都是想分一杯羹……

雲千千看完報紙的同時，彼岸毒草也正好講到了尾聲。聽說了這萬眾矚目的盛況，她沉默良久，半天後才幽幽長嘆：「狗仔的力量是無窮的。」

居然能挖出這麼多內幕消息，還能在第一時間發表出來，默默尋手下到底是出了一個多麼強悍的人才？

彼岸毒草聲淚俱下，異常悲切：「大姐，大姐大，算我求妳了，魔族本來就快要進攻大陸了，妳想讓我們水果樂園變成第一個靶子？」

雲千千乾笑：「哈、哈哈……瞧你說得那麼嚴重，不會的。」

「怎麼不會？我覺得路西法不是什麼好脾氣的人，我更不認為他被妳蒙蔽這一時，事後還會一直不知道真相？」彼岸毒草哀怨的瞅了雲千千一眼。

「我們公會大本營在天上，哪那麼容易上得來。」雲千千自信滿滿。

也不怪她有自信，當初拿下天空之城的時候就算計過了，空中戰鬥對大部分人來說都是絕望的，目前階段僅可透過傳送陣進入天空之城，最起碼在神、魔二界沒有開放之前，一般人都弄不到翅膀……咦，等等，神、魔二界？

雲千千額頭上的冷汗刷一下就下來了……她想去自殺，誰都不要攔著她！馬的，光記得玩家沒幾個人會飛了，怎麼偏偏忘了神、魔兩族的個個都會飛？

「……」九夜看了眼雲千千，沒說話。他還記得自己翅膀是怎麼來的，更記得雲千千當初從神將 BOSS

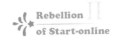

手裡敲詐翅膀時說過的那些話。

不僅九夜記得，彼岸毒草更是記得。

一個根本不是稀罕貨的飛行翅膀稀奇嗎？在玩家這裡算是吧，但在隨處可以買到的神、魔二界根本不算什麼。就算小怪有限制，不可以使用這些玩家道具，但是魔龍這類飛行生物也算是魔幻小說中的常見貨色了吧？

魔族的大軍不會飛？打不了空戰？

笑話！

彼岸毒草比雲千千還想撞牆。一見水果誤終生，他是造了幾輩子的孽，祖宗墳上冒了什麼黑煙，才會跑來這麼一個人，打工賣命做牛做馬？

最惆悵的是以前魄力不夠，現在想辭職都晚了。唯我獨尊已經為了他來了水果樂園，他還能一個人再跑掉嗎？帶著原來的皇朝弟兄們跑掉更不行，回頭創世紀的全體玩家不得罵死唯我獨尊，說這人假意投誠，實際是組團來挖牆角……

什麼副會長，他其實就是一專門負責幫人擦屁股、收拾後事的。

《蜜桃多多的擒愛計畫》完

敬請期待更精彩的《禍亂創世紀第二部03》

夏澤川 著
MO子 繪
少女騎士の薔薇殿下
8-7
妳、就是我的專屬騎士
上金石堂網路書店購買，
加贈少女騎士Q版票夾！
數量有限，送完為止
為了尋找哥哥，夏憐歌進入薔薇帝國學院。
沒想到一個失足，
她竟成了「自戀狂儲君」彼方·蘭薩特的「專屬騎士」！
蘭薩特閣下專屬的騎士＝任憑差遣（到死為止）
雜草兄控少女
Plues
自戀無上儲君
——校園花樣青春即將閃耀「kira～☆」一聲展開!?
華文聯合出版平台 www.book4u.com.tw
不思議工作室
立即搜尋
典藏閣
采舍國際
www.silkbook.com
版權所有© Copyright 2013

小媽之冠蓋滿京華
夢空──著
IKU──繪
葉坊

飛小說系列076

禍亂創世紀第二部-02

蜜桃多多的擒愛計畫

出版者■典藏閣
作　者■凌舞水袖　繪　者■CHI77
總編輯■歐綾纖
製作團隊■不思議工作室
郵撥帳號■50017206 采舍國際有限公司（郵撥購買，請另付一成郵資）
台灣出版中心■新北市中和區中山路2段366巷10號10樓
電　話■(02)2248-7896　傳　真■(02)2248-7758
物流中心■新北市中和區中山路2段366巷10號3樓
電　話■(02)8245-8786　傳　真■(02)8245-8718
ISBN■978-986-271-414-0
出版日期■2013年12月

全球華文國際市場總代理／采舍國際
地　址■新北市中和區中山路2段366巷10號3樓
電　話■(02)8245-8786　傳　真■(02)8245-8718

新絲路網路書店
地　址■新北市中和區中山路2段366巷10號10樓
網　址■www.silkbook.com
電　話■(02)8245-9896
傳　真■(02)8245-8819

☞**您在什麼地方購買本書？**☜

1. 便利商店(________市／縣)：☐7-11　☐全家　☐萊爾富　☐其他____________

2. 網路書店：☐新絲路　☐博客來　☐金石堂　☐其他__________

3. 書店(________市／縣)：☐金石堂　☐誠品　☐安利美特animate　☐其他______

姓名：________ 地址：____________________________________

聯絡電話：____________ 電子郵箱：____________________________

您的性別：☐男　☐女　　您的生日：西元________年________月________日

（請務必填妥基本資料，以利贈品寄送）

您的職業：☐上班族　☐學生　☐服務業　☐軍警公教　☐資訊業　☐娛樂相關產業

☐自由業　☐其他__________

您的學歷：☐高中（含高中以下）　☐專科、大學　☐研究所以上

☞**購買前**☜

您從何處得知本書：☐逛書店　☐網路廣告（網站：__________）　☐親友介紹

（可複選）　☐出版書訊　☐銷售人員推薦　☐其他______________

本書吸引您的原因：☐書名很好　☐封面精美　☐書腰文字　☐封底文字　☐欣賞作家

（可複選）　☐喜歡畫家　☐價格合理　☐題材有趣　☐廣告印象深刻

☐其他______________

☞**購買後**☜

您滿意的部份：☐書名　☐封面　☐故事內容　☐版面編排　☐價格　☐贈品

（可複選）　☐其他

不滿意的部份：☐書名　☐封面　☐故事內容　☐版面編排　☐價格　☐贈品

（可複選）　☐其他

您對本書以及典藏閣的建議______________________________________

____

____

✌未來您是否願意收到相關書訊？☐是　☐否

✍**感謝您寶貴的意見**✍

印刷品

$3.5
請貼
3.5元
郵票
不思議信箱
FUSIGI POST

235 新北市中和區中山路二段366巷10號10樓

華文網出版集團　收

（典藏閣－不思議工作室）